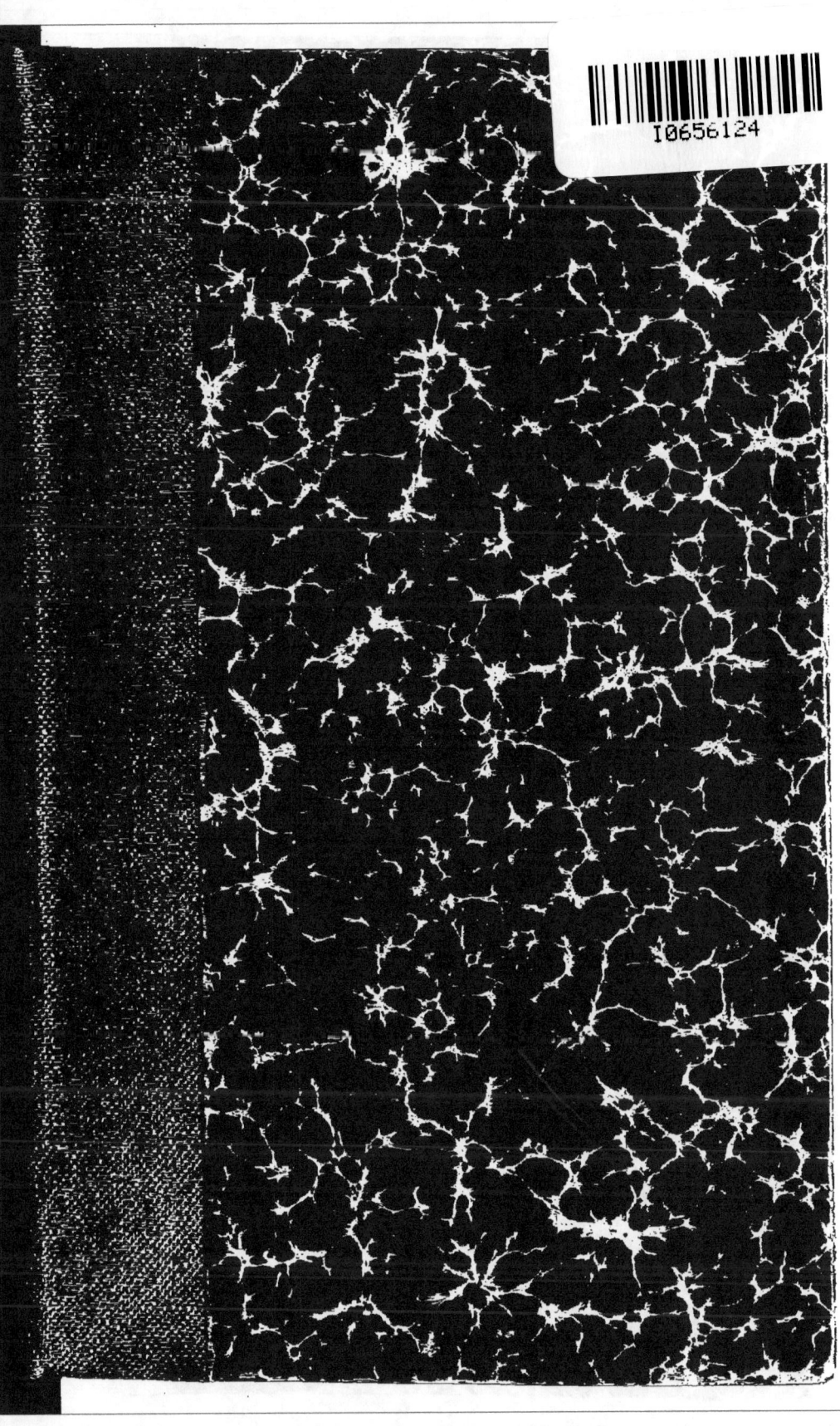

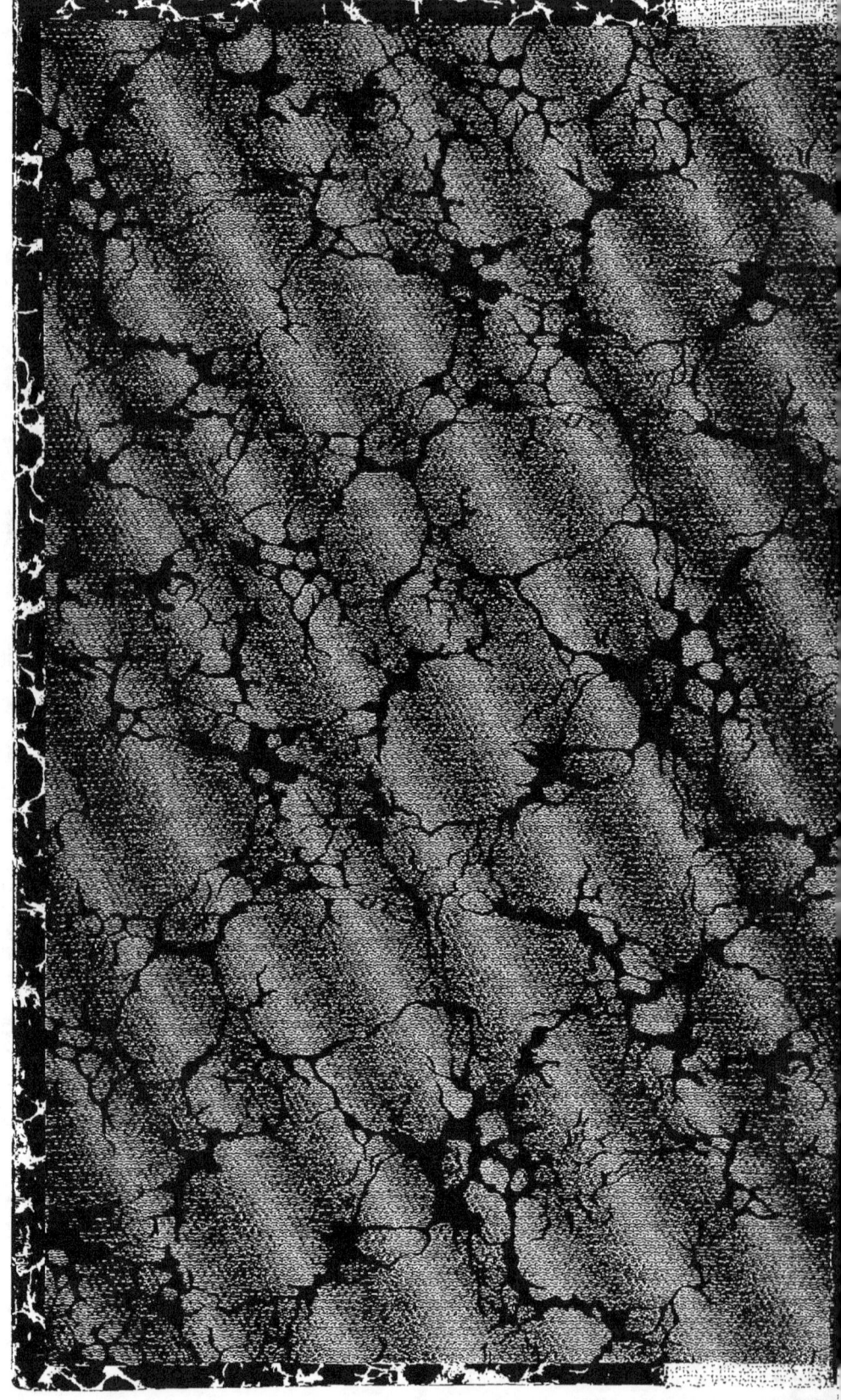

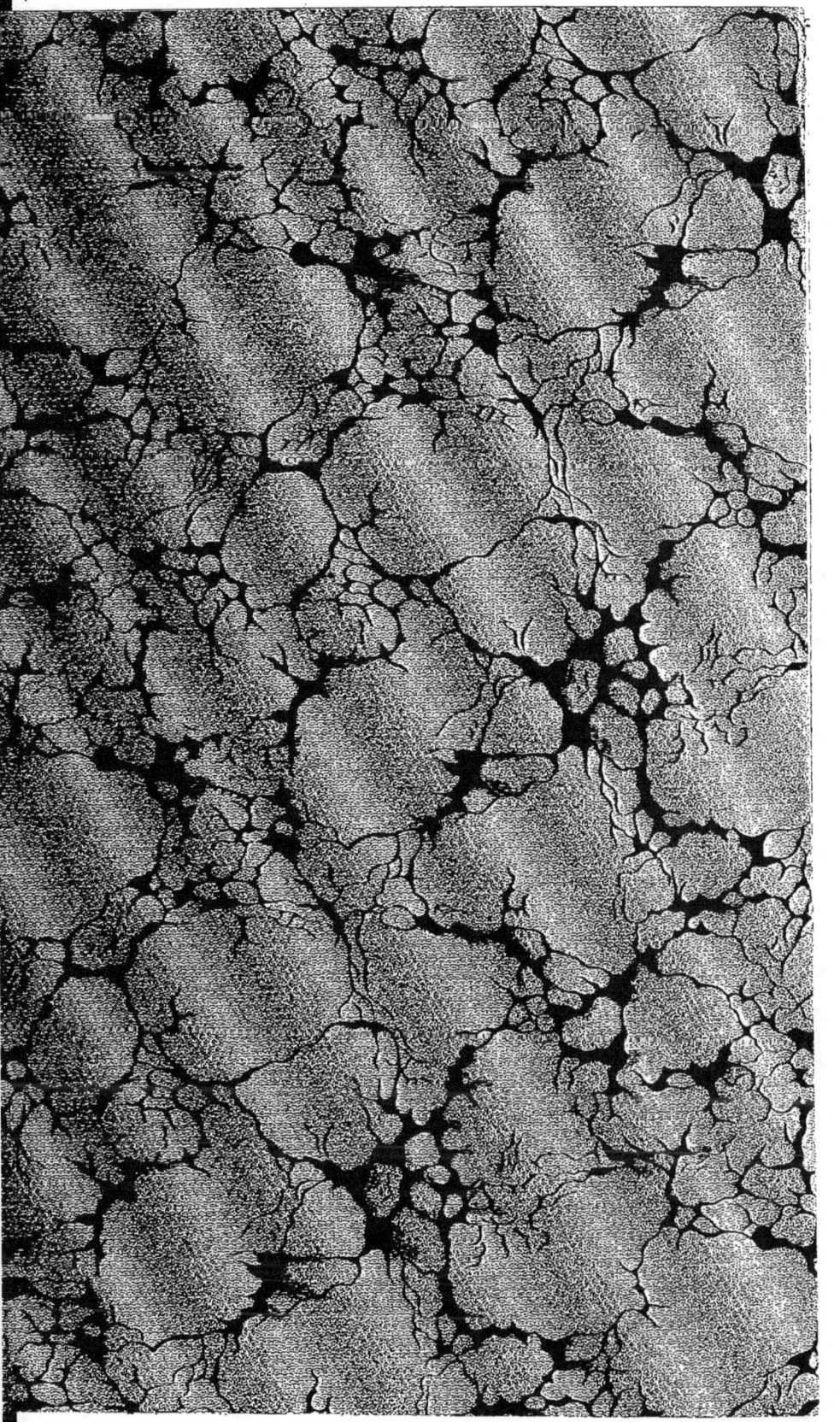

SON EXCELLENCE

SATINETTE

(AFFAIRES ÉTRANGÈRES)

PAR

ÉDOUARD CADOL

3304

PARIS

C. MARPON ET E. FLAMMARION

ÉDITEURS

26, RUE RACINE, PRÈS L'ODÉON.

SON EXCELLENCE

SATINETTE*

DU MÊME AUTEUR

THÉÂTRE :

ROMANS :

SOUS PRESSE :

SON EXCELLENCE

SATINETTE

(AFFAIRES ÉTRANGÈRES)

PAR

ÉDOUARD CADOL

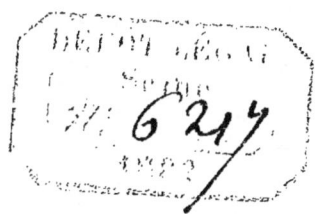

PARIS

C. MARPON ET E. FLAMMARION

ÉDITEURS

26, RUE RACINE, PRÈS L'ODÉON

1882

SON EXCELLENCE

SATINETTE

(AFFAIRES ÉTRANGÈRES)

I

CHEZ MADAME ÈVE

Onze heures et quart du soir.

Sur l'un des grands boulevards du centre, la circulation des voitures était gênée par une escouade de sergents de ville qui, d'un cœur sincère, croyaient y mettre de l'ordre.

Et les piétons suspendaient leur marche, s'entassant les uns sur les autres, aux abords d'une porte cochère, et regardaient, bouche béante, s'y enfourner fiacres et voitures de maître, en se demandant réciproquement :

— Qu'est-ce qu'il y a?

Pour peu qu'ils eussent lu les journaux de toutes nuances, depuis une huitaine, ils se seraient rappelé cet entrefilet :

1

« *Dimanche prochain, chez Mme Ève, soirée cos-*
« *tumée et masquée. Les sommités de la politique, de*
« *la finance et des arts formeront le plus* (pour les
« feuilles réactionnaires et cléricales :) *incongru*
« (pour les autres :) *charmant assemblage qui se*
« *puisse rêver.* »

Et le brigadier des agents de police disait, d'un
ton barytonnant, à son *Pandore* :

— Bizarres singularités que les revirements de
la politique ! Commandé ce soir pour faire les honneurs à la particulière qui donne un bastringue
costumé, je me rappelle *d'un* temps, qui n'est pas
loin, où, planté à la même place, mais dissimulé
sous des habits de simple bourgeois, la consigne
était de voir un peu qui que c'étaient les *ceusses* qui
se compromettaient à monter chez elle. Et puis...
singularités bizarres !... c'est ceux-là mêmes qui
me collent de planton pour empêcher le populaire
de *leur z'y* gêner l'entrée de la maison autrefois
suspecte.

Et comme *Pandore* gardait « de Conrart le silence
prudent » :

— Je veux rien dire ! continua le brigadier en
soupirant. Mais c'est tout de même du drôle de
monde que tout ce monde-là. J'en vois passer tout
fiers, à qui que j'ai mis la main au collet en
soixante et onze. Tout ça finit par m'embrouiller.
Je veux rien dire, encore une fois ; mais sous
Piétri, là, vrai !... le service était pas si méticuleux.

Et achevant sa pensée, pour lui-même :

— Bon Dieu de sort ! ajouta-t-il, avec une rude
franchise, comme on connaissait son affaire avec

celui-là. Pas d'erreur : « une, deux; vlan au bloc! » Tandis qu'au jour d'aujourd'hui, le perturbateur d'hier est une Excellence depuis ce matin. Va t'y frotter, mon garçon. Et faites donc *de la bonne ouvrage!*...

De fait, chaque fois qu'au fond d'un coupé, il reconnaissait le *facies* d'un de ceux qu'il avait traqués, sous l'Empire, la poigne le démangeait; il cherchait instinctivement son casse-tête, frémissant d'envie de se ruer dessus et de le conduire au Dépôt, avec quelques bonnes bourrades par-dessus le marché.

Mais, comme il se le disait avec rage, « va t'y frotter, mon gaillard! » Quelque sénateur à présent, ou un préfet, un député, ministre de la veille ou du lendemain, ou encore — ô amertumes! — le directeur d'un journal qui se permettait d'imprimer le mot : « empire » sans y mettre un E majuscule!...

La fin du monde, quoi! pensait-il. Une sarabande démagogique; une orgie! A tout le moins, ce que les meilleurs esprits appellent : « un temps troublé! »

Néanmoins, les équipages se succédaient, laissant descendre au perron intérieur, des invités richement travestis. Par un escalier recouvert d'un tapis, on montait jusqu'à l'appartement où se donnait la fête.

D'abord, une vaste antichambre en rotonde, ouvrant en face, dans une salle à manger, dont les murs disparaissaient sous des branchages verts, et éclairée par des lanternes de couleur. A droite,

au fond, une suite de salons, décorés à l'avenant.
Sur une estrade établie à l'aide de tonneaux renversés, un orchestre de musiciens déguisés, eux
aussi, en ménétriers de campagne. Et au bout, en
guise de buffet, le boudoir, transformé en cabaret-
guinguette, où femmes de chambre et maîtres
d'hôtel, vêtus en paysans, servaient les meilleures
choses du monde, sur des assiettes en terre de
pipe ; versant le champagne frappé en pichet, faisant couler la bière et le cidre de tonnelets
plantés au milieu de la table. De la couleur locale
à pleins bords.

Le programme de l'invitation en faisait une loi :
« *Paysans des deux sexes, ouvriers, grisettes;* » pas
à sortir de là ! Pourtant la variété ne faisait certes
pas défaut. De la Grèce à la Norwège, tout le
peuple rural était représenté. Le garde-champêtre
et le pompier dominaient, faisant bon ménage
avec des *messieurs à rouflaquettes*, qui sentaient le
Bœuf Rouge, de Montmartre, le *bal d'Idalie*, la barrière des Bonshommes, et le *gouapeur* de Ménil-
montant, à la bottine vernie près.

A l'entrée, la maîtresse de la maison, parée en
une sorte de « Madame Grégoire », accueillait les
assistants d'une bonne poignée de main secouée
de son bras nu, aux lignes sculpturales. Un mot
gentil, franchement articulé, d'une voix claire et
d'un ton cordial ; voilà le bonjour. A un autre,
salué de la même façon plaisante, sans banalité ni
sans pose.

— Et qui, cette personne-là ?
— Madame Ève, vous savez bien !...

A une époque de crise grave, alors que plus d'un proscrit de l'empire avait lieu de se demander s'il n'allait pas falloir se sauver de nouveau à Londres ou à Genève, voir à New-York, Mme Ève, passant outre au danger personnel, avait bravement offert sa maison, comme terrain neutre, à toutes les nuances des résistants de la gauche, en vue de faciliter une entente capable de triompher de la coalition clérico-monarchiste armée jusqu'aux dents; prête, en apparence du moins, à ne pas ménager le sang... des autres !

Là, sans rien concéder sur les principes, les représentants de la montagne et des centres pouvaient se consulter utilement pour une action commune qui, en réalité, déjoua le complot des sacristies et renversa sous le mépris les conspirateurs intimidés, leur mettant le nez dans... leur besogne.

Curieux et intéressant à étudier le salon de Mme Ève, à cette époque de lutte sourde. Des hommes, rien que des hommes; le haut état-major de la démocratie. Ministres renversés par le coup de réaction, ambassadeurs, généraux cassés brutalement aux gages, fonctionnaires destitués, maires révoqués ou suspendus, publicistes poursuivis à la correctionnelle, vieux champions de 48, retour de Nouka-Hiva, députés frappés par la dissolution, inquiétés, abreuvés de vexations provocantes, circulaient d'une pièce à l'autre, conférant à mi-voix en groupes nombreux, sur les nouvelles du jour et les actes que préparaient les conspirateurs triomphants. Illustres ou inconnus, tous s'abordaient et

se parlaient en confiance, sous la garantie de la
maîtresse de la maison, qui, seule, représentait
l'élément féminin de la réunion et qui, pourtant,
émit plus d'une fois une opinion virile.

A l'extérieur, de taille au-dessus de la moyenne.
Les traits irréguliers, formant, grâce au regard
brillant d'intelligence, une physionomie de caractère. Ce qui dominait, c'était la cordialité bon
enfant, avec une pointe de malice enjouée, qui
donnait à sa parole ferme l'attrait de sous-enten-
dus plaisants.

De cette élégance que vaut la plénitude de la
maturité, elle était « femme » au suprême degré,
bien qu'elle parût s'en défendre, répétant volontiers, en réponse à un compliment :

— Laissez-moi tranquille avec vos fadeurs. Je
ne les mérite pas; je suis un bon garçon, un
homme !

Un jour, à une soirée du ministère, comme elle
renchérissait encore sur ce point, un évêque, qui
causait avec elle, abaissa les yeux sur l'échancrure
de son corsage, et d'un ton, comportant à la fois
un hommage de connaisseur et une surprise in-
crédule,

— On ne dirait pas ! fit-il doucement.

Le prélat y voyait clair; car, à cette prétention
près, la meilleure femme du monde, Mme Ève,
bonne surtout et avant tout.

A lire ses écrits — plutôt romantiques — et à
s'arrêter à l'examen de son profil, certains imagi-
naient voir revivre en elle Marie Philipon, la spi-
rituelle Mme Roland. Ce qui l'en approchait assu-

rément, c'était la crânerie. Au cas où son âme se
fût amollie, ce n'eût jamais été la peur qui l'eût
amoindrie jusque-là.

A l'heure présente, au surplus, son dévouement
à la démocratie, si constant qu'il se maintînt,
n'avait plus tant d'utilité pratique. L'effondrement des visées réactionnaires la rendait à elle-
même, à ses aspirations artistiques et littéraires.
Son logis se transformait en une espèce d'académie, d'hôtel de Rambouillet, où tout ce qui compte
dans l'aristocratie intellectuelle du temps se
groupait avec empressement. Les femmes étaient
admises maintenant, pourvu qu'elles tinssent, fût-
ce par alliance, à l'un de ces « quelqu'un » qui
occupe le public de la production de son cerveau.
Beaux, laids, petits ou grands, contestés ou sur-
faits, qu'importe ! Tous avaient droit de cité entre
ces murs où le vulgaire ne parvenait pas à pénétrer.

Le vulgaire, non ; mais, dans le nombre, quelque intrigant?... Qui sait? La caution d'une dupe
suffit à se faufiler partout. En comité intime, impossible. Mais les jours de grand gala, quand des
centaines d'invitations sont lancées et que le déguisement, voire le masque dissimule la personnalité équivoque, dame ! au petit bonheur ! Au
jour naissant il ne restera, sur le parquet, qu'un
peu de poussière que le balai rejettera à la rue.
On ne peut pourtant pas exiger l'extrait de naissance, et, encore moins, l'extrait de mariage de
ceux qui se présentent, la main tendue et le sourire aux lèvres, pas vrai? « Va comme ça pour
aujourd'hui ! » Mais, demain, autre affaire !

Vous vous souvenez de la farce classique :

« — Tu vas chez Mme une telle ?

« — Oui.

« — Présente-moi?...

« — Je le veux bien ; mais si je te présente, qui est-ce qui me présentera ? »

L'inconvénient d'avoir un ou deux effrontés chez soi — quand ce ne sont pas des mouchards attitrés — est inévitable, dans ces cohues mondaines dont — sans en avoir le monopole — Paris donne l'exemple aux autres capitales de l'Europe plus ou moins civilisée.

C'est pourquoi, ce soir-là, Mme Ève fut profondément étonnée, à un moment, de se voir aborder par une magicienne dont les traits, cachés sous de longues mèches de cheveux crêpés, ne lui rappela aucune amie ou connaissance. Du diable ! si elle se souvenait qu'on la lui eût présentée. Qui avait introduit cette inconnue? La crainte de manquer de mémoire la retint de lui en poser la question.

— Qui est donc, demanda la magicienne, ce « moujick » barbu qui semble se réfugier dans l'ombre pour déguster son sorbet?..

Ce disant, elle désignait dans le petit salon voisin un masque vêtu d'une blouse de soie tombant sur un pantalon noir ordinaire, et dont le visage disparaissait sous une fausse barbe énorme.

— Ma foi, répondit Mme Ève, je ne le connais pas plus que vous.

Ce « pas plus que vous » était à double entente dans l'esprit de l'hôtesse. Mais que la magicienne

en pénétrât ou non la portée, elle fit semblant de
le prendre pour argent comptant, et, s'éloignant:

— Merci, dit-elle.

— Il n'y a pas de quoi! pensa Mme Ève, de plus
en plus intriguée.

Puis, appelant un ami de la maison, qui, pour
la circonstance, s'était transformé en gendarme:

— Binda, fit-elle, pouvez-vous me dire le nom
de cette magicienne?

— Comment! répliqua celui-ci, vous ne l'avez
pas reconnue?

— Vous voyez bien que non.

— La baronne de Chléha.

— Allons donc! La « femme Eckmann » chez
moi?...

— Eh, oui! « Satinette » c'est bien elle!...

— « Satinette »!... répéta Mme Ève, avec une
légère moue de dégoût. Vous êtes d'une excessive
politesse, vous Binda!

— Pourquoi?

— Vous mettez une cédille sous le C.

Et cédant à une bouffée d'indignation mal con-
tenue :

— Une fieffée catin! ajouta-t-elle entre ses dents.
Qui est le malotru qui m'a amené cette créature ?

— Je ne m'en doute pas.

— Dites donc, Binda, si vous la mettiez à la porte?

— Je m'en moque, et ce serait plutôt avec plaisir. Mais ne craignez-vous pas que « ça jette un
froid? » D'ailleurs, si elle s'est glissée ici, à la
faveur d'un déguisement, c'est qu'elle se propose
un but secret à atteindre, c'est qu'elle a un mot à

1.

dire à quelqu'un. Le quelqu'un trouvé, le secret
dit, elle ne traînera guère, se méfiant de s'attirer
un camouflet. Donnons-lui vingt minutes.

— Va pour vingt minutes ! fit Mme Ève, désireuse
de ne point troubler la fête par un incident dé-
plaisant.

Durant ce court dialogue, la magicienne, s'approchant de l'invité barbu, travesti en moujick,
l'englobait d'un regard pénétrant. Puis, édifiée
sans doute sur l'identité du personnage, elle se
laissa tomber nonchalamment à ses côtés, et s'au-
torisant des libertés du Carnaval pour le tutoyer :

— Veux-tu savoir ta bonne aventure ? lui demanda-t-elle.

— Combien prends-tu ? fit l'autre sur le même
ton.

— Rien.

— C'est bien cher.

— C'est pour l'honneur.

— As-tu la monnaie à me rendre ?

La magicienne le regarda dans les yeux.

— Qui t'autorise à me dire une impertinence ?
demanda-t-elle. Me connais-tu ?

— Pas du tout. Ne vois-tu pas que je plaisante ?

— Es-tu donc si joyeux, si content de la vie ?

— Qu'est-ce que ça te fait ? Dis-moi.

— Qu'en sais-tu ?

Le jeune homme (on pouvait le croire tel, à la
vivacité de ses yeux et à la souplesse de ses mouvements) ébaucha un sourire railleur.

— Défie-toi, fit-il ; tu vas me donner de la vanité. J'ai toujours rêvé des amours avec une femme

de grand monde. Restons sur ta proposition première, va; c'est le mieux.

Et lui tendant la main, pour qu'elle exerçât le
talent dont elle faisait étalage:

— Dis-moi si je suis « la personne la plus amoureuse de l'honorable société qui t'environne. »

La magicienne se leva.

— Non, dit-elle. Offre-moi ton bras et circulons.
Je n'ai pas besoin des lignes de ta main pour te
dire qui tu es et quel bel avenir tu gâches. Viens.

Cette façon de l'aborder parut originale au
« patient » qui, se levant à son tour, s'exécuta de
bonne grâce. La magicienne passa son bras sous
le sien et, l'entraînant, à l'entrée du grand salon,
où il était merveilleux qu'on pût danser, tant il
était encombré de masques, elle pencha la tête sur
l'épaule du jeune homme jusqu'à lui frôler l'oreille
de ses cheveux, et lui parla si près que son haleine
tiède caressait les joues de celui-ci.

— Regarde ce tas d'hommes, lui dit-elle. Je n'ai
pas à te les nommer, tu les vois chaque jour, depuis des années; tu leur serres la main, tu les rencontres dans toutes les réunions officielles, et tous
sont où ont été tes collègues à la Chambre. La
plupart, mon cher, partis comme toi, sont parvenus maintenant. Leur fortune est faite ou en
voie de se parfaire; en tous cas, ministres titulaires — j'en compte quatre, ma foi, ce soir! —
ambassadeurs, fonctionnaires de haut bord, ils
constituent le personnel gouvernemental indispensable de ce temps-ci.

— Eh bien? demanda l'autre.

La magicienne, croisant ses mains sur le bras
de son *client* et se serrant contre lui de tout son
corps flexible, lui jeta un regard narquois.

— Eh bien! répéta-t-elle, et toi, mon pauvre
garçon, où en es-tu?

— N'est-ce pas plutôt à toi de me le dire?

— Oui, à te l'apprendre; car, en effet, tu n'en
sais rien. Toi, mon cher député, tu es et tu restes
député, comme devant, besoigneux obscur, tra-
cassé par les misères de la vie matérielle, dont, en
homme intelligent, tu n'apprécies que le superflu,
réduit à vivre chichement avec ce que tes créanciers te laissent de ton indemnité parlementaire.

« Tandis que tous ces gens-là roulent équipage
à présent, tu viens ici dans un méchant fiacre, que
tu renvoies par économie. Pendant que tu t'ingé-
nies à faire durer un paletot deux ans, tes camarades se couvrent de fourrures. Tandis, enfin, qu'ils
font figure, occupent l'opinion, tiennent une place
en évidence dans les conseils européens; qu'un
bout de discours de leur part est commenté par
tous les journaux français et étrangers, et que l'on
se préoccupe, à l'avance, de l'avis qu'ils pourront
bien émettre sur la question pendante, toi, isolé,
sans crédit, tu n'es encore et peut-être ne seras-tu
jamais que « le député Théodose La Phryte »;
pour « ces dames », *Théo;* mais un bon enfant,
par exemple! Un banal bon enfant! C'est pitié!

« Cependant, ajouta-t-elle en se collant encore
plus à lui, tu es dix fois mieux doué que le gros de
ce bataillon d'hommes d'État improvisés; dix fois
plus *sachant* que ces bronzes satisfaits, débris des

oppositions oubliées, tournant à la « vieille *baderne* »
depuis que « leur affaire est faite », et toujours si
étonnés de tenir la queue de la poêle, qu'ils ont peur
de la renverser en faisant un pas en avant.

« Contemple-les cavalcader en cérémonie dans
le même cercle, comme des chevaux de bois, à la
foire, pontifiant des âneries confuses, pour occuper
le tapis et dissimuler l'ahurissement persistant, le
désorientement incurable qu'ils éprouvent à se voir
en main ce pouvoir qu'ils n'ont jamais su que
combattre !

« Voyons « Théo » est-ce que tu ne ferais pas
bien, là-dedans ? Est-ce que la verdeur de tes quarante
ans — quarante à peine, ne te formalise pas ! —
n'insufflerait pas un peu de vitalité, à ces bonnes
gens qui, leur utile travail de démolisseurs achevé,
ne savent pas bâtir, et s'intimident à la pensée de
céder la place à qui peut édifier ?

Le député n'éprouvait pas le besoin de répondre.
Sans se laisser autrement entamer par cette inconnue, il l'écoutait avec une curiosité non dépourvue
d'un charme étrange.

Pourquoi lui disait-elle tout cela ?

Il n'était pas assez avantageux pour la supposer
amoureuse de lui. Il y avait sans doute quelque
intérêt sous jeu. Il souhaitait le découvrir avant
de répliquer, se croyant d'ailleurs en pleine possession de lui-même et de sa volonté.

Oui et non. Assurément, il se réservait, se maintenant sur la défensive, en attendant de voir tout à
fait clair dans le jeu de la magicienne. Mais qui
sait si le contact étroit de cette femme, dont les

formes si chaudes se moulaient, en quelque sorte,
« *dans sa chair* », comme dit trop souvent le grand
maître du « naturalisme » ne lui infusaient pas un
fluide pénétrant qui l'influençait ?

— Tu te tiens sur tes gardes, reprit celle-ci, et
tu hésites à énumérer les raisons qui font qu'on te
laisse à l'écart ? Si tu promets de ne pas te suscep-
tibiliser, je te les dirai toutes.

— Voyons, répondit le député.

— La principale, vois-tu, Théo, c'est ta pauvreté
relative. Elle te discrédite aux yeux des autres, et
elle te décourage.

Ces autres pensent :

= « Bah ! un homme sans surface !... »

« Toi, tu t'acclimates, par paresse, à la médiocrité !

« Tu sens, plutôt que tu ne sais, ta valeur réelle.
Tu te souviens d'avoir plus ou moins inquiété tes
collègues, quand, stimulé par la vanité froissée, ou
par une révolte de conscience, tu t'es abandonné,
du haut du tremplin de la tribune, à l'ardeur de
l'improvisation, écrasant les interrupteurs d'une
saillie cruelle, qui leur fermait la bouche, en les
épeurant; démolissant, d'un maître coup de boutoir, l'échafaudage de compromis hypocrites des
politiciens que ta verve déroutait.

« Mais, la colère passée, les applaudissements sa-
vourés, en artiste, en artiste encore, tu t'es laissé
dépouiller du fruit de ta mâle éloquence, de ta probité patriotique et clairvoyante, et, repris en sous-
œuvre, circonvenu, caressé, roulé dans le sucre,
tu n'as pas eu *l'estomac* de renouveler l'assaut,

pour empêcher qu'on ne mangeât les marrons que tu avais tirés du feu.

« Tu es indolent, mon cher législateur, passe-moi le mot : un « *feignant* » un orateur sans plus, à qui les bravos suffisent, et que les habiles peuvent *enfoncer*, en tout temps, rien qu'en lui passant la main sur le dos.

« Comme les chats frileux, tu rentres tes griffes, tu clignes des yeux, en faisant ton « ronron », et le moindre homme pratique t'arrache des pattes la proie, par toi conquise, à tous risques, et dont il se délecte paisiblement, à ta barbe, en se moquant de ta bonifacerie.

« Allons ! fit-elle brusquement, en levant la tête, de façon à plonger son regard félin dans les yeux du député, sois franc, et réponds ; est-ce vrai tout cela ?

— Tu es une véritable sorcière, fit-il en riant, d'un peu haut ; sorcière véritable, et tout aussi habile que ceux dont tu me parles ; puisqu'à leur exemple, tu me passes la main sur le dos et cherches à m'entortiller, au point que je commence mon « ronron » à ton gré ou à ton profit, ce qui est même chose.

« Va, va ! poursuivit-il du même ton ; continue, ma belle, ce jeu ne me déplaît point ; au contraire. Le son de ta voix chaude de contralto m'est douce à entendre ; la tiédeur de ton corps ondulant bonne à sentir, et je me grise doucement du parfum féminin qui se dégage de ta bizarre personne.

« Parle encore. Je n'ai pas hâte d'entrevoir la conclusion du sermon que tu me débites. Au milieu de cette cohue d'indifférents que je connais trop pour leur porter beaucoup d'envie, je m'isole agréablement dans l'inconnu fantaisiste, que tu personnifies gentiment, pour moi, à cet instant.

« Parle, et dis tout, sans réserves, sans précaution ; tu ne peux me mortifier. Et s'il est dans tes intentions de ne nous revoir jamais, je garderai de toi le souvenir le plus aimable, le plus piquant, me tenant, en dépit du regret de ta disparition, pour ton obligé, des fugitifs instants dont tu me favorises.

La magicienne se recula un peu :

— Qu'imagines-tu, dis-moi? demanda-t-elle.

— Ah! d'honneur, rien du tout !

— Si fait. Tu me prends pour une femme facile éprise de toi?

— Ce n'est donc pas vrai?... Tant pis !

— Si tu ne daignes répondre franchement, je m'en vais.

Théo la retint par un brusque mouvement qui la ramena contre lui, emboîtée de l'épaule.

— Que veux-tu savoir? Dis?...

— Ce que tu supposes du motif qui m'a fait t'aborder.

— Puisque ce n'est pas simplement — tu le dis, je te crois, et tu permets bien que je le déplore ! — caprice de jolie femme, il faut qu'un intérêt..... — disons quelconque, pour éviter le mot : ténébreux ! vois si j'accède à ton désir de franchise !... — il faut, dis-je, qu'un intérêt te pousse à te concilier ma volonté de te servir.

— C'est vrai, fit-elle.

— Eh bien ! soit ! Que puis-je pour vous, madame ?

— A l'heure actuelle, rien.

— En ce cas ?...

— Pour me procurer ce que je veux, — ce :
je veux, prononcé les dents serrées, trahissait une
violence de vouloir excessive — il faut être un
puissant parmi les puissants.

— Alors, vous vous trompez de porte, ma chère,
répliqua gaiement le député. Voyez chez le voisin !...

— Et si vous étiez demain celui dont j'ai besoin ?

— Quoi ! ma belle sorcière, fit Théo, en lui serrant le bras contre sa poitrine, après le passé, vous
dites l'avenir ?...

Elle le fit avancer à travers les groupes qui
s'étaient formés, à la fin de la valse. Au centre de
l'un d'eux, un ministre du jour, très entouré de
personnes attentives, dont le visage préparait le
sourire approbateur, dont ils allaient accentuer
leur : « Brigadier, vous avez raison » pérorait pré-
cieusement, sur un point de la politique courante.

— Ecoute-le, dit tout bas la magicienne.

— Tu me soumets à de dures épreuves ! riposta
plaisamment son cavalier. Je l'ai déjà entendu à
la Chambre, tantôt.

— Et tu t'es endormi ?

— Assoupi, seulement.

— Endormi !... Je t'ai vu !

— Ne le divulgue pas, malheureuse ! Mes qua-

rante ans aidant, je serais déconsidéré près des
dames !

— Tu dormais, continua sa compagne, sans s'arrêter à la boutade. Tu dormais, non pour cause de
digestion pénible — tu déjeunes chez toi de deux
œufs et de thé, parce que le bordeaux est cher et
que tu n'aimes pas la piquette — tu dormais, non
encore pour cause de fatigue ou de veille prolongée — tu ne vas plus au cercle, parce que la
perte de cinq louis au baccarat te gêne, et tu t'es
couché hier à onze heures — tu dormais, mon
ami, par ennui d'entendre cet homme de mince
mérite, de savoir et de moyens insuffisants, d'élocution laborieuse, ressasser des arguties démodées
qui ont traîné partout.

« Eh bien ! dis-le-moi, pourquoi cette médiocrité
jaugée à sa juste mesure, qui, il y a peu d'années
végétait inaperçue dans la masse moutonnière des
députés sans prestige, dont le rôle se réduit à voter
avec discipline, selon le mot d'ordre, pourquoi,
dis-je, est-il où tu le vois ?

— Parce qu'il a eu de la chance.

— Pas du tout ! Parce qu'il a compris que pour
gravir les échelons du rang suprême, il faut le marchepied de la Fortune.

— Prends garde ! s'écria en riant le député. Tu
vas insinuer qu'il s'est procuré la sienne en pui-
sant, à pleines mains, dans les coffres de l'État.

— Bêta !... Il n'y a plus que les portiers qui
croient que cela soit possible.

— Alors, comment ?

— En se mariant.

Théo — puisque Théo il y a — se mit à rire de
bon cœur.

— Allons donc ! fit-il. Je m'explique tout, à la
fin, et à mon tour, je vais tirer ton horoscope, bien
que les astres soient peu visibles d'ici.

— J'écoute, dit-elle, en s'offrant à son examen.

— Toi... tu es la jeune veuve traditionnelle dont
un podagre grincheux a laissé, plus ou moins, le
cœur en jachère. Revenue des idéalités du tendre
âge, frottée au monde, tu aspires à distribuer des
recettes particulières, des bureaux de tabac, ou des
places de directrice des postes, et tu veux enrichir
un député « pauvre, mais honnête ! » afin de le
mettre dans ta poche et d'en jouer comme un trou-
badour de sa guitare... C'est ça ? parions ?...

La magicienne accentua son sourire, et l'entraînant lentement :

— Monsieur mon nouvel ami, dit-elle, j'ai vingt-
sept ans, depuis dimanche, et, à dater de jeudi
prochain, jour pour jour, je compterai onze années
de mariage. Veuve ?... je le serais, si le ciel inclément n'eût fait l'oreille sourde à mes prières réitérées.

« Quant à vous enrichir de mes deniers, vous
êtes un trop galant homme pour qu'une pensée
aussi saugrenue puisse germer dans la cervelle
d'une femme telle que moi.

« Ah ! ne vous trompez pas, fit-elle en l'interrompant ; ne vous méprenez pas sur la portée de ces
derniers mots. Je suis... ce que je suis, ce qui n'est
pas beaucoup dire, mais, entre une sotte et moi, il
y a quelque différence.

« Je n'ai donc point l'arrière-pensée de vous
proposer un marché malpropre, ce qui serait une
bêtise, étant donné, qu'en somme, vous ne demandez rien à personne, quelque humiliation secrète que vous éprouviez de n'être pas en la posture à laquelle vos talents vous constituent des
droits.

« Sans vous ennuyer de politique, regrettez la
ruine irrémédiable des régimes antérieurs, mon
cher. Tel que je vous *sais*, vous seriez un des
oracles, une des idoles de l'opposition, si quelque
réaction triomphait. L'or grouillerait dans vos
poches ; on vous assommerait d'ovations aux en-
terrements un peu illustres, et un peintre vous
mettrait en pied, au Salon, pour *embêter* le gouvernement. Toutes les gloires, en un mot!...

« Donc, pour nous résumer, il ne s'agit pas de
ma très indigne personne...

— De qui alors? demanda Théo. Car, vraiment,
vous m'intriguez en fin de compte. Pour excessive
que soit votre bonne opinion de mes talents, comme
vous dites, je ne crois guère — excusez-m'en —
que l'admiration gratuite vous entraîne à me vouloir porter au faîte de la puissance...

— Et vous avez raison !

— Vous avez donc intérêt à ce que je vous
doive tout ou partie de ma fortune politique?

— Je ne m'en cache pas.

— Quel est-il ?

— De quoi servirait de préciser, si vous refusez
ma...

— Votre... quoi ?

— Ma... combinaison.

— C'est juste. Autant en rester là. Tenez, reprit sérieusement La Phryte :

« Comme vous l'avez dit, et, que j'aie tort ou raison, je ne demande rien à personne. J'accorde que, avec un peu plus d'ambition et moins d'insouciance, de paresse — toujours pour répéter vos expressions — j'aurais pu faire plus et mieux, pour le pays et pour moi. Mais, si j'en conviens bonnement, ce n'est pas que je puisse me livrer à vous, que je ne connais pas et qui, rien que par votre entrée en matière, me mettez plutôt en défiance.

— Je vous demande un peu quels risques vous avez courus à m'écouter ?

— Aucun, sans doute, dans le sens précis du mot, et si tant est qu'il n'y ait là-dessous qu'un badinage de bal masqué. Mais, quand votre voix se fait grave, pour me parler d'épouser quelqu'un que vous semblez avoir dans la manche, permettez-moi de vous le dire : votre « jeune personne » me procure un intime frisson, et je me demande si, me confondant trop bénévolement avec les Lousteaux de Balzac, vous n'en venez pas à reculer excessivement le champ de la plaisanterie, en vous proposant de me graisser la patte, pour couvrir de mon pavillon un « article » accidentellement avarié.

— Monsieur La Phryte, répliqua lentement la dame, voilà ce qui vous perd : la méconnaissance, l'insuffisance d'estime de l'homme que vous êtes. Pour qui vous prenez-vous, si vous admettez qu'on ose espérer de vous tenter par une ignominie?

— Pardon! fit-il. Mais, en ce cas, je ne comprends plus du tout.

La magicienne lui quitta le bras.

— On étouffe ici, dit-elle, et je meurs de soif.

— Je vais vous conduire au buffet.

— Il est envahi, non. Voulez-vous m'offrir une tasse de thé au café Anglais?

— A vos ordres.

— Eh bien, partons.

— Je demande votre pelisse.

— Je l'ai laissée dans la voiture.

Et, le voyant faire la grimace :

— Ah! ne craignez rien! fit-elle, avec une nuance d'amertume. C'est une remise de louage dont vous réglerez le prix, si votre dignité le préfère.

Pendant que le député reprenait son paletot et son claque au vestiaire, un homme s'approcha de la jeune femme.

— Je vous serai obligé, madame, de passer demain à mon cabinet, dit-il tout bas.

— Encore? répondit gaiement Satinette. Vraiment Monsieur le préfet de police, vous êtes imprudent.

— En quoi?

— Vous voulez donc que je vous égratigne l'autre joue?

— Chut! fit celui-ci, en voyant revenir La Phryte.

— Je vous attends, dit Théo.

— Allons, fit-elle.

Dans l'escalier désert, à ce moment, le député décrocha sa fausse barbe, déboutonna sa blouse de mince soie, et fourrant le tout dans la poche de son pardessus, il reparut en tenue de soirée.

— Vous êtes mieux ainsi, lui dit la magicienne.

Quelques tours de roue, et le coupé les déposa au Café Anglais.

En pénétrant dans le cabinet qu'on leur ouvrit, celle qui, pour Théo, n'était toujours qu'une inconnue, demanda un bol et de l'eau fraîche ; puis laissant glisser sa pelisse sur le tapis, elle ôta la perruque qui lui masquait le visage.

Théo fut tenté de lui retourner le compliment qu'elle lui avait adressé dans l'escalier de Mme Ève. Non seulement elle était mieux ainsi, mais, à n'en rien rabattre, elle lui produisait de l'éblouissement.

Des cheveux châtains, ruisselants de reflets fauves d'un éclat fascinant, sur un front d'une pureté d'archange. L'œil noir et profond, dont le point lumineux semblait glisser dans la pénombre mouillée de la paupière ; une perle entre des cils démesurés. Le nez, d'un dessin antique, tombait, par deux ailes roses et frémissantes, sur ses lèvres écarlates, arrêtées brusquement par un pli de la joue creusée en fossette.

Les épaules, jusque-là enfouies sous les tresses multipliées de la chevelure postiche parsemée de sequins, se dégageaient d'un corsage noir, brodé d'or, tranchant crûment sur l'étoffe, par une matité d'une fraicheur inouïe.

En attendant que le garçon apportât ce qu'elle avait demandé, elle tirait ses bras d'une paire de

gants noirs lustrés qui montaient jusqu'au biceps.
Des bras d'une délicatesse exquise, où de petites
veines bleuâtres couraient, ajoutant à la transpa-
rence de la peau, qui, au coude, s'estompait d'une
teinte rosée.

Quand l'eau fraîche fut placée devant elle :

— Vous permettez? dit-elle à Théo. La poussière
suffoquait, là-bas.

Et, trempant un coin de serviette, elle se rafraî-
chit le visage.

Etait-ce manœuvre de coquette qui connaît ses
supériorités de beauté? On ne sait. Ce qu'il y a de
sûr, c'est qu'ensuite, l'éclat de son teint apparut
dans toute sa resplendissance immaculée. Pas à
dire qu'elle le dût au *maquillage*, du moins !

Aussi le député se dit-il intérieurement :

— La jolie fille !

Un autre eût peut-être exprimé son admiration
en s'écriant :

— La jolie femme !

La nuance est presque imperceptible. Mais le
« boulevardier » distinguait malgré lui. Toutefois,
il ne put retenir une exclamation d'enthousiasme :

— Mon Dieu, madame, dit-il, que vous êtes
belle!... Et qui donc êtes-vous?

La jeune femme sourit, et portant le haut de son
poignet aux lèvres de La Phryte :

— Devinez, dit-elle.

— Je vous jure que je n'en sais rien.

Elle prit un temps, comme on dit au théâtre,
puis :

— « Satinette! » pour vous servir, monsieur.

— Madame de Chléha?

— Si l'on veut! et, baronne, par-dessus le marché. Mais plus exactement : « femme Eckmann » ; et, pour mes amis, tout simplement : « Raphaële ».

On servit des fruits, des sandwichs, une fiole de vin exotique, et, quand le thé fut versé, les garçons partis, Satinette, posant les coudes sur la table, regarda son compagnon et dit :

— Voulez-vous, cher monsieur, que nous reprenions la conversation où nous l'avons laissée?

— Tout ce que vous voudrez, pourvu que je vous voie.

— Où en étions-nous?

— Vous me faisiez de la morale.

— C'est fini, je suis au bout de mon rouleau.

— Et, comme un oncle de comédie, vous me parliez de mariage.

— Eh bien! reprit-elle, j'achève.

Elle parut se recueillir, comme un orateur qui classe mentalement son argumentation, et se faisant sérieuse :

— Irez-vous samedi à la réception des Finances?

— Peut-être.

— Allez-y.

— Pourquoi?

— Parce que vous rencontrerez là un grand monsieur, à cheveux blancs, droit, solidement campé, présentant, bien en face, sa vaste poitrine, et dont la physionomie énergique vous frappera par l'extrême douceur de deux yeux bleu pâle, profonds d'intelligence bienveillante.

Regardez les mains : petites, à doigts courts et

2

carrés. Vous reconnaîtrez en lui un de ces hommes que Michelet se complaît à dépeindre, et qui n'ont besoin ni de parchemins ni de papiers pour affirmer la pureté de cette race gauloise qui, partie de l'esclavage, a secoué, peu à peu, tous ses jougs, ses servitudes, et, absorbant ses vainqueurs, a semé à travers le monde le bon grain de l'affranchissement de l'espèce humaine. Un gaillard que rien n'intimide, en dépit de son aspect bonhomme.

« A ses côtés, vous verrez une grande et jeune fille, coiffée de bandeaux, aile de corbeau, au teint blanc, dont les bras, encore fluets, s'attachent à un buste large, et dont la taille flexible et fine surmonte des hanches de *vraie* femme.

« *Quelqu'un*, aussi bien que son père, celle-ci, d'une beauté grave, avec un fond candide d'enfant, entretenu par une droiture indéconcertable. L'honneur inné et inflexible.

« Lui, ancien contre-maître de fabrique, devenu patron, dirige, dans la banlieue, un établissement de cristallerie, qui lui vaut les revenus d'un budget de prince régnant.

« Elle, orpheline de sa mère, instruite, gaie, bonne, type de la vierge sage, dont les aspirations ne vont pas au delà de la constitution d'une famille aimée, digne et fière.

« Voilà nos gens, mon cher législateur. Voilà l'épouse que je vous offre, avec une dot de deux millions. Y voyez-vous quelque chose à reprendre?

— Rien. Toutefois...

— Dites.

— Je n'ose...

— Je parlerai pour vous.

— Voyons...

— « Quel est mon intérêt en tout cela », n'est-ce pas ?

Les traits du député prirent, comme malgré lui, une expression gouailleuse.

— On ne peut rien vous cacher, fit-il.

— J'en ai un, c'est vrai, répliqua la jeune femme. Je vous l'ai déjà avoué ! Quant à le préciser, c'est trop tôt.

— Pourquoi donc ?

— De deux choses l'une : ou parvenu à la situation supérieure que vous méritez, vous vous souviendrez de moi, et me satisferez, de votre libre mouvement, ou vous êtes de naturel ingrat. Qu'en est-il ? Je l'ignore. Et je veux être édifiée sur ce point, avant de vous livrer le secret de ma vie.

— Cependant, vous me proposez une sorte de pacte. Le moins est que j'en sache les conditions.

— Si vous êtes l'ingrat dont je parle, je ne vous demande rien.

— Eh ! mais, c'est une prime à l'ingratitude cela ! Vous me tentez de vous payer en cette monnaie, belle madame ! Défiez-vous !...

Sans répondre, la jeune femme le contempla attentivement. Quoi qu'elle fît, elle perdait visiblement ses peines ; soit qu'il ne prît pas l'*affaire* au sérieux, soit qu'il fût plus *indolent* encore qu'elle ne le supposait, il était clair que La Phryte lui échappait.

Le découragement la prenait. Quel dommage qu'un garçon de cette valeur fût insensible à l'ambition ! C'est pourtant vers la quarantaine que le germe s'en développe, dans le cœur de l'homme ; encore que la politique en stimule l'éclosion plus tôt chez le plus grand nombre. Pour quelle cause celui-ci y paraissait-il réfractaire ? Y avait-il, en son âme, quelque faiblesse, quelque vice, qui absorbât toute la place ! Sur ce qu'elle s'était appliquée à découvrir, à son sujet, elle ne l'admettait point.

Les déceptions, la lassitude de la lutte devaient seules aggraver cette indolence naturelle. Aussi ne croyait-elle pas qu'il fût impossible de la secouer à la fin. Mais comment ? Quel ferment jeter dans le moral de cet être, pour que des appétits, des passions le réveillassent, et lui rendissent ses énergies ?

Sans être magicienne ou sorcière, elle devinait bien, sans doute, que sa beauté faisait impression sur Théo. A plonger son regard dans les yeux du député, elle surprenait des éclairs de désir, dont il était facile d'apprécier la violence. Peut-être était-ce cela même, qui le distrayait, qui l'empêchait de s'arrêter à la proposition qu'elle lui avait insinuée.

Mais en dépit des écrivains qui, pour les besoins de la cause, nous présentent des types féminins qui tablent froidement sur leur beauté, au point de s'en faire un instrument, Dieu merci ! la femme *belle* ignore de quelle puissance elle dispose. Le ciel lui refuse, par bonheur, la faculté d'en mesurer l'étendue ; sans quoi... pauvres de nous, mes frères !

Celle-ci, qui n'était pas faite autrement que les
autres, se demandait si les soifs d'amour, que ne
dissimulait point le député, avaient assez de téna-
cité pour qu'elles permissent de l'enchaîner, de le
dominer, de lui donner de l'élan pour arriver avec
lui, au but qu'elle poursuivait mystérieusement.

La vierge peut bien se bercer de l'illusion d'attacher à jamais, sinon d'asservir, celui qu'elle grati-
fiera de son premier baiser. Mais une femme de
vingt-sept ans a éprouvé les fatalités de la nature.
Elle a pu calculer ce que la délectation fait perdre
à son prestige. Satinette manquait de confiance en
elle-même.

Et puis, pour tout dire, elle éprouvait un particulier regret de plaire à ce degré. Non qu'elle fût
éprise ailleurs ; non que Théo ne fût point fait
pour inspirer de l'amour, tout comme le voisin.
Mais — c'est fort difficile à définir ! — la sensation
intellectuelle dominait tout le « moi » de Raphaële. Elle n'estimait pas cette beauté, dont les
autres faisaient si grand cas ; que tant de femmes
jalousaient, et qui lui attirait des hommages —
à son sentiment — intéressés, dont la grossièreté
de convoitise la heurtait, dans les superfines déli-
catesses de son orgueil.

Elle eût préféré que Théo n'en subît pas le
charme ; qu'il s'élevât au-dessus des préoccupations vulgaires, et se satisfît de devenir son *ami ;*
sans plus.

Nombre de femmes le croient possible. En vérité, l'amitié, entre les deux sexes, n'est rien
qu'une utopie, un idéal, parfois réalisable *après ;*

jamais *avant;* encore faut-il que, des deux parts, on ait une nature fabriquée d'un limon épuré.

Hélas ! La Phryte ne semblait pas pétri de cette pâte de choix. Tant pis ! Mais puisqu'en somme, Satinette n'abandonnait pas l'espérance de le capter, un seul point restait à examiner : l'amant obéirait-il aveuglément ? Serait-il possible de le dompter, de le conduire, de le diriger au moins, si tant est qu'elle ne pût éviter finalement de se donner à lui ?

Là était la question pour elle, question qu'elle examinait en son for intérieur, mettant en balance la répulsion déterminée, absolue, charnelle qu'elle éprouvait, et l'objectif secret de sa manœuvre.

A tout hasard, et faute d'éléments certains d'appréciation — prête à tout surmonter, en dernière analyse, — elle se résolut à en faire l'épreuve, et, se levant d'un mouvement :

— Tenez, mon cher, dit-elle, vous m'humiliez. Oui ! vous me prenez pour une créature quelconque, et ce que je dis glisse sur vous. Tout au plus, vous amusez-vous de mes paroles, sans consentir à en peser la portée. Brisons là. Prenons que je n'aie rien dit. Demandez l'addition. La nuit s'achève, je rentre.

L'homme — excusez-moi d'en faire ici l'aveu, ô honorables congénères ! — l'homme féru d'amour est bête. Sans m'appuyer sur Stendhal et son système de *cristallisation*, le souvenir personnel me suffit pour confirmer mon dire. L'appétit érotique, tout comme les autres appétits organiques, absorbe le *sujet*, le congestionne jusqu'au délire et sup-

prime dans le moment le surplus de son indivi-
dualité.

Théo eut le cœur serré. Cette femme si belle, si
séduisante, si vertigineuse, allait disparaître,
comme la vision d'un rêve charmant. Un chagrin ;
une douleur ! Il lui prenait des envies de tomber à
ses pieds, d'enserrer ses genoux, en lui criant
d'une voix étranglée par l'émotion :

— Reste encore ; je t'aime. Laisse mes yeux
se repaître de ta grâce ; souffre que je t'admire à
satiété, si la satiété est possible !...

Il n'osa, et surmonta la tristesse, dont l'excès
le surprenait lui-même.

La note réglée, Raphaële suivant son idée lui dit:

— Aidez-moi, je vous prie, à remettre ma pelisse.

Pâle, muet, il prit et tint ouvert le vêtement.
Elle se présentait de dos, et d'un œil avide il semblait caresser les ondulations de la nuque de cette
créature idéale où s'emmêlaient tant de petits cheveux, en boucles capricieuses. Il aspirait les parfums brûlants qui s'exhalaient de sa chair laiteuse.
Il frissonnait sous le coup de pénétrations magné-
tiques, qui lui valaient des spasmes d'égarement.

Et elle, tordant ses bras nus pour enfiler ses
manches, s'appuyait contre lui, dont la respiration
se faisait haletante.

On sortit du cabinet. Dès qu'elle parut en bas,
un coupé de maître, attelé à une bête de sang,
qu'un cocher, d'une tenue rigide, s'efforçait de
maintenir, en lui parlant anglais — *pourri de chic*,
le tout ! — avança au bas de l'escalier.

— Cher monsieur, bonsoir, dit Satinette, sur un
ton dégagé, en lui tendant la main. C'est ma voiture, *à moi*, fit-elle en appuyant, et je ne me permets pas de vous y offrir une place.

C'est là, où, secrètement, elle l'attendait. C'était
l'épreuve à laquelle elle le soumettait, pour se faire
une idée de sa puissance sur lui. Monterait-il dans
cette voiture, lui, qui, selon ce qu'elle en jugeait,
devait la tenir pour une femme galante, vulgaire-
ment entretenue ?

— Pourquoi pas ? dit-il en balbutiant.

— A votre aise ! répliqua-t-elle, en s'insinuant
dans le coin.

Puis, comme Théo appuyait sur le marchepied :

— Est-ce que vous avez sommeil ? lui demanda
la jeune femme.

— Non.

— En ce cas, dites qu'on nous fasse faire le tour
du Bois.

Théo transmit l'ordre et pénétra, honteux.

A la place de la Concorde, Raphaële claqua des
dents.

— J'ai froid, dit-elle.

Doucement, son compagnon, passant le bras
sous sa pelisse, l'attira contre sa poitrine, la sentant
obéir, avec une passivité *consentante* qui lui donna
le vertige.

A l'entrée de l'avenue du bois de Boulogne,
elle laissa sa tête appuyer en plein sur l'épaule de
Théo.

Par la vitre, un spectacle de féerie, un décor de
Chéret. Toutes les branches d'arbre, frangées de

givre, scintillaient de millions de diamants, éclairées en rouge, à la base, par les premiers feux du
soleil naissant, teintées d'opale, au faîte, par les
rayons diaphanes et froids de la pleine lune, trô-
nant d'aplomb, au cintre de l'azur étoilé.

Pas un souffle n'inclinait les cimes ; personne
dans les profondeurs de la futaie, coupée à hauteur
d'homme, d'un brouillard grisâtre et tiède ; pas un
son ; rien que le bruissement continu, monotone,
des roues broyant le sable sur la terre durcie des
allées ; rien que la vapeur fugitive des naseaux du
cheval, qui glissait, par paquets transparents, le
long des carreaux du coupé.

Ils se taisaient, serrés l'un contre l'autre. Ils
s'imprégnaient réciproquement d'un fluide vital
qui grisait l'imagination de Théo, au point de le
soustraire à la conscience de la réalité ! Où était-il?
Qu'importe ! Était-ce la Russie qu'il parcourait ;
un pays enchanté ; quoi ? Qu'est-ce que ça fait ! Il
était bien, voilà tout. Le reste du monde ne comptait plus. Il ferma les yeux.

Tout à coup — après combien de temps? Il ne
savait — la voiture stoppa.

— Me voilà chez moi, dit Raphaële. Adieu.

Théo la regarda ahuri :

— Adieu !... répéta-t-il avec un accent de
déception attristée. Vraiment....

Elle sourit.

— Décidément, mon cher, reprit Satinette, vous
ne me connaissez pas du tout....

Puis, d'un ton indifférent :

— Vous plaît-il que la voiture vous mette chez vous?

— Non, fit sèchement le député.

— Au fait, reprit la jeune femme en tenant la portière entr'ouverte, vous verrai-je à la réception des Finances dont je vous ai parlé?

— Je ne sais pas.

Elle lui rit franchement au nez, et, voyant qu'il fronçait le sourcil, elle se rejeta de son côté par un mouvement de chatte frileuse.

— Je veux que vous y veniez, lui dit-elle en lui parlant tout près.

— Eh bien... peut-être! fit-il d'un ton de bouderie vaincue.

Alors elle approcha encore et, lui tendant ses lèvres:

— Viens! murmura-t-elle d'une voix caressante... Je t'en prie!

II

LA LÉGENDE DE SATINETTE

Comme Raphaële pénétrait dans l'antichambre, la servante, qui veillait, lui ôta sa pelisse, disant :

— Madame Pélagie est revenue.

— Déjà ? fit la jeune femme.

Et traversant le salon et le boudoir, elle entra, sans frapper, dans une chambre modestement meublée.

Une femme était couchée, lisant à la lueur d'une lampe. Le teint bistré, les cheveux d'un noir mat, répandus en flots sur la batiste des oreillers, elle avait une physionomie étrange, que deux yeux profonds animaient d'une intelligence virile.

— Eh bien ? demanda Raphaële, dès le premier pas.

— Il va bien, répondit celle que la femme de chambre appelait: « madame Pélagie ». — Il grandit ; il est superbe !

Puis d'un autre ton :

— Et toi?

Raphaële s'assit sur le bord du lit, en haussant les épaules, par un mouvement où il y avait du découragement.

— Une âme de coton ! fit-elle avec mépris.

— Alors c'est manqué ?

— Non ; mais...

Ce « mais » était empreint d'un dégoût désespéré.

— Mais, quoi?...

— Eh ! parbleu ! toujours la même chose ! Lui aussi !

— Il t'aime?

— Quelle *scie !* fit Satinette.

La femme noire attira vivement Raphaële, en l'entourant de ses bras, et l'embrassa avec une sorte de violence passionnée. Puis, d'une voix cajolante, qui contrastait avec son aspect énergique.

— Va dormir, dit-elle ; va, mignonne.

A la même heure, il ne restait plus chez Mme Ève que quatre personnes : le rédacteur en chef d'un grand journal, un peintre en renom, un général italien et le préfet de police.

Elle leur avait dit :

— Restez ; nous souperons.

En effet, dans une pièce reculée du vaste appartement qu'elle occupait, on avait improvisé un couvert. La nappe disparaissait sous un tapis de feuilles vertes et de pétales de fleurs cueillies à Nice. Plus rien de rustique dans le service. Un luxe original d'assiettes rares de Chine, du Japon,

de Sèvres, de Saxe; des plats d'argent, rayés par
le couteau des convives du Régent, des compo-
tiers où la Maintenon servait des confitures à Sa
Majesté, le successeur de Scarron; le tout éclairé
par des chandeliers d'or, à branches enchevêtrées,
qui avaient orné le maître-autel de Notre-Dame
au sacre du héros de Brumaire.

Le menu : des riens délicats, arrosés de vins
princiers, décantés, pour les blancs, en des flacons
vénitiens; pour les rouges, en des amphores
exhumées d'Herculanum et de Pompéi.

Enfin, comme surtout, une large coupe, en
forme de saladier, dérobée au sarcophage d'un
Pharaon enterré sous une pyramide.

Un ensemble charmant, et malgré l'insomnie,
de l'entrain entre les convives, à qui Mme Ève donnait l'exemple, en riant presque trop volontiers des
réparties de ses hôtes.

Le moins en dehors était le préfet de police. Non
que la gravité de ses fonctions l'influençât ici;
mais par complexion plutôt.

Grand, d'apparence jeune, en dépit de sa chevelure poivre et sel, il n'allait pas jusqu'à l'éclat de
la gaieté, souriant seulement, surveillant sa parole,
avec un visible souci de correction extérieure, qui
n'altérait en rien le cachet charmeur — d'autres
disent : *peloteur* — de sa personnalité, dans l'intimité. L'étoffe d'un ambassadeur; son rêve !... en
attendant !

« Dans l'intimité » avons-nous dit. Il faut le
noter; car, pour la galerie, plus ça du tout.
Toujours correct, sans doute; mais raidillon

devant la contradiction, rageur en dedans et
enclin à tirer un grand sabre, pour exterminer une
mouche.

Au fond, sceptique. sauf à son sujet ; je doute
en effet, que personne eût meilleure opinion de lui
que lui-même. Pas homme à bouder devant la bataille. Point. Du moment qu'il était en cause, il
n'eût pas reculé à mettre en conflit l'univers entier,
à faire battre des montagnes, sacrifiant tout à ce
qu'il avait ses raisons de tenir pour intérêt supérieur : lui !...

Un homme d'État, comme on voit ; pas *oppor-
tuniste*, par exemple ; pas assez ! En administration
du moins, car les mauvaises langues insinuaient
qu'en dehors de la vie publique, il faisait des concessions à l'opinion.

— Mon cher préfet, lui dit un jour un de ses
collègues de la Chambre, je suis un noctambule,
par manie de vieux galantin, et le hasard de mes
promenades m'a fait constater plusieurs fois, qu'au
lieu de vous faire conduire à la Préfecture, vous
lâchez le plus souvent votre fiacre place du Châ-
telet. Est-il indiscret de vous demander pourquoi ?

— C'est pour me dégourdir les jambes, répliqua
le fonctionnaire, en surmontant un léger embarras.

Aucune raison d'en éprouver au souper de
Mᵐᵉ Ève. Les traits, plus ou moins caustiques,
qu'on décochait ne portaient pas sur ses excur-
sions nocturnes. Seuls, les absents en avaient fait
les frais. Puis, tout à coup, la maîtresse de la mai-

son, se rappelant le passage de Satinette dans ses salons, supposa que l'aimable préfet consentirait à l'éclairer à fond sur cette femme, entourée, malgré tout ce qu'on disait d'elle, et peut-être par cela même, d'un nuage mystérieux.

— Une coquine, n'est-ce pas? demanda Mme Ève.

— Ma foi ! répliqua le joli préfet, je n'en sais absolument rien ; je le confesse, avec un peu d'humiliation.

— Elle a un dossier, cependant?

— Oui ; mais... soit qu'elle ait enjôlé l'un de mes prédécesseurs ; soit qu'on ait soudoyé quelqu'un de mes employés supérieurs, ce dossier, j'en répondrais, a été soulagé des pièces les plus intéressantes. A le parcourir, tel qu'il est aujourd'hui, tel que je l'ai étudié, il ne résulte rien de plus que ce que chacun sait, sur l'apparence. — État civil : « Raphaële, baronne de Chléha. »

— Sur quoi établit-on cet état civil ?

— Sur des rapports de police, résumant la notoriété publique.

— D'où lui vient son luxe? Car enfin, elle a hôtel, chevaux et voitures.

— Tout petit hôtel. Et il est plus exact de dire: « cheval » et voiture. Un coupé, sans plus.

— Qui paye cela?

— Ce n'est pas moi, chère madame.

— Je le sais. Et l'on m'a même dit que ce n'est pas votre faute, fit Mme Ève en riant.

— Délicieux ! s'exclama le général italien, qui ne comprenait pas du tout ; mais que la gaieté de ses voisins invitait à paraître au courant.

— Eh ! voilà, madame, répondit le préfet, comment le zèle d'un fonctionnaire est incriminé par les adversaires politiques.

— Ah ! si vous vous défendez, mon cher, je me mets de leur bord.

— Vous me flattez bien trop, soyez en certaine. Pour avoir voulu voir, par moi-même, le dessous des cartes de cette femme, on m'a attribué des sentiments, disons tout : des convoitises d'un domaine extra-administratif. On est libre, et je ne proteste pas.

— Soit ! d'autant qu'en fin de compte, ça m'est parfaitement indifférent : me bornant à remarquer que vos hautes fonctions comportent des exigences d'une nature que je ne me permets pas d'apprécier.

Et comme on riait de nouveau :

— Délicieux ! fit le général italien, avec la même confiance.

— Toutefois, reprit Mᵐᵉ Ève, pouvez-vous nous apprendre pourquoi certains l'appellent simplement : « femme Eckmann ? »

Ah ! c'est qu'il court sur son passé une légende, dont je compte, grâce à une enquête que j'ai ordonnée au loin, dégager la vérité, tenant qu'avant toute chose il importe de savoir si elle est française ou étrangère.

— Faites-la mander à votre cabinet.

— Elle m'éblouirait peut-être, si ce dont on me soupçonne à son sujet est fondé. M'exposer à ce qu'on assure, que je me sois laissé corrompre par le satiné de sa peau, serait risquer trop gros.

« Et puis, de quel droit la faire venir ? Sa vie, sa tenue, ses fréquentations ne fournissent rien à reprendre. Au contraire, chère madame. S'il vous scandalise, vous, qu'elle passe le seuil de votre logis, encore bien que dissimulée sous un déguisement qui la rend à peu près méconnaissable, il est des intérieurs assez collet-monté, pourtant, où elle pénètre tête haute, à visage découvert, et mes agents secrets constatent qu'on lui fait, là, un accueil empressé.

« Assurément, ce ne sont pas centres où la forme actuelle du gouvernement soit en grande odeur de sainteté, bien que plus d'un des personnages marquants qui les hantent, aient occupé et briguent encore des positions en vue dans la République, — quittes, il est vrai, à l'étrangler plus sûrement, au moment psychologique; — mais, en somme, ce sont grandes maisons, où n'est pas admis qui veut, et dont le crédit, quoi qu'on fasse, s'étend loin et profondément ; en un mot, maisons avec lesquelles il faudra compter quelque temps encore.

— Une espionne, alors ?

— Au compte de qui ?

— Eh ! au vôtre, peut-être ! fit Mme Ève.

— Je voudrais bien !

— Le lui avez-vous proposé ?

— Qui sait ! répliqua le fonctionnaire, saisissant l'occasion de lancer la curiosité de son hôtesse sur cette piste, en fournissant un doute sur les rapports qu'on lui reprochait d'avoir cherché à établir entre Satinette et lui.

Le général italien, pour qui ces nuances restaient pur algèbre, répéta son : « délicieux » à tout hasard ; mais, restant sur la seule chose qu'il eût comprise :

— Et la légende ? demanda-t-il.

— Oui, au fait la légende ? Voyons la légende.

— La voici, répondit le préfet. Je ne garantis rien, par exemple !...

— Entendu. Commencez.

— Premier tableau ; exposition ! dit Mme Ève, en plantant les coudes sur la table.

— Connaissez-vous, fit le préfet, le roman russe, sur lequel Dumas fils a fait sa dernière pièce à l'Odéon ?

— Les « *Danicheff* », oui, Élise Picard y était superbe !

— Eh bien ! le début de la légende est presque la même chose, à la localité près :

« Dans un des pays voisins de ce « beau Danube bleu » qui a inspiré à Strauss une valse à dormir debout, il était une fois un seigneur âgé. Descendant d'une lignée infiniment noble, car nombre de ses ancêtres avaient *destroussé* tous voyageurs assez imprudents pour s'aventurer sur leur domaine, acquis d'ailleurs en égorgeant, en pendant, en incendiant les premiers possesseurs, ce vieux seigneur, méchant comme la rage, vilain comme un singe et bête à manger du foin, se consolait de la perte de sa femme, (morte de chagrin,) de l'abandon de ses deux fils, qui, pour fuir son joug imbécile, avaient couru des aventures sans fin, succombant, l'un à une maladie turque, l'autre de misère et de faim ; il s'en consolait, dis-je, en reportant toute sa sollicitude sénile sur un enfant de son premier-né, qui, à cette époque, comptait vingt-quatre ans.

« Un gaillard, celui-ci ; un garçon de volonté ferme, lucide, et d'une décision prompte. Très 'doux, à l'apparence, peu discoureur, mais quand il voulait une chose, qu'il estimait juste et honorable, il eût tenu tête au bon Dieu, pour se la procurer. Aussi le grand-père avait-il dû y mettre les pouces.

« Or, entre les choses qu'il voulait, ce garçon, celle qu'il *voulait* le plus, c'était épouser une fillette de seize ans, qui avait une peau étonnante de pureté et de luisant : du pur satin, madame !

— Compris ! fit l'hôtesse. Poursuivez, cher ami.

Le préfet s'inclina.

— « La petite, continua-t-il, n'y voyait rien à reprendre, bien au contraire ; mais elle l'espérait moins qu'elle ne le souhaitait. C'est qu'au point de vue de la naissance, il y avait vraiment beaucoup de disproportion entre elle et son amoureux.

« Pas plus de père que sur la main. Pour mère, une paysanne, morte prématurément, et qui, en dépit de l'abolition de l'esclavage, n'en était pas moins restée serve, qualité dont sa fille avait comme de juste hérité. Mais non serve d'un seigneur, serve d'un monastère, très riche, très puissant, et si jaloux de ses prérogatives, que Turcs, Russes, Autrichiens, Polonais, qui, à tour de rôle, avaient entrepris de *civiliser* ce pays, en le dévastant, comme de raison, de fond en comble, se cas-

sèrent parfaitement bien le nez contre l'obstination des bons pères.

« Le petit-fils du seigneur âgé — ces jeunes gens
ne doutent de rien quand l'amour les travaille —
ne prenait ombre de souci de tout cela. Seulement
pour éviter un surcroît de difficultés faciles à prévoir, il attendait que grand-papa eût rendu sa belle
âme à Dieu, pour se marier à l'orpheline, à la barbe
de tous les moines de la chrétienté. Le vieux, pensait-il, ne devait plus guère tarder à boucler sa
valise pour le grand voyage. Patientons !

« C'est ce qui gâta les affaires.

« Grand-papa, sans mettre de lunettes, voyait
clair dans le jeu du dernier représentant de la noble
famille. Mais, sachant que le cadet ne se laisserait
point persuader de renoncer à pareille mésalliance,
sachant de même que, lui opposer une défense
formelle équivaudrait tout juste à lui chanter
« Fleuve du Tage » il balança à faire tout bravement assassiner la jouvencelle.

« Va l'épouser maintenant, mon garçon ! »

« C'était un expédient définitif et sûr, qui l'ex-
posait tout au plus à débattre le chiffre d'une indemnité avec le monastère. Et cependant — ce
que c'est que de nous ! comme l'âge amollit les
cœurs, jadis si fermes et haut placés ! — cependant,
dis-je, le vieillard hésita.

« Il faut dire aussi, pour son excuse, qu'un des
pieux serviteurs du ciel, qui avait voix au chapitre
de ce couvent, lui fit entrevoir une solution beaucoup plus pacifique.

« Et quoi ? Le vieux le verrait, pourvu que son

petit-fils s'éloignât seulement quelques jours du château.

« Facile, cela.

« En effet, grâce à de hautes et édifiantes connivences, on entraîna notre jeune homme à s'absenter une huitaine, et, trois jours après son départ, la petite à la peau de satin fut mise en demeure, par ses maîtres les révérends pères, de choisir entre un emprisonnement parfaitement illégal, mais étroit et perpétuel, ou prendre pour mari un ignoble individu, natif des faubourgs de Berlin, qui, crevant la faim chez lui, essayait toutes sortes de métiers louches, en ces contrées brumeuses.

« La jeune personne, douée de bon sens, comprenant de reste que parlementer, protester ou même crier, n'y ferait chaud ni froid ; se disant judicieusement, qu'une fois enfouie dans la cave du couvent, le diable seul pourrait l'en tirer, tandis que la chaîne du mariage n'est pas de tel métal, qu'un solide effort n'en puisse briser un anneau, et qu'à tout considérer, la sagesse des nations recommande de choisir le moindre, lorsqu'on se trouve entre deux maux, déclara préférer jurer fidélité à l'Allemand en présence de l'Éternel.

« On eut tort de penser l'avoir intimidée. Des malins l'eussent conduite à l'instant à la chapelle, afin qu'elle signât le registre paroissial, sans désemparer, après quoi l'Allemand l'eût emmenée devers chez lui, comme il était convenu.

— « Demain à midi, lui dit-on.

« Comment s'y prit-elle pour mettre à profit le

3.

répit de seize heures qu'on lui laissait témérairement ? Je n'en sais pas encore le détail, chère madame, dit le préfet à son hôtesse.

« Quoi qu'il en soit, le lendemain à midi, parée de sa plus belle robe, elle entendait la messe, aux côtés de l'estimable Allemand, à qui l'on avait graissé la patte d'une bonne somme, et, le suivant dans la sacristie, elle paraphait, après lui, le contrat d'une union que le Saint-Esprit ne pouvait avoir manqué de bénir.

« Un joli repas suivit, commençant à quatre heures et se prolongeant assez tard dans la soirée, par des chants, des cris, et même quelques danses, le tout arrosé de liqueurs fortes.

« Elle-même, madame — ce qui fut remarqué — engagea son mari de tout à l'heure à quitter la compagnie afin de rentrer *chez eux*.

« Il y consentait de bonne grâce ; mais le diable si l'intention lui suffisait. L'aimable homme s'était si souvent rafraîchi, qu'il avait le feu dans le sang. La jambe n'obéissait qu'à moitié ; la notion de l'équilibre devenait confuse, et parler lui était à mesure d'une grande difficulté, tant la langue se faisait épaisse, sèche et paresseuse.

« De bons voisins le plantèrent entre eux, le soutenant autant que leur propre état le leur permettait. Et l'on riait, vous devinez comme !

« Pour comble, l'air extérieur, un peu vif cette nuit-là, mais néanmoins imprégné des senteurs vaporeuses du beau Danube bleu, lui procura de petits frissons qui achevèrent d'éteindre sa gaieté. Oh ! aïe ! aïe !... que se passait-il en lui ? Il semblait qu'entre son estomac et les liquides absorbés, des incompatibilités d'humeur s'éveillassent, présageant un conflit, qui n'irait peut-être à rien moins qu'à une séparation violente.

« La mariée, du moins, se montra à la hauteur de ses nouveaux devoirs. Sans y mettre de susceptibilité, elle devança la société qui, en pénétrant au logis, la trouva préparant une infusion bienfaisante sur un petit réchaud.

— « Couchez-le, dit-elle, je me charge du reste.

« On fit selon son désir et l'on se retira.

« Alors, une tasse de tisane d'une main, elle souleva l'intéressant pochard, et, avec des attentions toutes maternelles, la lui fit déguster gentiment.

« Sur quoi, fouillant dans la poche de son maître et seigneur, elle y prit une clef, ouvrit un bahut, en sortit une somme, éteignit la lumière, et, se couvrant d'une ample chape, elle gagna le jardinet, en fermant à double tour la porte qui y donnait accès.

— « Cuve ton alcool, bel ami, ton alcool et la bonne décoction de pavot, dont ta prévoyante épouse t'a gentiment régalé !...

« A deux heures du matin, trois chevaux, couverts de sueur, s'arrêtaient essoufflés au bord du fleuve tant disputé depuis des siècles ; une barque recevait un homme et deux femmes, puis, abordait bientôt à un léger bâtiment amarré au large, et...

— Et?... répétèrent les auditeurs avec curiosité.

— Et... fit le préfet, je ne sais pas du tout vers

quel point du monde se dirigèrent ces trois personnes.

— Diable soit de vous ! s'écria Mme Ève.

— Délicieux, fit le général italien.

— Attendez, reprit le préfet. J'ignore en effet, où se réfugièrent les fugitifs; mais je puis vous assurer qu'on trouve à Saint-Jean-de-Latran une inscription de naissance que je traduis ainsi :

« *Ce jourd'hui est né, et a reçu le saint sacrement du baptême, Étienne-Pierre-Alexandre, fils légitime de :*

« *Alexis-César baron de Chléha,*

« *Et de :*

« *Raphaële, Catherine Routza, baronne de Chléha, son épouse.* »

— Ah ! ah ! fit Mme Ève, ça se corse ! Voyons un peu : Alexis-César ? Le petit-fils du seigneur âgé et indélicat, pas vrai ?

— Justement.

— Raphaële-Catherine Routza ?... Notre Satinette ?

— Si vous pouviez m'en donner la preuve, vous me rendriez service, chère madame !

— Ce n'est pas mon état, répliqua celle-ci, mais je le voudrais. Il y aurait bigamie en ce cas, à moins que l'honnête Allemand ne soit mort. Est-il mort ? Tout est là !

— Rue du Bac-d'Asnières, continua le fonctionnaire, à Levallois-Perret, il y a un Allemand de Berlin, qui passe son temps dans les cabarets, à boire et à fumer, en toutes compagnies. Il ne fait rien de ses dix doigts; il paye exactement sa dépense, offre des tournées successives à qui veut trinquer avec lui, fait sonner des louis dans sa poche, et est ivre tous les jours, à compter de six heures.

— Le sieur Eckmann ?

— William Eckmann, précisément.

— Le premier mari ?

— Ah ! si j'en étais sûr, fit le préfet.

— Qu'est-ce que vous feriez ?

— Rien !

Mme Ève le regarda malicieusement.

— Rien !... rien, fit-elle ; légalement, non ; mais...

— Quoi ? qu'entendez-vous par là, madame ?

Elle sourit de plus belle et, se dérobant :

— Suivons, répliqua-t-elle. Nous avons le premier mari, où est le second ?

— En enfer, probablement.

— Mort ?

— Et enterré.

— Où ça ?

— On dit à Port-Saïd.

— Ne peut-on se procurer l'extrait mortuaire ?

— Impossible de savoir où chercher, faute de pouvoir fournir l'extrait de naissance ; puisque — j'ai eu l'honneur de vous l'avouer — je ne sais pas encore précisément le pays où se place cette légende, peut-être fort embellie, comme toutes les légendes.

« Du reste, les obscurités de cet écheveau embrouillé qu'on appelle la « question d'Orient » font que les tributaires, plus ou moins récalcitrants, de la Porte, n'acceptent pas de consuls de ces principautés, que la Turquie s'obstine à revendiquer comme ses vassales.

— En somme, la bouteille à l'encre. Toutefois, et le grand-père?

— Mort, lui aussi. Mais mort — toujours dit-on, remarquez! — après son petit-fils; si bien que s'il y a bigamie, si le second mariage est illégal, ou même s'il ne s'est pas célébré, l'enfant enregistré à Saint-Jean-de-Latran est adultérin quand même, et que le grand-père, survivant à son petit-fils, a hérité de celui-ci, laissant ses biens à des collatéraux, à des étrangers au besoin, à n'importe qui enfin, sauf à l'enfant né d'Alexis-César et de Raphaële-Catherine Routza, que celle-ci fût : soit l'épouse bigame, soit, ce qui est plus probable, la maîtresse du petit-fils du vieillard en question.

L'auditoire restait légèrement désappointé, comme il arrive quand on vous conte une histoire, réelle ou imaginée, qui n'a pas de dénouement.

Le préfet, qui avait des instincts d'artiste, s'en rendit peut-être compte, car reprenant la parole :

— Et maintenant, dit-il, voulez-vous savoir mon avis?

— Voyons votre avis, mon cher.

— Eh bien, je crois qu'il y a du vrai en tout cela. Et je soupçonne qu'en venant en France Satinette doit poursuivre un but.

— Lequel?

— Celui de rattraper la fortune de son amant, ou de son second mari, comme vous voudrez.

— Dites, de s'en faire une équivalente par la galanterie.

— Peut-être pas !

— Ah ! vous allez nier ses liaisons ?

— Chère madame, pour affirmer qu'une femme a eu telle ou telle faiblesse, il faudrait y avoir assisté en tiers ; or, comme en ces sortes de rencontre, on n'est habituellement que deux...

— Est-ce que vos agents reculent à regarder par le trou de la serrure ?

— Peine perdue ! Les appartements de gens distingués ont des portières qui masquent les serrures. Au surplus, vous reconnaîtrez que si les amants qu'on attribue à la dame avaient été à ce point dans ses petits papiers, il y a déjà quelque temps qu'elle posséderait de quoi ne pas regretter la fortune du seigneur âgé et indélicat dont nous avons parlé.

— Mais à vous en croire, mon cher préfet, cette femme serait un sphinx, dont vous commenceriez à deviner le secret. Dites-nous ça, qu'est-ce qu'il y a, voyons ?...

— Ce qu'il y a, madame ? voici ce que j'en sais : il y a sur un point de la Grande-Bretagne, que je ne veux point préciser, un garçonnet de onze ans environ. Grand, agile, robuste, il a je ne sais quoi d'oriental dans la physionomie, et s'il vous donnait la main, à l'américaine, le contact de ses doigts vous étonnerait. Vous croiriez toucher une fine étoffe de soie, fraîche et *satinée*.

— Étienne-Pierre-Alexandre, né à Rome ? demanda Mme Ève.

— Le pasteur chez qui il vit, répond : « John Bentley, mon neveu, fils de Arthur de Bentley, mon

frère aîné, marié à Djiva Amar, native de Calcutta,
où tous deux sont morts, il y a six ans.

— Alors ?...

— Attendez !...

— Délicieux ! s'écria de nouveau le général italien, arraché à l'assoupissement auquel, faute de
comprendre goutte au récit du préfet, il avait fini
par succomber.

— Attendez, répéta celui-ci.

En narrateur qui connaît les ficelles, il prit un
temps.

— Mais allez donc ! achevez, fit la maîtresse de
la maison.

— Trois ou quatre fois par an, une femme au
teint bronzé, qui ne quitte guère la baronne de
Chléha, reprit le fonctionnaire...

— L'Éminence noire ?

— Sa Grâce Pruneau ?

— Fleur de charbon de terre ?

C'est ainsi que les *potiniers* désignaient la personne que nous avons fait entrevoir au lecteur, au
début de ce chapitre, et que la femme de chambre
de Satinette appelait « Mme Pélagie ».

— Elle-même, poursuivit le préfet; cette femme
noire s'embarque à Calais, traverse la Manche,
gagne le presbytère où s'instruit l'enfant, y passe
vingt-quatre heures et revient à l'hôtel de la baronne.

— Eh bien ? demanda-t-on.

— Eh bien !... voilà tout; voilà ce que je livre à
vos méditations, puisque vous m'avez mis sur ce
sujet; heureux si votre impression me fournit quel-

que déduction nouvelle, capable de me fournir les moyens de dissiper le nuage qui entoure la personnalité étrange de cette jolie femme.

— Si ça peut vous servir, dit Mme Ève, apprenez qu'en venant ici, elle cherchait votre collègue de la Chambre, Théo.

— Je sais, fit le haut policier en tirant un bout de papier de son gousset. Ils sont partis ensemble et sont allés prendre du thé au café Anglais.

— Et puis?...

— Je saurai la suite en rentrant à la Préfecture.

— Il n'y a pourtant pas de rideaux à la porte des cabinets du café Anglais !

— En effet, chère madame, mais il n'y a pas non plus de trou de serrure.

Force fut d'en rester là, bien que chacun éprouvât le petit déplaisir du lecteur qui, en bon chemin pour comprendre l'intrigue du feuilleton de son journal, se heurte à l'inévitable : *La suite au prochain numéro.*

La consolation était qu'on allait se coucher, en se promettant de faire la grasse matinée. Le jour pointait en filets blafards à travers les tentures, infligeant aux reflets des bougies écourtées un caractère quasi lugubre. L'éclat des somptuosités de la table s'éteignait, les fleurs paraissaient fanées, l'atmosphère surchauffée s'imprégnait de senteurs bâtardes, rances, oppressantes, et les costumes défraîchis, froissés, faisaient l'effet de loques. On aspirait à se passer de l'eau sur les doigts, à dépouiller cette défroque, dont les lingeries roussies avaient quelque chose de sale. On se sentait piteux.

A s'apercevoir à la glace, en passant, on ne se reconnaissait qu'à demi, tant l'œil tiré, battu, gonflé,
marquait une sorte d'abrutissement. Qu'on se trouvait vilain !...

En telle occasion, les adieux sont vite échangés.

— Bonne nuit.

— Dormez bien.

— Vous pouvez y compter. Merci.

En bas, encore moins de façons. Ces quatre messieurs avaient leur voiture. Un coup de chapeau,
une poignée de main. Ouf !

Et au cocher :

— A la maison.

— Nous rentrons.

Pour le fonctionnaire :

— A la Préfecture.

Mais tous quatre à l'unisson :

— Bon train !...

Le coupé du préfet longea les anciens boulevards
pour gagner le croisement de celui de Sébastopol.
Un désert à ce moment. Des balayeurs épars, net-
toyant à longs coups de balai circulaires les trot-
toirs et la chaussée. Des ouvriers imprimeurs re-
gagnant leur lit, après le tirage du *canard;* des
éteigneurs de réverbères, des chiffonniers, et les
lourdes charrettes, commençant à enlever les ordures ménagères, qui empesteront la banlieue
parisienne.

Pas un passant. Si fait, un ; un seul, en chapeau
de casimir à ressorts, chaussé élégamment, qui
mâchonne un bout de cigare, marchant en suivant
des pensées vagues.

— Tiens, fit le préfet avec étonnement, La Phryte ! Que diantre fait-il par ici ?

La Phryte ne faisait rien du tout ; il allait droit devant lui, insoucieux de remonter tôt ou tard à son domicile, vers lequel seul l'instinct le dirigeait.

Ayant refusé à Satinette de se laisser conduire chez lui, il était descendu de la voiture, et, donnant un louis au cocher, il se mit à longer les maisons, sans idée arrêtée. Quand l'heure de dormir est passée, le système nerveux surexcité donne une énergie factice qui engage à prendre de l'exercice. Le ciel était pur, la brise matinale se chargeait des parfums précoces du prochain printemps ; il alla, laissant la bride sur le cou à son imagination.

La singulière créature qu'il venait de quitter n'en était pas l'objet. Toutefois, l'influence de celle-ci persistait à son insu. A force de s'être oublié près d'elle, une réaction logique le ramenait à songer à lui, en se rappelant ce qu'elle lui avait reproché à propos de son insouciance.

Il reconnaissait que le mot le définissait exactement, et il voulait qu'elle ne se méprît pas, en croyant qu'il valait mieux que ses œuvres. Assurément, il aurait pu, comme d'autres, comme la plupart de ceux qu'elle avait fait défiler sous ses yeux, dans le grand salon de Mme Ève, escalader les échelons qu'ils avaient gravis.

Jusque-là, il y avait à peine pris garde. Maintenant, il lui venait un peu d'envie. Satinette ne le flattait pas, en assurant qu'il était supérieur à ses

fortunés camarades et collègues. Pourquoi restait-
il en arrière, s'enfonçant de plus en plus dans
l'oubli et la médiocrité obscure?

Elle le lui avait dit : « Ils se sont mariés à des
filles riches. » Etait-il donc vraiment besoin, pour
lui, de recourir à cet expédient, pour reprendre le
pas sur ces médiocrités triomphantes?

Peut-être l'eût-il admis plus aisément, si l'insi-
nuation lui fût venue d'une autre source, si en conclusion, Raphaële ne lui eût pas offert, plus ou
moins ouvertement, de le faire agréer par une jeune
fille, sans doute de ses amies.

Et, souriant dans sa barbe :

— Je voudrais bien l'apercevoir, sa protégée! se
disait-il.

Ah! ma foi, non! Pourquoi, et pour qui secouer
la paresse délicieuse dans laquelle il se complaisait?
Pour quelle fin? En dépit des tracasseries de ses
créanciers, il était si tranquille! La satanée besogne à entreprendre pour triompher — peut-être!
— l'intimidait.

Ce n'est pas qu'en thèse générale il eût de la
répugnance au mariage. Mais il tenait que l'occasion en était manquée pour lui. Songez donc! quarante ans bientôt; que dis-je? trop tôt! Sans doute,
il le regrettait. La solitude avait des heures si
maussades! Les succès qu'il faut goûter seul perdent la plus grande partie de leur prix; tandis
que les voir partager par une femme — une femme
telle qu'il la concevait — y donne une saveur particulière.

Une femme procure un intérieur, aussi; une

série de satisfactions saines et réconfortantes, qui
se multiplient, grâce à des enfants, qui ravivent
l'intérêt à la vie. Les ambitions, qu'on dédaigne,
s'ancrent profondément dans l'âme, quand des êtres
issus de soi en doivent bénéficier. On veut leur
conquérir une aisance, les grandes facilités de
l'existence, un nom, un crédit, une considération
toute faite. Non, encore une fois, il ne médisait
pas du mariage. Mais le temps était passé. Tant
pis! N'y pensons plus!

Ne pensons pas surtout à la personne, dont lui
avait parlé Satinette. Qui ça? Une jeune fille riche,
voilà tout. Avec elle, pas un mariage, une affaire,
une association où, en échange des gros sous paternels, elle demanderait de faire figure, de poser
pour la galerie. Ce n'est pas ça!

Quelle drôle d'idée, d'ailleurs! Le voyez-vous,
lui, se laisser marier pour de bon, par une femme
aussi... (comment dirai-je?) aussi discutée, sujette
à caution, que la problématique baronne Raphaële
de Chléha? C'est pour rire!

Étrange personnalité, en tous cas, celle-ci? Quelle
pouvait bien être l'arrière-pensée de sa conduite
envers lui, cette nuit? Que fallait-il croire, ou seulement supposer, de ses paroles, de sa tenue? Un
jeu, probablement, une intrigue de carnaval, sans
plus!

Pourtant, c'est si gravement qu'elle lui avait fait
honte de son abandon de lui-même; si gravement
qu'elle avait déclaré poursuivre un but, pour l'at-
teinte duquel il fallait que Théo devînt un « puissant parmi les puissants. »

Eh! s'il y avait du vrai là-dedans, que ne se bor-
nait-elle à se laisser aimer par lui! C'était le plus
simple et le plus sûr. Comment ne devinait-elle
pas qu'il eût été capable, dès lors, de sortir de sa
paresse, de tout entreprendre pour elle, pour ses
beaux yeux, de remuer ciel et terre? tant, à sa beauté,
s'ajoutaient de charmes intelligents!

Elle lui trottait en tête.

Ah bah! une folie, en somme. Cette femme devait être riche; et lui, il était pauvre. Que dirait-on
d'une telle liaison? Quand on n'a pas le sou, il ne
faut pas être l'amant d'une femme en vue, qui
roule équipage! Sait-on seulement qui payait
l'avoine du cheval?

De nouveau, il se dit, mais avec effort et regret,
cette fois :

— N'y pensons plus !

Au moment où il s'en avisa, il remarqua que sa
rêverie l'avait entraîné fort loin de chez lui : aux
abords du cirque d'Hiver. Du regard, il chercha un
fiacre. Pas un. Diable soit! Le jarret commençait
à se raidir. Mais le moyen d'éviter le surcroît de
promenade?

Bravement il rebroussa chemin, pressant le pas.
Et c'est ainsi que le préfet le croisa à la hauteur de
la *Ménagère*, au boulevard Bonne-Nouvelle.

Comme six heures et demie du matin sonnaient,
La Phryte grimpait trois étages d'une maison de
la rue de la Victoire. Les marches gravies, il tira
une clef de sa poche, ouvrit une porte sur le carré,
et pénétra dans une antichambre exiguë, que deux
chaises de bois parvenaient à encombrer.

Il traversa une sorte de salon-cabinet de travail,
meublé à peine d'une bibliothèque, d'une grande
table chargée de dossiers, d'une console et de quelques sièges qui aspiraient à des réparations pro-
chainement urgentes. Sur la cheminée, un cartel,
au balancier immobile, avec deux vases de paco-
tille en pendants. Entre deux fenêtres, un piano,
vieux modèle, surmonté d'un buste de M. Thiers.
Pas de tapis.

Il passa à gauche, gagnant une chambre à coucher vulgaire, en vulgaire acajou, avec des rideaux
de cretonne à demi déteints.

Au hasard, il lança ses habits sur les sièges les
plus proches, et entra dans un petit cabinet de toilette assez bien aménagé et pourvu, où il s'épongea
le visage et se lava les mains. Puis, revenant à sa
chambre, il fit sa couverture lui-même, en homme
pour qui le valet de chambre est un luxe inaccessible, alluma une lampe et se coula dans ses draps,
en ouvrant un livre laissé la veille sur la table de
nuit : un roman quelconque, un de ces ouvrages
nouveaux, qu'on croit avoir déjà lus et qu'on avale
sans fatigue ni plaisir.

A la seconde fois qu'il bâilla, il repoussa le vo-
lume, noya la mèche de la lampe dans l'huile et, se
tournant vers la ruelle :

— Dieu ! que c'est bête, la vie ! se dit-il tout
haut.

Dix minutes après, il dormait à poings fermés.

III

LE LEADER

Bien que « l'honorable » M. Théodose La Phryte fût député de « Mornessan-lès-Condé » c'était un « Parisien de Paris » comme disent les provinciaux. Il était venu au monde en plein mardi gras, rue Charlot, au Marais, de père et mère natifs de la Capitale.

Comme caractère, un *jouisseur*, plutôt insoucieux des moyens ; sceptique et bon enfant. Cinq louis dans sa poche ; mille francs dans un tiroir, l'univers lui appartenait. Il n'avait peur de rien, ni de personne ; pas même de ses créanciers, qu'il bernait en leur faisant concevoir des espérances magiques sur son avenir parlementaire, auquel il ne croyait en aucune façon.

Sensible seulement au superflu, indifférent au nécessaire, il se répétait, avec une philosophie à son usage :

— « Bah ! ça ira ce que ça pourra ! Demain est si loin encore !

Satinette le lui avait dit justement : — Paresseux. Tout comme Figaro, « avec délices » il prenait son parti de tirer le diable par la queue, pourvu qu'il dînât chez Bignon, en compagnie de gens *chics*. Nature douée ; extraordinaire facilité d'élocution et d'assimilation de la superficie des choses ; devinant les dessous et les rapports. Mais pas dupe de lui-même, pas homme à s'éblouir à cause de l'effet qu'il produisait aisément sur les autres. Au contraire, prudent, par connaissance intime de ses *manques*, de ses côtés faibles.

Un être surtout brillant, *blagueur* et gai, sans foi profonde d'ailleurs. Il méprisait volontiers les mondes réguliers où il y a de la hiérarchie, où il faut conquérir ses grades ; voire attendre son tour par respect des « droits acquis ». Une de ces personnalités qui, faute de pouvoir être colonel tout de suite, se laissant aller au hasard, préférant les centres faciles et mêlés, mais élégants, où l'on applaudit à leurs saillies, en leur prodiguant des hommages et une considération de surface, qui les distinguent du commun.

En somme, un garçon en train de gâcher sa vie.

Ce n'était pas tout à fait sa faute ; cela tenait beaucoup à son éducation ; ou, plus exactement, à son absence d'éducation, et c'est miracle qu'au lieu de rester jusqu'ici un bon diable inoffensif, il ne fût pas devenu soit un bandit, soit une vulgaire crapule. Sans y tâcher, sans doute, son père avait bien fait tout ce qu'il fallait pour cela.

Un type, le père. D'une famille de petits bouti-

quiers, presque des artisans, il avait appris, à
l'école des Frères, juste de quoi remplir à seize ans
un emploi abrutissant dans les bureaux des Messageries Laffitte et Caillard. Vers vingt-trois ans,
s'étant marié à la fille d'un herboriste qui n'avait
pas le sou, il chercha à occuper ses soirées, afin
d'ajouter un peu au peu de ses maigres émoluments.
Vouloir n'est pas toujours pouvoir. En attendant
une bonne réponse, il barbouillait secrètement du
papier, tant au bureau, qu'après le dîner, dans son
ménage.

Un jour, il arriva radieux chez sa femme.

— Attends un peu! dit-il. Bientôt nous serons
riches!...

— Et pourquoi?

Il n'en voulut rien dire.

Mais à cinq semaines de là, il recommanda à sa
femme de s'habiller pour six heures. Il viendrait la
prendre; on dînerait au restaurant — à quarante
sous, au Palais-Royal; une régalade, tout simplement! — après quoi, il la mènerait quelque
part.

— Où ça?

— Tu verras!

— Au spectacle?

— Justement.

Plus fort que ça! En sortant du restaurant, on
prit un cabriolet. Il y en avait, en ce temps où
Paris s'éclairait à l'huile, et où l'on se tordait de
rire en apprenant que les Anglais (il n'y a que les
Anglais pour imaginer des choses pareilles!!..)

prétendaient remplacer la plume d'oie par une plume de fer!

Le cabriolet roula, passa les ponts, longea le Luxembourg et s'arrêta à la grille de la rue Madame.

— Où donc sommes-nous, mon ami?

— A Bobino.

Oh! comble de la surprise! Bras dessus, bras dessous, on traversa le contrôle, sans payer, sans échanger de carton. Que dis-je? le contrôleur fit un petit signe d'intelligence à Monsieur.

— Ah! ça; mais?...

— Tais-toi; on frappe les trois coups; regarde et écoute!

C'était une pièce en deux actes, qu'on jouait pour la première fois. Joli titre : « *Du 8 au 15* ». Qu'est-ce que ça voulait dire? On ne savait. Très original. Mais dès la première scène, on devinait.

Un jeune homme, pauvre gratte-papier, occupant un logement à petit loyer, payable au demi-terme, héritait tout à coup d'une fortune, et quittant son local le 8, louait un grand appartement, dont les occupants ne déménageaient que le 15. Il ignorait cet usage et arrivait le 8. Ayant commandé un ameublement à un tapissier, il croyait que les meubles étaient les siens. Premier quiproquo.

Les locataires étaient une dame et sa fille, ruinées, poursuivies. L'huissier avait saisi le matin. En voyant ce jeune homme s'installer, ces pauvres dames le prenaient pour le gardien de la saisie. Deuxième quiproquo.

D'où, nombre de péripéties finissant, comme

de juste, par le mariage du jeune homme riche, avec la jeune fille pauvre.

Comme on voit, un sujet simple, où la fameuse « thèse » brillait par son absence. C'était bourré de calembours, à en dégoûter un commis voyageur, écrit en français de tambour de la garde nationale, d'une sentimentalité nigaude, par échappées, et, au total, d'une bêtise à couper au couteau.

Pourtant le public, composé de grisettes — il y en avait encore, du temps des cabriolets! Dieu! que c'est loin, mes frères ! — d'étudiants en béret, d'artisans du voisinage et de dames de boutiquiers faisait bon accueil à l'ouvrage. Tout à coup l'enthousiasme déborda. C'est que l'auteur, encore ignoré, venait de faire à son insu une révolution dans l'art du vaudeville; lui premier, il venait d'inventer ce qu'on appelle : « *le couplet de facture* ».

Déjà on avait remarqué quelques *ensembles* destinés à *chauffer la sortie*.

> « A table, à table, à table !
> « Mangeons ce pigeonneau,
> « Qui serait détestable
> « S'il n'était mangé chaud!

Mais quand le jeune héritier, embarrassé de sa richesse, constatant que la jeune fille pauvre y trouvait prétexte à refuser son alliance, par délicatesse excessive, tout autant qu'honorable, et que mille tribulations résultaient de cette fortune, quand dis-je, le jeune homme s'avançant au trou

du souffleur, au lieu de débiter les huit vers tradi-
tionnels, attaqua ce qui suit, on dressa l'oreille.
Diable ! du fruit nouveau. Ecoutons !

Et l'artiste chanta :

> « J'n'ai que du bonheur
> « Et ma parol' d'honneur
> « J'donn'rais d'bon cœur
> « Tout'ma splendeur
> « Pour avoir un petit malheur.
> « J'n'étais qu'un gueux
> « Pauvre ; mais fort joyeux,
> « Mais d'puis qu'heureux
> « Je fais des envieux,
> « Je me sens maussade, ennuyeux,
> « J'ai le cœur triste et soucieux,
> « J'suis malheureux !
> « Je vais regrettant
> « Le temp
> « Où, sans un sou vaillant.
> « Je vivais content
> « De l'air du temp !
> « A tout moment
> « J'étais bon enfant
> « Et bon vivant,
> « Toujours chantant,
> « Me contentant
> « D'mes appoint'ments
> « Qu'étaient d'neuf cents
> > « Francs !... »

La salle trépignait. Trois fois l'acteur dut recommencer le couplet. Un triomphe ! Et quelques
auteurs, égarés en ce lieu, faisaient le nez, craignant la concurrence, et se demandant inquiets :
— De qui est-ce ?
A la fin de la représentation, quand le public,

4.

battant des mains, réclama le nom de l'auteur, le régisseur se présenta, disant :

— Mesdames et messieurs, le vaudeville, que nous avons eu l'honneur de jouer devant vous, est le premier ouvrage de M. de Rény.

Les bravos éclatèrent de plus belle.

Et le père de Théodose, inclinant vers l'oreille de sa femme, murmura :

— De Rény, c'est moi.

Il crut qu'elle allait montrer une joie profonde. Tout le contraire.

— Quoi ! fit-elle, c'est toi qui écris des imbécillités pareilles ?...

— Des imbécillités ? répéta-t-il, aussi surpris que blessé.

— Pardonne-moi, reprit sa trop sincère épouse ; mais j'en suis écœurée, et je me demande s'il est possible que tu aies pu rédiger de telles balivernes sans t'ennuyer toi-même.

— Ah ! mon pauvre ami, ajouta la fille de l'herboriste, d'un ton navré, quel malheur que ça ait réussi ! Tu vas t'imaginer que tu es un écrivain, quand tu as tant de difficultés à te débattre avec la règle du participe passé ; tu vas quitter ta place aux Messageries, pour vivre dans ce milieu louche, en contact permanent avec des actrices qui te détourneront de ton ménage. Nous sommes perdus.

L'auteur applaudi lui jeta un regard haineux, pensant :

— L'abominable buse !

Elle venait de le meurtrir dans ce qu'il y a de plus sensible chez tout homme qui noircit du pa-

pier : la vanité. La plaie resterait béante à jamais.
Comprend-on cette fille de droguiste infime qui,
pour avoir passé ses examens à l'Hôtel-de-Ville,
faisant honte à son mari de n'avoir qu'une connaissance confuse et lointaine de la grammaire du
bon papa Lhomond ?

— Attends-moi là, dit-il sèchement.

Et, gagnant les coulisses, il alla « boire du lait »
— c'est l'expression consacrée — en compagnie de
ses interprètes.

Quelles satisfactions d'amour-propre, là ! On le
fêtait comme un grand homme. On l'embrassait
comme du pain, et la louauge lui était versée à
longs traits. A la bonne heure ! Parlez-moi de ça ;
voilà vivre ; voilà du monde intelligent. Et dire
que tout à l'heure, il allait falloir ramener au logis
une femme qu'un succès si éclatant choquait, qui
la scandalisait, qu'elle tenait pour misérable !

— Nul n'est prophète en son pays, se répétait-il.

Et il pensait au ménage de Molière, se trouvant
des ressemblances vagues avec lui.

De ce jour, sa femme l'agaça. Bien qu'elle fût
grosse, il la rudoyait volontiers. Mais, se jetant à
corps perdu dans la *fabrication* théâtrale, *emman-
chant* toutes sortes de collaborations, dans les cabinets de directeur, au café surtout ; se faisant
l'ami des « cabots », qui ne tardèrent pas à le
tutoyer, il en arrivait à ne faire que de rares ap-
paritions à la maison.

Le jour où sa femme mit au monde leur enfant
Théodose, il y avait cinq jours qu'il n'était rentré
chez lui. Ce fut le diable pour le découvrir.

On le joignit enfin, au Café Turc, en train de
perpétrer un drame, avec deux camarades, sur le
marbre d'une table encombrée de verres de li-
queur. Il y avait sept heures qu'il était père sans
s'en douter. Le drôle de père !

On ne le vit que trop, par la suite.

La fièvre de lait enleva sa femme et le fit veuf.
Il eut beau jouer « la scène de la désolation » à
l'église et au cimetière, chacun savait bien qu'en
son for intérieur, il poussait un « ouf ! » de soulagement.

Le « môme » — c'était l'expression de l'époque,
aujourd'hui on dit le « gosse » — fut envoyé en
nourrice dans la banlieue, à Gonesse. Par le cou-
cou de la porte Saint-Denis, on pouvait y aller en
deux heures. Papa ne les trouva pas disponibles,
en cinq ans.

Il était si affairé ! Ce n'est pourtant pas que son
imagination débordât de sujets à traiter. Hélas !
en trois pièces, il avait *vidé son sac*. « Plus rien
dans le ventre ! » Mais un malin, le père du futur
député de Mornessan-lès-Condé ! Vivant dans la
perpétuelle promiscuité des directeurs, partageant
leurs ripailles, s'entourant d'acteurs, il montait la
garde autour des théâtres, triturant avec tous des
tripotages sur les droits d'auteur, en sorte qu'on
imposait sa collaboration à tout venant.

— Votre pièce me plaît, disaient les directeurs,
mais elle a besoin d'être retouchée. Je ne puis la
jouer ainsi. Allez trouver de Rény. S'il veut y travailler, c'est reçu d'avance.

Et si l'on y faisait des façons :

— Mon petit, ajoutaient-ils, le nom de Rény
sur l'affiche vaut cent représentations ; c'est le roi
des *charpentiers !*

En vérité, son véritable talent n'était pas là.
Rien de plus sot que ses conceptions, de plus plat
et incorrect que sa phrase. Son génie, son vrai
génie, consistait à dévaliser ceux qui lui appor-
taient un ouvrage fait. Avec une effronterie impla-
cable, il s'appropriait l'œuvre d'autrui, la gâchant
en y mettant sa patte crochue, étouffant l'associé
qu'il mettait dans sa poche, le reléguant au dernier
plan, comme un parasite, tout en lui suçant les
moelles avec l'avidité d'un juif impudent. Un vo-
leur.

Il avait part dans toutes les pièces du boulevard
du Temple. Pourtant, il n'était pas si riche qu'on
le supposait. C'est qu'alors le théâtre ne rappor-
tait pas tant qu'aujourd'hui. C'est ensuite que le
partage clandestin avec les directeurs, régisseurs,
etc., rognait notablement ses bénéfices. C'est enfin
parce que le juste ciel l'avait accouplé à une espèce de goule, plus vampire encore que lui, s'il
est possible.

Une femme séparée, celle-ci, avec qui il vivait
maritalement. Une honorable dame que le dernier
des figurants de Lazari appelait familièrement
« Gargouillette », allusion multiple à certains ca-
ractères de sa personnalité morale et physique.

Ah ! Gargouillette ! L'avait-on assez eue !...

L'âge et l'avachissement, tout en rendant les
hommages plus rares et de moins en moins spon-
tanés, ne l'invitaient pas à se modérer sur les

choses du cœur, au contraire. Impossible d'obtenir
la collaboration de son vieil amant, sans répondre
plus ou moins convenablement aux « invites à
l'as » de la caduque dévergondée. Dure besogne,
pour laquelle il fallait de l'estomac et une bien
tenace envie d'*arriver*.

En tous cas, pas de danger de froisser de Rény
par là. Il y trouvait son compte par le répit que
lui laissait momentanément l'affreuse harpie, vulgaire, insolente et parlant gras comme fille de
barrière.

— Ah! mon cher, disait-il parfois, trouvez-lui
donc un amant!... Qu'elle me fiche la paix.

Il la prenait, à mesure, en horreur, cette *traînée*
flasque et déjetée, qui le traitait comme un laquais,
l'insultant devant ses amis, le contraignant à surmonter de robustes dégoûts. Un soir, après dîner,
comme il faisait un whist dans le salon d'une
villa plantée au bord d'une nappe d'eau bleue, elle
s'amusa à lui souffler dans le cou, de façon à ce
qu'il crût à un courant d'air, ce dont il se garait
attentivement, par terreur vertigineuse de la mort.

La troisième fois qu'il sentit le souffle de l'ex-
bien-aimée, il se tourna vers elle, et avec plus ou
moins de sincérité :

— Voyez donc, lui dit-il, ma chère ; je jurerais
qu'on a laissé ouverte la porte des *water-closets*.

Mais, dira-t-on, pourquoi ne la quittait-il pas?

Les gens qui ne connaissaient pas le revers de
la médaille se bornaient à prétendre qu'il devait
y avoir *un cadavre* entre eux.

Non! Il y avait que la dame, par toute sorte

de moyens, avait accaparé les profits de l'auteur.
Qu'elle le *lâchât*, c'était la misère pour lui. Qu'elle
le gardât, au contraire, si un jour, le mari de Gargouillette mourait enfin, le vieux flibustier dramatique pourrait peut-être rentrer dans tout ou partie
de ce qu'elle lui avait subtilisé.

Oh! ce mari!...

— Il ne crèvera donc pas! se répétait de Rény
avec rage.

Il le vouait aux dieux infernaux, et, en toute
occasion, s'évertuait à lui jouer de mauvais tours.

Comme on s'en étonnait, disant à celui-ci :

— C'est incompréhensible ! car enfin, puisque
de Rény vous a pris votre femme, c'est vous qui
auriez des raisons de lui montrer de l'hostilité. Ce
n'est pas logique.

— Pardonnez ! répliqua le judicieux époux. Très
logique, au contraire. Je l'ai eue jeune et jolie :
il l'a vieille et laide, il ne me le pardonnera jamais !...

C'est dans ce milieu que Théodose, enfant, puis,
ensuite adolescent, venait passer de rares jours de
vacances. Certes ! il n'y aspirait point. Le langage,
les façons, le cynisme de sa pseudo-belle-mère lui
répugnaient. Se laisser embrasser par elle lui était
une atrocité à subir. Et son père lui inspirait de la
pitié.

C'est drôle! Celui-ci jalousait son fils, si galopin
qu'il fût encore. Mis au collège aux frais d'une des
sociétés confraternelles dont l'auteur faisait partie,
l'enfant l'humiliait, sans le vouloir, en remportant
des prix. Tout jeune, ce *potache* le *collait*, sans y

tâcher, faisant malgré lui ressortir l'ignorance paternelle. Le jour où le petit fut de la « Saint-Charlemagne », de Rény en éprouva une mortification
encolérée. Son fils en savait plus que lui ! Il avait
envie d'interrompre ses études, pour le flanquer en
apprentissage, afin d'éviter d'être inférieur à son
enfant.

Il n'osa cependant, et Théodose passa facilement
son *bachot*.

Plus moyen de le confiner dans une *boîte*. Dès
lors, comment s'en débarrasser? Questionné sur la
carrière qu'il voulait suivre, le bachelier, dédaignant les élucubrations de son père, demanda à
« faire son droit ».

Va comme il est dit ! Par crainte du qu'en-dira-
t-on, il lui servit quatre-vingts francs par mois, au
quartier Latin. Sors-toi d'affaire et viens le moins
possible ! A la conscription La Phryte amena le
dernier numéro, ce qui fut une déception pour
papa ; espérant que l'étudiant tomberait au sort et
serait envoyé au loin, le père n'aurait plus à souffrir de la comparaison.

Quand le jeune homme eut passé sa thèse, l'a-
mant de la Gargouillette le prit à part.

— Te voilà un métier dans la main, lui dit-il.
Pour te donner le temps de te faire une clientèle,
je vais te meubler proprement, puis déposer, chez
mon notaire, quinze cents francs de bon argent,
qui te seront comptés par quinzièmes, le premier
de chaque mois, après quoi... serviteur ; pas vrai,
mon garçon?

Théodose comprit, de reste, qu'il eût été témé-

raire de compter sur du surplus, du mari de sa
mère ; et, renfonçant son chagrin naïf, il se promit
de crever de faim plutôt que de demander un sou.

Aussi, se mettant en quête, il parvint en quelques mois à se créer un petit courant de ressources,
tant en plaidant au civil les causes dédaignées par
les grands confrères, qu'en écrivant, dans des re-
vues, des articles de politique sociale et philosophique.

— Tu peux garder ton argent, dit-il à son père,
avant que la provision du notaire fut épuisée. Je
me suffis maintenant.

Celui-ci se blessa.

— En voilà un vaniteux ! pensa-t-il.

Un jour, l'un des journaux qui prenaient de la
copie au jeune avocat, étant poursuivi sur un des
multiples délits de presse pour lesquels l'empire
n'était pas tendre, Théodose accepta de présenter
la défense. Ce n'est pas qu'il comptât sur un acquit-
tement. Le rédacteur en chef l'engageait à ne pas
s'illusionner là-dessus.

— Nous aurons le maximum, lui dit-il. Je ne
veux pas vous prendre en traître, cher ami ; réglé
comme du papier à musique !

— C'est ce qui me décide, répliqua La Phryte.
J'aurai du moins mes coudées franches, et nous
allons nous amuser !

On crut à de la présomption. Il n'avait pas eu
occasion de donner sa mesure. Cependant, à tout
hasard, un des collaborateurs du recueil, sachant
la sténographie, se rendit à l'audience, muni de
papier.

5

Il y eut lieu de se féliciter de la précaution. Dès le début, Théodose sauta à pieds joints dans le plat. Froid, pointu d'abord, il déborda tout à coup en sarcasmes sanglants à l'adresse du pouvoir, lui mettant le nez dans ses origines, avec une hardiesse et une netteté qui décontenancèrent le ministère public, tandis que l'auditoire surpris, puis jubilant intérieurement, montrait une mine enchantée.

Le président, le sourcil froncé, se crispait sur son siège. Attentif au moindre écart, il s'apprêtait à provoquer quelque incident qui permît de couper court à l'impertinence de l'orateur.

Pas moyen ! celui-ci, qui se voyait guetté, manœuvrait comme un vieux routier, côtoyant les écueils, jouant des farces au tribunal, en lui faisant espérer qu'il allait lâcher un mot de trop, et, au moment où l'on pensait le tenir, s'échappant par la tangente, avec une souplesse merveilleuse.

On n'y tint pas pourtant. En une phrase ambiguë, le président tenta de l'intimider.

Alors, laissant de côté la raillerie, La Phryte s'enflamma, dosant la véhémence avec un talent incontestable; et, élevant la discussion aux suprêmes hauteurs, il termina par une série de traits indignés, sous l'éclat desquels l'avocat général resta visiblement écrasé.

A tout le moins, on se mordait les pouces d'avoir soulevé cette affaire. On dut réprimer les marques d'approbation de l'assistance, et le lendemain, les journaux de l'opposition publièrent *in-extenso* la plaidoirie si fournie, si diverse du débutant. Les cartes pleuvaient chez lui. Le bâtonnier de l'ordre.

si dynastique qu'il fût, le complimenta chaude-
ment, et en revenant au Palais le lendemain, il se
vit, à son entrée dans la salle des Pas-Perdus, entouré de confrères, la main tendue.

Le retentissement fut tel, que le président, faisant appeler Théodose, à quelques jours de là, —
peut-être par ordre ; histoire de voir ce qu'il y
avait sous cette éloquence ; combien pesait, ou
s'estimait la conscience de cet adversaire du régime
impérial, — lui insinua paternellement qu'il se
trompait de route.

Un succès indéniable, complet.

Un autre homme que le vaudevilliste eût été
content, fier de son fils. Le papa de Rény lut la
plaidoirie, le cœur serré. Il voulait que tout cela
fût stupide, boursouflé, assommant. Les éloges
qu'on décernait à son enfant lui faisaient hausser
les épaules. Un homme de talent ! Qui ? ce garçon
qu'il avait vu tout petit ? On se moquait du monde !
De l'esprit ? Où ça ?

Le monde est bête ! Pouvait-il avoir de l'esprit,
cet *avocaillon* qui bâillait aux féeries, aux drames,
aux *pièces à femmes* de son père ? Pour un peu,
vraiment, celui-ci serait éclipsé par ce « galopin » !
Un bavard, sans plus, qui lui donnait envie de
tremper sa plume de bonne encre et d'écrire —
écrire ! comprenez-le comme il l'entendait — une
pièce contre les avocats, où il le mettrait en scène,
ce prodige verbeux et redondant. Il faudrait qu'on
le reconnût, sous le ridicule, quitte à placer dans
la bouche de l'acteur des périodes entières du discours prononcé par son fils.

Le bonhomme enrageait ; une particulière envie lui mordait le cœur. Pensez-vous ! les journaux parlaient de ce garçon, le couvraient de fleurs, quand, depuis quelque temps, la critique commençait à traiter son père avec une sorte de commisération aigre-douce.

Et quel mauvais esprit ! Quoi ! ce polisson se permettait d'attaquer le gouvernement, de lancer des pointes à l'entourage de l'empereur, de railler l'auguste sauveur de la famille, de la propriété et de la religion ? Un scandale ! Une infamie ! Pourvu qu'on ne sût pas que le révolutionnaire La Phryte, fût le propre fils de Rény !

« Tu feras prudemment de ne pas t'en vanter, « lui écrivit-il brutalement, car, pour moi, je rou- « gis de la parenté avec un tel énergumène ; un « enfant assez sot et ingrat pour oser manquer de « respect et de soumission envers le monarque qui « a décoré son père de *l'étoile de l'honneur.* »

Sans aller jusqu'à lui défendre sa porte, l'auteur dramatique lui faisait présager un accueil sévère, s'il se présentait, et ne lui cachait pas que sa digne compagne restait froissée dans ses plus chères convictions ; bien qu'à tout prendre, elle tînt plutôt pour la légitimité. Mais faute de grives on mange des merles, et, la tête sur le billot, vous ne l'eussiez pas empêchée de proclamer que l'impératrice était la plus jolie femme qu'on eût jamais connue; sauf peut-être Marie-Antoinette.

« Va, va, disait en terminant l'amant de Gar- « gouillette, sape les fondements de la société, dé- « chaîne l'*Hydre de l'anarchie,* suscite es convoi-

« tises des incendiaires et des *partageux* (à qui
« Clairville a si bien dit leur fait pourtant), tu n'ar-
« riveras jamais, par ce moyen, à te concilier la
« considération des *honnêtes gens.* »

Vous savez : ces fameux « honnêtes gens » qui
sont exclusivement ceux qui pensent comme vous,
le surplus n'étant nécessairement que de la canaille.

Théodose n'y attacha que peu d'importance, sachant qu'un temps passé, on n'y penserait plus. Il
fit le mort. Et quand, venant chez son père à l'occasion du jour de l'an, la maîtresse de celui-ci lui
décocha une aigreur au sujet de ses opinions, il lui
glissa à l'oreille quelques mots dont la rude franchise lui ferma le bec, séance tenante.

Sur quoi la guerre éclata. A ce moment, il était
à Toulouse pour les besoins d'un procès. La cause
gagnée, il s'embarqua en hâte, voulant participer à
la défense de Paris, sa ville natale. Trop tard. Impossible de pénétrer dans la Capitale.

Trop longtemps à son gré, il ne sut comment
employer utilement ses facultés. Enfin, Gambetta
arriva.

— Voilà *un homme*, pensa Théo.

Et, sans en chercher plus long, il alla se mettre à
la pleine et entière disposition du délégué de la
Défense nationale. Celui-ci pouvait bien en faire ce
qu'il voudrait. Sacrifiant intentionnellement sa vie,
il eût accepté les missions les plus périlleuses ; il se
fût fait espion, si le besoin s'en était présenté.

En attendant quelque occasion, Gambetta l'envoya commander un corps franc, à la suite de

Chanzy, Théo s'y conduisit vaillamment en plusieurs rencontres, aventurant sa peau avec un entrain qui le fit remarquer tout de suite.

Fait prisonnier avec une blessure grave, il parvint à s'échapper, et, faute de pouvoir revenir à son général, il rejoignit Faidherbe dans le Nord. On connaissait les faits qui l'avaient mis en lumière. De nouveau il fit acte de bravoure intelligente. Tant et si bien qu'aux élections, le canton de Mornessan-lès-Condé l'envoya siéger à la Chambre de Bordeaux, sans qu'il eût sollicité les électeurs.

Et voilà comment ce garçon, sans ambition, inconscient de sa valeur, était devenu député.

Député, lui ! Son père en sautait au plafond ; député, ce fils qu'il avait vu tout petit et qui semblait mépriser les œuvres, la réputation et la supériorité paternelles ; lui, ce méchant *avocaillon*, qui, à la tribune, s'était permis de parler sans cérémonie du régime impérial, sous lequel son père avait été décoré ? Ça fait pitié, vraiment ! Bien plus, c'est scandaleux, ignoble !

Ah ! oui, papa Rény le regrettait, l'empire ! C'est que depuis le 4 Septembre, le bonhomme avait terriblement perdu de son crédit. On lui refusait ses pièces à présent. Au Vaudeville, au Gymnase, il avait *fait four*. Un de ses drames à l'Ambigu, avait si bien *piqué sa tête* qu'on n'était pas allé jusqu'au bout.

Lui qui jadis entrait en maître dans le cabinet des directeurs, on lui faisait faire antichambre. Les acteurs refusaient les rôles qu'il leur distribuait. On commençait à le traiter de « *vieux ra-*

seur ». Et jamais, plus jamais les journaux ne parlaient de lui.

Pour comble, sa concubine le maltraitait dure-
ment. On eût dit qu'elle eût pris parti de le décourager de la vie commune. Une belle duperie, en ce
cas ! C'était à se demander comment il mangerait
demain, s'il ne serait pas réduit à demander des
secours — le vilain mot ! — à la Commission des
auteurs ; car, comme un niais, pour frustrer son
fils, il avait passé tous ses gains au nom de la
dame. Elle possédait des immeubles à Paris, villas
au bord des différentes mers dont les côtes de
France sont baignées. Qu'il lui prît fantaisie de le
jeter à la porte sans même lui donner ses huit jours,
comme à un domestique, elle l'avait belle, assurément. Il en claquait des dents de peur. Il la
savait si à fond, l'aimable coquine. Son seul espoir
était qu'elle devînt veuve à la fin, et que, par un
reste de pudeur, elle l'épousât.

Et dire que ce malheureux faisait encore des jaloux. Pas une sympathie. Il avait, il est vrai, ex-
ploité un si grand nombre de jeunes confrères,
quand il tenait le haut du pavé, que le mépris
blagueur l'accablait de toutes parts et qu'on se ré-
jouissait ouvertement de sa dégringolade.

Quand vers quatre heures, il promenait ses cheveux blancs, le long des boulevards, il lisait sur le
visage des gens *du bâtiment*, attablés aux différents
cafés, la gouaillerie dont ils se régalaient à son détri-
ment. Il entendait les déplaisances crues qui le sa-
luaient au passage. Les acteurs qu'il avait traités du
haut en bas aux répétitions, les collaborateurs dont il

avait sucé le sang pour s'en faire des revenus, les
volant comme dans un bois, le regardaient d'un
air narquois, sans mettre la main au chapeau. Et
comme on se moquait de lui et de ses fameux
couplets de facture, aujourd'hui démodés !...

— Vidé, le père de Rény ! N'en faut plus, une
vieille *baderne !*

On n'imagine pas ce que c'est que le sentiment
de la désaffection du public, pour quiconque a joui
d'une célébrité de bon ou de mauvais aloi ; ce que
souffre l'homme dont les journaux ont relaté les
faits et gestes, quand le silence se fait autour de
lui ; les âcres jalousies qu'il ressent de voir les
nouveaux lui monter sur les épaules et le renfoncer
dans l'obscurité !

Que c'était dur pour celui-ci ! Si dur que parfois
il lui venait des envies de revenir à son fils, pour
s'oublier en lui, pour se cantonner dans le renom
relatif qu'il avait conquis.

Et puis non ! Encore une fois, il l'avait vu trop
petit. Il ne pouvait avaler que cet enfant le domi-
nât d'une supériorité quelconque. Il jouissait davantage à le contester, à le rabaisser. Oh ! voir le
nom de La Phryte dans les feuilles publiques !...
Ça lui crevait le cœur. Il achetait le *Pays*, et se
délectait à lire les *éreintements* dont le député était
l'objet.

Le pis est que Théodose savait exactement à
quoi s'en tenir sur les dispositions de son père. Il
le lui pardonnait sans doute ; d'un peu haut, par
exemple ; mais s'il parvenait à ne plus s'en affliger,
il n'en mesurait pas moins la profondeur de soli-

tude et d'abandon universel où il végétait avec ennui.

De là cette nonchalance dont Satinette lui avait fait honte; de là aussi le scepticisme, l'absence d'idéal, de foi, et disons tout, de moralité, qui le caractérisait, en le diminuant. De là, enfin, l'espèce de philosophie négative et misérablement résignée qui le poussait à se répéter :

— Bah ! ça durera ce que ça pourra, je m'en moque.

Quand il s'éveilla le lendemain du bal de Mme Ève, il n'avait plus qu'un souvenir effacé de ce qui s'était passé. Il ne sentit pas le besoin de repasser les détails, les incidents de cette étrange nuit. Inutile ! Propos en l'air, babioles de la vie courante.

D'ailleurs onze heures et demie sonnaient. Il avait faim. Dans son cabinet, le bois d'un balai heurtait les murs. La femme de ménage faisait son office. Il l'appela.

— Les œufs de monsieur seront prêts dans trois minutes, répondit-elle à sa question, en portant de l'eau chaude dans la toilette.

Théodose se leva, l'esprit libre, en bonne santé, et d'autant de meilleure humeur qu'en s'endormant, il s'était dit avec méfiance :

— Pourvu que je n'aie pas la migraine demain !

S'il l'appréhendait, c'est que, rapporteur d'une commission, il se pouvait que, sur la remise du rapport, la Chambre en demandât la lecture immédiate. Ma foi ! si l'on voulait. Il se sentait dispos.

Tout en trempant des tartines dans son thé,

5.

parcourait les journaux. Rien d'intéressant. Le ministère, trop nouveau encore pour branler dans le
manche, tablait sur le vote de confiance initial
pour préparer des projets de loi, dont on ne savait
encore rien. Une lune de miel parlementaire. Pas
de nuages à l'horizon.

Vers deux heures, son rapport en poche, il alluma une cigarette et se dirigea vers le Palais
Bourbon.

Il faisait beau et doux; un avant-goût du printemps; les femmes, arborant prématurément des
chapeaux neufs, semblaient toutes jolies. Il y avait
de la gaieté en l'air. Théo en venait à regretter
d'avoir à déposer son rapport. Il eût volontiers
faussé compagnie à ses collègues, pour aller se
baigner de soleil aux Champs-Élysées. La séance
serait certainement insipide.

En pénétrant dans la salle des Pas-Perdus, il se
confirma dans son idée. Un encombrement. Les
députés bavardaient en fumant, dédaignant même
la buvette et les couloirs. On faisait des potins. Le
coin dit « de la conspiration » où se manigancent
les coalitions éphémères, quand on veut renverser
un cabinet, était abandonné. Tout marchait sur
des roulettes.

— Où en est-on ? demanda La Phryte.

— La séance s'est ouverte sur des affaires d'intérêt local. A avaler sa langue, mon cher !

— Dites donc, La Phryte, est-ce que vous lisez
votre rapport ?

— Je n'y tiens pas; au contraire. Le dépôt fait,
j'aime mieux filer au Bois.

— Etiez-vous hier chez Mme Eve ?

— Oui.

— Ah ! contez-moi ça !

— Une simple cohue, mon cher. Trop de ministres. Voilà tout.

Un huissier s'approcha.

— Monsieur le député, dit-il à Théodose, on appelle les membres de votre commission.

— Déjà ? fit celui-ci. Au fait, tant mieux ; j'en
serai débarrassé plus tôt.

Et s'élançant vers les couloirs, il entra dans la
salle des séances, au moment où le président demandait si le rapport était prêt.

Sur le signe que lui fit le rapporteur, le président ajouta :

— La parole est à M. La Phryte, rapporteur de
la dix-septième commission.

Nonchalamment celui-ci monta les degrés, tandis
que les membres présents continuaient de causer
ou de faire leur correspondance.

En trois phrases il résuma les conclusions de la
dix-septième commission, et déposant le dossier à
la tribune, il s'apprêtait à se retirer, quand, de
toutes parts on réclama la lecture.

— Lisez, lisez.

Le mandataire de Mornessan-les-Condé n'y vit
qu'un contre-temps et, se rendant au désir de la
Chambre, il commença de lire les considérants.

A sa grande surprise, la droite en souligna quelques-uns de murmures accentués ; ce qui secoua
la torpeur de Théo.

Élevant la voix, appuyant sur les mots, il s'ap-

pliqua à faire ressortir les intentions de son travail.
Et quand il eut formulé les conclusions, les bravos
d'un côté, les « ah ! ah ! » de l'autre, donnèrent
une importance imprévue à l'incident.

Sur un billet du président de la dix-septième
commission, il demanda l'urgence.

De tous côtés on appuya.

— La discussion immédiate, cria-t-on.

L'un des membres du cabinet monta alors à la
tribune.

— Messieurs, dit-il, sans s'opposer à l'urgence,
le gouvernement préférerait que le rapport de l'honorable M. La Phryte fût renvoyé à la commission,
pour un supplément d'instruction, afin que le ministère pût fournir des explications nouvelles, qui
modifieraient sans doute les conclusions dont on
vient de nous donner connaissance.

— La commission, répliqua le député qui la
présidait, se tient pour suffisamment édifiée et
éclairée. Elle insiste pour réclamer l'urgence et
déclare être prête, au besoin, à la discussion immédiate. Les considérations que le gouvernement
se propose de faire valoir pourront se produire
utilement à la tribune.

— Oui, oui ! discussion immédiate.

Le président de la Chambre mit la question aux
voix. Après deux épreuves déclarées douteuses par
le bureau, les huissiers allèrent raccoler des députés à la bibliothèque, à la buvette, dans les couloirs ; sur quoi une forte majorité se détermina
pour qu'on discutât le rapport, toute affaire ces-
sante.

Tout d'abord on demanda au ministère de faire connaître son avis.

— Le gouvernement, répondit de sa place le chef du cabinet, se réserve de soumettre des observations générales au cours des débats; mais déclare ne pas soulever la question de confiance.

Durant ce temps, divers orateurs s'étaient inscrits pour et contre.

On commença.

—·· Ne vous inquiétez pas, dit Théo au président de la dix-septième commission, je « sais l'affaire » et je défendrai mon rapport aisément.

Trois orateurs s'étaient déjà succédé.

— Je demande la parole, dit La Phryte, car il me semble qu'on s'égare, qu'on perd de vue le point principal.

— M. le rapporteur a la parole, fit le président.

D'un pas agile, Théo gagna le bas de l'escalier, en gravit lestement les degrés et attendit qu'on se tût, car le dernier « préopinant » avait fait quelque impression sur l'assemblée et l'on causait chaleureusement de banc à banc, en dépit de la sonnette qui tintait et des huissiers qui répétaient d'une voix glapissante :

— Faites silence, messieurs.

A ce moment, Théo, promenant son regard sur les tribunes, reconnut Satinette au premier rang de l'une d'elles. A ses côtés, une jeune personne, à qui elle parlait, semblant appeler son attention sur lui.

— « Ma future » pensa-t-il en souriant intérieurement. Le « teint blanc, les bandeaux aile de

corbeau » tout y est. Et, derrière, le « Gaulois d
pure race, aux mains courtes et robustes » type d
bonhomme « que Michelet se complait à décrire »
La belle Raphaële suit son idée. Quelle singulièr
créature !...

Il lui envoya un imperceptible sourire, en ré
ponse au mouvement de tête dont elle le saluait

Sur quoi, les conversations particulières suspen
dues, il commença de parler.

Ce n'est pas un discours qu'il se proposait d
faire. Comme il l'avait dit, on s'était égaré, on étai
sorti de la question. Son intention se bornait à
ramener les idées, à les circonscrire sur le véritable
terrain. Il imaginait y parvenir en cinq minutes,
quitte à revenir à la charge, si l'on produisait des
arguments dignes d'être combattus.

Mais, ce jeu est plein de surprises et d'inattendu.
Un mot provoqua tout à coup de bruyantes protestations de la droite. Un souffle de passion parcourut les travées.

Théo n'y comprit rien d'abord. Mais, constatant
au banc des ministres une sorte de jubilation ma-
ligne, il se piqua et, prenant ceux-ci à partie, il
s'épandit en louanges équivoques, perfides, à l'a-
dresse du cabinet, lui faisant compliment de la
tactique extra-prudente avec laquelle il se mettait
à l'abri d'un échec, en se désintéressant du vote à
intervenir.

— Touchante déférence envers les élus de la
nation, dit-il. Voilà de quoi éloigner toute appréhension de crise ; de quoi fortifier l'espérance en
la stabilité.

On riait sous cape. Et lui, s'enhardissant, fit allusion au bassin dans lequel Ponce-Pilate se lava bravement les doigts, peut-être pour conserver sa place.

Cela parut passer la mesure. Les centres grondè-rent et, des hauteurs de la droite, des approbations frénétiques, des rires aigres éclatèrent, obligeant la gauche à interrompre brusquement ses bravos.

Le président crut devoir souffler un avis pater-nel à l'orateur.

Soin superflu. Théo, comprenant de reste la si-tuation, rebondit comme cinglé sous un coup de fouet. Et, se tournant vers les bancs réactionnai-res, il déclina toute solidarité avec les droitiers, en une phrase d'une raillerie sanglante, qui, après un silence général, nuancé de consternation, trans-porta ceux-ci de colère contre l'orateur.

Les invectives pleuvaient de ce côté, tandis que sur les degrés de la gauche, on se reprenait à ap-plaudir frénétiquement. Avalanche d'injures d'une part, tonnerre d'ovations de l'autre. Un hourvari terrible, dont le rapporteur semblait se délecter, promenant sur ses adversaires un œil souriant, plein de malice méprisante.

Toutefois, les centres n'avait pas bronché.

Eh bien ! au risque de perdre la partie, à leur tour !

Alors, renonçant à l'ironie, le député de Mor-nessan-les-Condé s'abandonna à la secrète rage qui le surexcitait et, s'élevant à la hauteur de la politique de principes, il trouva sans efforts des effets d'éloquence puissants, vainqueurs. Raison-

nant serré, s'observant, et — ce qui est plus rare
qu'on ne croit — très respectueux de la syntaxe,
il força l'attention, donnant au débat un caractère
solennel, transformant l'incident en une question
capable d'amener la démission du cabinet.

On envoyait chercher les flâneurs de la buvette.
Ils accouraient en foule, se massant à l'entrée,
écoutant en dilettantes cette parole facile et claire,
qui portait à fond et arrachait des salves de bravos
enthousiastes, nourries, aux plus blasés.

Deux heures durant, il tint l'assemblée sous le
charme. Tout le servait ; son extérieur principale-
ment. Large et gracieux de mouvements, de bonne
taille, coiffé exactement, il y avait du « premier
rôle » en lui, et la netteté de sa prononciation, le
registre sympathique de sa voix, dont il jouait
avec une souplesse instinctive, tout concourait à
son succès inattendu.

Les vieux parlementaires, un peu surpris d'une
révélation si tardive, murmuraient :

— Décidément, c'est quelqu'un !

— Un gars !

Et, de fait, un artiste et un mâle à la fois.

Il termina sur une sorte de défi de ruiner son
argumentation, en répondant, comme il se van-
tait d'avoir parlé, c'est-à-dire avec une franchise
absolue, dégagée de toutes compromissions, de
toutes considérations accessoires.

Au pied de la tribune, on l'entoura, lui prodiguant des félicitations chaleureuses. des poignées
de main jusqu'au coude.

Un *leader* désormais et si incontestablement,

que certains dans la masse se montraient du coin
de l'œil ceux qu'ils soupçonnaient de faire la grimace, d'applaudir du bout des doigts, à contre
cœur, inquiets intérieurement de voir surgir en La
Phyrte, un compétiteur, un rival.

Comme Théo, jubilant, regagnait sa place, il
jeta un regard vers le point où il avait aperçu Satinette. Elle n'était plus là. Seule, la grande fille à
cheveux aile de corbeau, aux côtés de celui qui,
selon l'apparence, devait être son père, continuait
de le fixer.

Un huissier s'approcha du triomphateur, autour
de qui ses voisins formaient un groupe, et lui remit un billet griffonné au crayon.

« Celle qui, ce matin, disait : « JE VEUX »*, serait*
« bien fière si elle pouvait se flatter d'être, pour si
« peu que ce soit, dans le réveil du lion. Elle le prie
« humblement, à cette heure, de venir le lui dire ce
« soir aux finances.

« RAPHAELE. »

— Au fait ! se dit Théo, qu'est-ce que je risque ?...

IV

LA NOCE.

Si l'on voyage la nuit sur le chemin de fer de Versailles, rive droite, on aperçoit, entre Suresnes et Puteaux, une série de feux à longs panaches noirs en contre-bas. On croirait à autant de soupiraux de l'enfer, Percées dans de grand murs sombres, des fenêtres laissent passer le regard sur une immense fournaise ou des ombres s'agitent en sens divers.

C'est la cristallerie de Léonard Burnet, où bouteilles, globes, flacons pharmaceutiques, verres à vitre, etc., se fabriquent par centaines de millions.

L'une des plus importantes verreries de France. L'établissement s'étale, sur une vaste superficie, où fours à fusion et à *recuit*, magasins de matières premières et fabriquées, hangars à combustible, se groupent en des constructions multiples et qu'une masse d'ouvriers, divisés en équipe de jours et de

nuit,— car les fourneaux ne sont jamais éteints—
anime d'une vitalité incessante.

Du côté de la Seine, séparée par le chemin de
halage, un quai, avec grues à vapeur, propres, les
unes à charger les péniches qui emportent au loin
— jusqu'en Amérique, après transbordement sur
les bâtiments transatlantiques — les produits ma-
nufacturés de l'usine ; les autres, à décharger les
chalands, débordant de charbons de terre ou de
sable fin, que les machines à pulvérisation ont
charge de préparer pour la fonte.

Un seul homme dirige tous les efforts de cette
ruche humaine : Monsieur Léonard Burnet ou
« le père Léonard » comme l'appellent familièrement ceux qu'il emploie.

Ces deux mots : « le père » n'ont rien de mépri-
sant dans leur bouche. Loin de là ; ils y attachent
plutôt une intention cordiale. En tous cas, entre
eux, l'idée ne leur vient pas de lui donner du
« Monsieur ». En somme, ce n'en est pas un. Il a
commencé comme eux tous ; ouvrier à la journée
ou à ses pièces, et non ailleurs, ici même, nu à
mi-corps, chargeant les foyers, maniant la matière incandescente ; tour à tour souffleur, *éten-
deur*, puis contre-maître, intéressé, associé, finalement patron. Il a mis longtemps la main à la
pâte : « il sait ce que c'est, » un des leurs, un brave
homme, à qui l'on n'en remontre pas ; quelqu'un
d'indulgent et de facile : un *zigue !*

Et puis, un malin ! Mais pas un finassier retors,
non ! Malin dans la bonne acception du mot ; malin
en cela qu'au lieu de pressurer le pauvre monde,

pour empiler le plus possible d'écus, au lieu d'humilier ses anciens égaux en les enrégimentant par associations de bienfaisance, de secours mutuels, et autres machines qui puent l'aumône, et avilissent le citoyen, il a attribué à chacun de ses coopérateurs une part proportionnelle des profits réalisés en commun. Aucun salarié à l'usine, des associés, des co-partageants, qui constitués en société coopérative, entreprennent la fabrication, s'organisent à leur gré, élaborent leurs règlements et recrutent eux-mêmes les *nouveaux*, avec un soin d'autant plus attentif.

Séparés des ateliers par une grille envahie de lierre et de pampres de vigne-vierge, un petit parc et une maison d'habitation à volets verts. Deux étages au-dessus d'un rez-de-chaussée. Sur le côté, des écuries surmontées de greniers à fourrage. De l'autre, serre et potager exposés au soleil levant. Et, surgissant d'une pelouse étendue, de vieux arbres, dans les hautes branches desquels nichent les oiseaux en confiance.

A l'intérieur de la maison, un luxe bourgeois, exact et propre surtout, aux cuivres luisants, comme en un foyer flamand. De vieux meubles, doués, sans préméditation, pas le fait de la mode courante, d'un cachet archéologique, homogène. Tout, *dans le ton*, comme disent les artistes, jusqu'à un clavecin exigu qui, grâce à des réparations successives, reste *jouable* et harmonieux. Depuis plus d'un siècle, chaque objet occupe la même place, comme s'il s'y fût incrusté. Tout au plus, le papier d'autrefois — fabriqué peut-être par les ancêtres du

Réveillon de 1789 — avait-il disparu sous des ta-
pisseries des Gobelins, à sujets bucoliques.

Le propriétaire de ce prospère établissement
(M. Léonard Burnet, pour tous autres que les ouvriers) était le père de la jeune fille aux cheveux
aile de corbeau, que nous avons fait entrevoir au
lecteur.

Avec eux vivait une vieille, très vieille, mais
alerte et de gros bons sens, en dépit du peu d'instruction qui lui avait été distribué. La mère du
patron, à qui, oubliant naïvement le temps écoulé,
elle disait parfois :

— Écoute un peu, *petit*.

Et le bonhomme, faisant tout comme elle abs-
traction de sa maturité, venait, avec une docilité
déférente, se mettre à ses pieds, répondant :

— Qu'est-ce qu'il y a, *m'man* ?

Un matin de l'été suivant, comme il lui faisait
la même question, dans la même attitude, la
vieille mère lui prit la main et, attirant un tabou-
ret, le fit asseoir tout contre elle. On eût dit qu'elle
le berçât comme jadis, quand il était gamin et elle
vaillante. Puis, posant un de ses bras sur les épaules
de l'usinier.

— Mon cher enfant, dit-elle bonnement, je puis
mo tromper ; mais il me semble que la prospérité
te grise, et te met au cœur des ambitions exagé-
rées ?

— Qu'entendez-vous par là, *m'man* ?

— Je crois que tu oublies un peu trop qui nous
sommes, c'est-à-dire du simple populaire. Défunt
ton père, mon garçon, était compagnon charpen-

tier, comme tu le sais bien, et je pense que tu n'en rougis pas?

— A moins d'être une bête, *m'man*.

— Alors, pourquoi que *t'en* as l'air, en laissant ta fille se monter la tête pour un député qui n'a jamais rien fait de ses dix doigts, faute de savoir, et qui n'a pour lui que sa *parlotte*?

— *M'man*, je ne l'ai pas cherché, celui-ci. Le hasard des relations l'a mis en présence de Luce. Une tierce personne m'a déclaré bravement que la petite plaisait à ce député. J'ai questionné l'enfant. Elle m'a avoué que celui-ci avait fait impression sur elle, et comme je ne me reconnais pas le droit d'influencer les sentiments de ma fille, j'ai dit qu'en principe je ne faisais point opposition au mariage proposé ! Il n'y a rien de plus. La preuve, c'est que Luce n'a pas cru devoir vous en parler encore, à vous qui avez, comme de juste, voix au chapitre.

— Il n'y a rien de plus. C'est bien vrai? demanda la grand'mère.

— Vous savez, j'espère que je ne suis pas homme à vous mentir.

— *T'es* mignon ! fit la vieille en attirant la tête grise de son fils pour l'embrasser.

— Que supposez-vous donc?

— Pardonne-moi, Léonard ; mais *t'es* franc, je *la* serai aussi, c'est justice ! Je me disais, à mon à part, c'est peut-être *ben* la turlutaine des grandeurs qui l'empoigne. Parti ouvrier, comme son père, devenu un gros manufacturier, conseiller municipal, adjoint, médaillé aux expositions, dé-

coré de trois rubans, sans compter le vrai, le
rouge, est-ce qu'il ne renie pas un peu son berceau, pour viser à des glorioles de *la haute* ?

— Si c'était ça, après tout ?

— Qu'est-ce que tu veux, ça me ferait de la peine.

— Pourquoi donc, *m'man*? Vous trouveriez
mauvais, pénible, qu'un brave homme, en suivant
tout droit son chemin, conquît bonne place dans
ce qu'on appelle « les classes dirigeantes » et
ainsi, se proposât en exemple à ses camarades?

— C'est pas ça, fils. D'abord, ta mère ne peut
qu'être fière de te voir un *monsieur*, sachant bien
que *t'es* d'encolure à tendre la main à ceux qui te
suivent. Mais — c'est peut-être des superstitions
de bonne femme, que l'âge rend un peu bêtasse
— j'ai peur que tu t'en repentes finalement.

— A quel sujet?

— Je ne saurais pas bien dire, mais ton père,
qui lisait tout ce qui lui tombait sous la main, répétait souvent, devant moi, ce qu'il avait trouvé
dans un livre : — « Ceux qui montent y perdent...
Le bonheur ne résulte pas du changement de
classe; il consiste à s'améliorer » (1).

— Il ne s'agit pas de moi, *m'man*. Je n'ai pas
d'ambition, je vous assure. Il s'agit de la petite,
qui a des instincts délicats, et à qui son futur a
plu. Y voyez-vous du danger? Il ne sort pas non
plus, lui, de la cuisse de Jupiter. S'il est quelque
chose, c'est à son mérite qu'il le doit. Est-ce qu'il
ne vous convient pas?

(1) Michelet. *Le Peuple.*

— Un bel homme, je ne dis pas non, répondit
la veuve Burnet. Un gaillard qui a la langue bien
pendue, du savoir, à ce qu'on m'a dit, et des idées
qui *cordent* avec les nôtres ; ça va bien ! Pourtant,
tu n'es pas effrayé de la disproportion d'âge, entre
lui et notre Luce? Vingt ans de plus qu'elle!...

— Dix-neuf, tout au plus. Mais, bien portant,
de bonne humeur — ce qui est un bon signe —
actif, intelligent...

— Et, pas le sou ! fit la vieille femme. Pas un
rouge liard, tandis que tu donnes à la petite tout
près d'un million.

— Je ne le lui donne pas, *m'man*, elle l'a, quand
même elle épouserait un prince. Là-dessus, voyez-
vous, j'ai des idées à moi. La question d'argent
me répugne et, en fait de mariage, je la mets de
côté !

— *T"as* raison, Léonard, et si celui qui demande
notre fille était un méchant petit diable d'employé,
quelque commis ou clerc d'avoué obscur, qui cire-
rait ses souliers lui-même, je n'y ferais pas attention. Je n'en ai jamais eu d'argent : je m'en suis
passée ; j'ai été heureuse tout de même et je m'en
moque. Pas moins, je m'imagine que ce député-là,
sans mettre la dot en première ligne de compte,
porterait ses visées ailleurs si la petite lui apportait juste autant qu'avait sa mère quand tu l'as
prise : — en tout et pour tout, sa belle mine et
son bon cœur.

« Voilà mon idée, Léonard, ajouta-t-elle. Prends-
en ce que tu voudras. Vois s'il n'y a pas à appré-
hender que ton gendre qui n'est pas de ton monde,

ne nous regarde après comme de petites gens, et
ne traite sa femme du haut de sa supériorité d'éducation et d'appétits ; c'est ça le *hic* ; ça qui me fait
penser. Mais, encore une fois, je suis de mon
temps, et tu en sais plus long que ta vieille mère.
Aussi, pour me résumer, décide, mon gars ; ce
que tu feras sera bien fait.

« Comme j'ai mon éducation, moi aussi, du
jour où ton père est mort, j'ai vu en toi le chef de
la famille, à qui *que* je me suis soumise... — Oh !
va ! fit-elle, avec un gros baiser ; soumise de bien
bon cœur, Léonard ! *T"es* si sage, si doux et si
bon ! — *T"es* le maître, entends bien ; je te conte
tout ça, par besoin de t'ouvrir mon cœur ; ne voulant pas te paraître une égoïste, qui se fait du
lard, en se disant :

— « Ma foi ! qu'ils se débrouillent !

« Non, mon garçon ; je ne veux te contrarier,
ni t'influencer encore une fois. Voilà ce que je
pense ; je te le mets dans le tuyau de l'oreille,
fais en cas ou non, c'est égal. Et rappelle-toi ça,
au moins ! Si tu te trompes, mon fils, si tu regrettes
un jour la décision que tu vas prendre en toute
liberté, je ne serai jamais assez vaniteuse et mauvaise pour en triompher, en te répétant comme
les imbéciles et les sans-cœur :

— « Je te l'avais bien dit !

« Jamais, Léonard ! Je te consolerai, si je peux,
et bien sûre qu'il n'y aura rien de ta faute. Si tes
intentions sont déjouées, je t'embrasserai de toutes
mes forces, en te disant :

— « T'as bien fait, mon garçon !... »

6

Le voyant absorbé dans ses réflexions, elle fut prise de remords.

— Je t'ai chagriné, Léonard ? demanda-t-elle avec une sollicitude attendrie.

— Non, *m'mam,* répondit l'usinier en souriant. Vous me faites songer, c'est tout simple.

— Ah ! vois-tu !... t'affliger ! Je ne me le pardonnerais pas. *T'as* toujours été si gentil avec moi !...

Ce disant, elle l'avait attiré de nouveau, le tenant entre ses genoux, la tête sur son épaule, le cajolant comme un enfant.

Il est à supposer que les réflexions du bonhomme ne furent pas défavorables à l'union projetée, car deux mois après, les feux de la cristallerie — pour la première fois depuis la guerre — s'éteignirent, et l'usine, chômant, se pavoisa de drapeaux, de banderolles, d'arcs de triomphe en feuillage, avec des milliers de lanternes de couleur, bleu, blanc et rouge partout.

Décidément, la belle fille aux cheveux *aile de corbeau,* mademoiselle Luce Burnet, épousait le député de Mornessan-lès-Condé. Tous les ouvriers étaient conviés à la noce. Suspension des travaux sur toute la ligne ; bah ! Ce que ça coûterait ? Voilà-t-il pas une affaire ! Tout à la réjouissance ! On ne marie pas sa fille tous les matins, pas vrai ?

Aussi quel monde, mes amis ! Tout Puteaux, tout Suresnes ; sans compter ceux de Courbevoie, de Neuilly, et Nanterre et Colombes, tout le canton, quoi ! Et du monde bien, je vous assure ! Plus de trente conseillers municipaux, ou d'arron-

dissement, des maires et des adjoints, en veux-tu,
en voilà, avec deux brigadiers de gendarmerie, en
grand uniforme, s'il vous plaît, le bicorne en bataille.

Eh bien ! (croyez-moi, ne me croyez pas) ce n'é-
tait rien encore !

Quand, sur le coup de onze heures, le train s'arrêta à la station, il vous sortit des wagons une
masse grouillante qui détala la pente du chemin,
comme un ruisseau qui déborde sous une pluie
d'orage. Ah ! Seigneur ! les belles toilettes, les étin-
celants uniformes ! Que de croix, que de rubans
rouges autour de la cravate blanche !

Ah ! ça ; mais le gouvernement, alors ? A peu
près ! Un aide-de-camp du président de la République, cinq généraux, des ministres, un tas de
sénateurs. Et ceux-ci des collègues du marié, tous
députés, tous de la gauche, avec des barbes !...

On ne comptait pas les préfets, on marchait sur
les sous-secrétaires d'État.

Quelle affaire !

— Dis-moi voir leurs noms.

— Je n'en finirais pas, il y en a trop !

. . . .

— Il paraît qu'on se marie à l'église !... C'est
égal, dis donc. Aurais-tu cru ça du père Burnet ?

— Il paraît que le futur y a tenu.

— Allons donc !

— Par politique, à ce qu'on dit.

— *J'aime* pas ça. Tu entreras entendre la messe,
toi ?

— « Je te crois !... » La Krauss et Melchissé-
dec chantent aux orgues ?...

— En voilà une raide ! Est-ce qu'il n'est pas
juif, Melchi ?

— Je ne sais pas. Mais, qu'est-ce que ça fait ? Il
a une si belle voix !...

A ce moment, un grand mouvement se produisit dans la foule répandue sous les arbres du jardin. Les mariés, sans doute ? Non. Un murmure
répéta un nom de proche en proche.

— Gambetta !...

Le matin de ce jour, à neuf heures, la femme de
chambre de la baronne de Chléha, dressait deux
couverts dans la salle à manger.

Le timbre de la porte extérieure retentit. Après
un léger temps, le député de Mornessan-lès-Condé
parut, le chapeau sur la tête, enveloppé dans un
long pardessus d'étoffe mince.

— Elle est prête ? demanda-t-il.

— A peu près, monsieur.

Poussant directement à une porte de côté, comme un homme qui se sait chez lui, Théo traversa
le salon désert, et pénétra dans la chambre de la
maîtresse du lieu, qui debout devant une psyché,
s'efforçait de nouer derrière son cou, un ruban de
velours.

Le buste cambré par un mouvement de ses reins
souples, mouvement qui faisait saillir sa poitrine,
élégamment discrète, et dont les lignes pures se
dessinaient sous ses bras relevés, Raphaële était
adorable.

— C'est toi, fit-elle, en lui souriant à la glace,

aide-moi, veux-tu ? J'en ai des crampes dans les
doigts.

La Phryte glissa ses pieds, finement chaussés,
sous la longue traîne de la jeune femme et s'ap-
pliqua à lui rendre le petit service qu'elle réclamait.

C'est toujours une opération laborieuse pour un
homme de nouer un ruban. Il l'avait belle, cependant. Pour lui en faciliter la besogne, Satinette,
d'une de ses belles mains, relevait les boucles de
son chignon fourni, découvrant une nuque d'ado-
lescente, ombragée de cheveux follets et capricieux
qui en accentuaient les méplats, de demi-teintes
estompées, avec des reflets d'ivoire rose.

Ces beautés, les tiédeurs qui s'en dégageaient,
enivraient le sensible législateur. Le ruban noué,
il approcha lentement ses lèvres de ce col si pur,
en passant ses bras sous ceux de Raphaële, la serrant contre lui. Et elle, tournant la tête, s'offrit à
un second baiser.

Puis, se dégageant, elle se recula de quelques
pas pour se planter de face devant lui.

— Comment me trouves-tu ? demanda-t-elle,
en femme qui ne craint rien du plus attentif examen.

Après l'avoir, en quelque sorte *bue* du regard,
Théo, succombant à l'émotion, tomba sur un fauteuil, en portant la main à ses yeux.

— Allons ! tu es fou ! s'écria vivement la jeune
femme, s'élançant à ses pieds, et lui écartant les
mains d'autorité. Tu m'as juré que tu ne l'aimeras
pas ; aussi, vois, je n'ai pas de larmes. Je t'ai cru,

6.

je te crois. Ce qui nous lie est au-dessus de tout
au monde, et, de corps, d'âme, de conscience, je
suis à toi pour la vie !

La femme de chambre frappa doucement.

— C'est servi, dit Raphaële en se relevant, allons
déjeuner et finissons-en. Haut le cœur, Théo,
viens !...

Elle l'entraîna dans la salle à manger, en s'ac-
crochant à son bras, caressante, chatte, amoureuse.

A proprement parler, ce n'était pas un déjeuner
qu'elle avait fait dresser : quelques friandises
comme un lunch, avec du chocolat à la vanille ;
simple collation, permettant d'attendre le panta-
gruélique festin du beau-père, au retour de l'église
de Puteaux.

On grignotait, mais en silence.

— Écoute, dit brusquement Théo. Nous n'avons
pas à nous dorer la pilule, toi et moi ; allons au
fond des choses, veux-tu ?

La jeune femme eut un serrement de cœur.
Mais réagissant sous le coup :

— Oui, fit-elle, parle ; dis tout.

— Eh bien, reprit La Phryte, partons d'un point
clair et précis, formulé brutalement, peut-être ;
mais la vérité ne met pas de mitaines, elle est une,
n'est-ce pas ?

— Achève.

— Puisque tu y es préparée, puisque tu consens
à entendre, avouons-le, ma chère, c'est une belle
et bonne canaillerie que je vais commettre tout à
l'heure, de complicité avec toi.

— En es-tu bien sûr ?

— Dame, voyons ! Je vais prendre pour femme, pour épouse, une fille qui ne me dit rien, à qui nous n'aurions pas songé si elle ne m'apportait une fortune. Voilà le fait. Et je vais lui jurer amour et fidélité, avec la volonté bien arrêtée de rester ton amant. Comment appelles-tu cela franchement ?

— Et c'est deux heures avant... (comment dirai-je) avant le crime, si tu veux, que tu t'avises du caractère de la... combinaison ?

— A ma question, tu opposes une question, ma chère, ce qui n'est pas répondre.

— Je ne suis pas ministre, répliqua Satinette, s'efforçant de masquer son anxiété sous une plaisanterie. Au fait, pourquoi me dis-tu cela tout à coup ?

Théo garda un instant le silence, puis d'un ton concentré :

— Réponds-moi, dit-il lentement. Si je te proposais de mettre, en hâte, quelques effets dans une malle, de prendre le train à onze heures quarante, de nous embarquer ce soir au Havre, pour l'Amérique, et fût-ce en mangeant un peu de vache enragée au début, de tirer une barre sur le passé pour nous faire une vie nouvelle, viendrais-tu ?

— La drôle d'idée ! fit Raphaële, éludant toujours de se prononcer.

Théo quitta sa place, et, apportant sa chaise contre celle de la jeune femme, qu'il prit à pleins bras.

— Qui que tu sois, lui dit-il gravement, quoique

tu vailles, être multiple, qui ne te livres pas, quels
que soient ton passé, tes attaches, tes arrière-pen-
sées, en un mot : victime ou coquine, je t'adore,
de toutes les puissances de mon âme ; je te veux
au-dessus de tout, et quoi qu'il faille faire, pour te
garder en ma possession, je ne reculerai pas d'une
semelle. Est-ce assez dire ?

« Laisse-moi aller jusqu'au bout, ajouta-t-il,
l'interrompant à l'avance ; car il ne faut pas d'équivoque entre nous. Jusqu'à l'heure où je t'ai ren-
contrée, je n'ai jamais aimé personne et personne
au monde ne m'a aimé. Ma mère est morte sans
que je la connusse et je t'ai dit ce qu'est mon père.
Quand tu es venue à moi, au bal de Mme Ève, j'étais
dans cet état d'esprit où l'homme, aux portes de
la maturité, ne s'intéresse plus assez lui-même
pour continuer la bataille. Je ne te dirai pas que tu
m'as rendu la jeunesse ; on ne remonte pas le courant de la vie ; mais tu m'as fourni un objectif
passionnant, capable de galvaniser mes énergies
atrophiées, endormies sous la complète indifférence de mes lendemains longs nombreux ou non
courts. Tu m'as redonné envie de vivre, de combattre, de triompher, d'être, pour te valoir, pour
te tenter, pour te mériter.

« Encore une fois, Raphaële, tu me possèdes
pleinement ; au point que si je ne pouvais te garder qu'au prix d'une infamie, je la commettrais
sur l'heure. Vois que je ne mens pas ; ma cravate
blanche prouve, de reste, que la mauvaise action
d'épouser la pauvre Luce ne m'intimide point.
Mais toi, voyons ! Que penses-tu de cette indi-

gnité ? Ne préférerais-tu pas pas tout planter là,
nous sauver tous les deux, tout seuls, en des contrées où l'on ne saurait rien de nous, et où nous
aurions la liberté de nous consacrer l'un à l'autre,
pour vivre heureux, à ciel ouvert, la conscience
légère, comme de braves gens ?... »

A mesure, il avait fait impression sur Satinette ;
elle plongeait son regard dans ses yeux, se laissant
bercer à ses paroles, respirant son haleine, subju-
guée, fascinée, presque éprise.

A son tour, elle avait envie de lui tout avouer,
tout ; c'est-à-dire, le mystère de son existence, le
but qu'elle poursuivait, son secret, en un mot...

La porte s'ouvrit brusquement et la femme de
chambre, entrant, vint à elle, lui dit une phrase à
l'oreille, qui lui fit froncer le sourcil.

— Pélagie n'est pas là ? demanda Raphaële.

— Mme Pélagie est sortie dès huit heures.

— Bien, j'y vais.

Puis à La Phryte :

— Tu as des cigares ?... Attends-moi un moment.

— Que te veut-on ? fit celui-ci.

— Ne t'en soucie pas, répondit la jeune femme
en gagnant le salon.

Le froncement de sourcils de l'étrange fille n'avait
pas échappé à Théo. Resté seul, après le départ de
la servante, il se sentit pris d'inquiétude. Que lui
cachait-on ? Il voulait le savoir, et présageait que
Raphaële ne le lui dirait pas. En dépit d'un peu de
répugnance, il quitta sa chaise, et, s'approchant
de la porte, il entendit le dialogue suivant :

.   .   .   .

— Vous ne pouvez saisir, disait Satinette, je ne suis pas chez moi. J'habite en garni chez Mme Pélagie Shildah. Voici sa patente de loueuse; voici ma quittance de location.

L'huissier prit sans doute le temps d'examiner les documents, car ce ne fut qu'après un silence assez prolongé qu'il répliqua :

— Tout cela est en règle, et je n'ai pas à insister, madame. Toutefois, votre position n'en est pas meilleure.

— Pourquoi ?

— Vous êtes étrangère, insolvable, et, selon la loi, on peut vous en appliquer certaines prescriptions rigoureuses, qui vous feraient incarcérer sur une simple ordonnance.

— Je le sais, monsieur. Mais, en ce moment même, mon mandataire, assisté d'un de vos confrères, est à votre étude, signifiant ce que vous appelez des « offres réelles », et, faute de vous rencontrer, rédige un constat; ensuite de quoi il versera les fonds à la Caisse des dépôts et consignations.

— Vous voulez donc plaider ?

— Mon avoué en est d'avis.

— Ça vous regarde.

Un des acolytes avait établi le procès-verbal.

— Voulez-vous bien signer ? demanda l'huissier.

— Non, monsieur. Consignez mon refus.

Quand elle revint à la salle à manger, elle trouva Théo abîmé, pâle et morne.

— Tu as entendu ? fit-elle, devinant la cause de son trouble.

— Oui, répondit le fiancé de Luce.

Puis, lui saisissant les poignets et la dévisageant en un regard enflammé, empreint d'une jalousie menaçante :

— Comment t'es-tu procuré la somme à verser par l'avoué ? demanda-t-il.

Satinette lui montra ses oreilles, son col et ses bras nus.

— Je n'ai plus un bijou, dit-elle.

— Tu les as vendus ?

— Engagés seulement.

— Au fait, de qui te viennent-ils ?

— Du baron de Chléha.

— Ton amant ?

— Mon mari.

— Ton mari !... répéta Théo. N'es-tu donc pas la femme de William Erckmann ?

— Qui sait !...

— Je ne comprends plus.

— Sois puissant et fort. Alors, peut-être, il se pourra, si tu m'aimes encore, que je n'aie jamais été mariée au misérable dont tu me parles. Jusque-là, de quelle utilité me mettre sur la sellette devant toi, mon ami ? Ton amour est durable, ou ce n'est qu'un caprice. Si le triomphe de tes talents te détache de moi, qu'importe qui je sois ! Tu auras été aimée d'une « jolie femme » quelconque, et tu auras la conscience d'autant plus légère que tu ignoreras quel service ta maîtresse espérait de ton affection.

« Laissons ces choses, Théo. L'heure passe. Il est

encore temps de te dérober. Décide librement, et
sois sûr que je ne te ferai pas un reproche.

La Phryte se leva.

— Embrasse-moi, dit-il. Je serai marié dans
deux heures.

La jeune femme ne manifesta ni satisfaction ni
regret.

— Va, fit-elle. J'y joue gros jeu, pourtant. Ta
femme est belle et séduisante. Si, par le charme
de sa jeunesse et les grâces de sa tendresse naïve,
elle l'emporte sur moi, dis-le loyalement, fût-ce
brutalement ; je disparaîtrai sur l'heure. Va, mon
ami et... à la grâce de Dieu !

— Je t'aime ! répondit Théo en la pressant sur
sa poitrine.

Deux heures après, comme il l'avait dit, il était
debout devant l'officier municipal, à côté de la
fille du verrier.

Après avoir lu les articles du Code, le maire,
s'adressant au député de Mornessan-lès-Condé, dit :

— Jean-Émile-Théodose La Phryte, consentez-
vous à prendre pour épouse Juliette-Marceline-
Adèle-Luce Burnet ?

— Oui, répondit d'une voix ferme le fils de l'auteur dramatique.

— Et vous, reprit le maire, Juliette-Marceline-
Adèle-Luce Burnet, consentez-vous à prendre pour
époux Jean-Émile-Théodose La Phryte ?

— Oui, monsieur, fit doucement la jeune fille.

Sur quoi, le représentant de l'autorité civile
prononça la phrase sacramentelle :

— Au nom de la loi, vous êtes unis.

Puis on signa des registres ; puis, laissant là les voitures, le cortège se forma, et, à pied, traversa les rues encombrées de curieux se rendant à l'église.

Les cloches sonnaient à toute volée, le modeste parvis, la place, les rues avoisinantes, regorgeaient d'invités et de populaire endimanché. On fumait, on causait.

Chose singulière ! Personne ne s'étonnait de la présence de Satinette, de la place particulière qui lui était faite dans l'intimité de la famille.

A son entrée dans la maison, Luce, avançant à elle, l'avait embrassée à pleines lèvres.

Le préfet de police, s'insinuant aux côtés de Raphaële à l'église, lui avait demandé tout bas :

— On assure que c'est vous qui faites ce mariage, chère madame ?

— Est-ce que vous tenez à savoir le chiffre du pot-de-vin que j'ai reçu, monsieur le préfet ?

— Reçu !... pas encore, pourtant.

— Sur quoi le croyez-vous ?

— Vous avez été saisie ce matin.

— On vous fait de faux rapports. La somme réclamée est aux Dépôts et Consignations, ce qui vous ôte toute chance de m'intimider, en me menaçant d'expulsion.

— Loin de le proposer, chère madame, je serais plutôt disposé (vous le savez bien) à vous offrir un refuge...

— Dans vos bras ?

— Dans mon cœur.

Satinette sourit :

— J'y serais en trop nombreuse compagnie, mon cher !...

De mémoire d'homme, on ne fit telle ripaille à Puteaux. Sous un ciel étoilé et clément des files de tables, à nappes blanches, se succédaient dans le jardin de l'usine. Les convives se comptaient par centaines, on dînait, on trinquait, on s'esbaudissaitjusque sous les hangars, comme à presque tous les étages de la maison. Gargantua semblait mener la fête et l'on se demandait où diable on avait pu cuisiner tout cela, comment surtout, comment on parvenaità faire le service, d'une régularité et d'un ordre parfaits.

Les ouvriers n'en revenaient pas de surprise ; même un peu intimidés d'abord de voir enlever leur assiette par des gars en habit noir et cravate blanche, que, sans cela, ils eussent pris pour des attachés d'embassade.

Tout à coup, le café pris, la *rincette* dégustée, en fumant des cigares de prince (ou de boursier, c'est tout comme !), un coup de canon formidable fit tressauter l'assistance. Le signal du feu d'artifice, que Ruggieri dirigeait en personne.

Bon Dieu de bois ! mes enfants, quelle merveille ! Il s'en flanquait une culotte, le patron ! Un incendie ! Le dessous de quelques nuages en tumuli s'en empourprait là-haut, et les petits flots de la Seine, qu'une brise à la *remonte* agitait par plaques éparses, brillaient d'étincelles diamantées. Un tapage à se boucher les oreilles, des pluies de feu successives, des *pièces* allégoriques, plus splendides les unes que les autres, avec *tout plein* de drapeaux tricolores enflammés, et toujours au centre, le chiffre entrelacé des jeunes mariés. L. T. Des noces royales !

Dans tous les coins, des feux de bengale teintaient diversement choses et gens, dont la face tantôt verdissait, tantôt devenait écarlate, tandis que le feuillage des arbres et des massifs prenait des éclats fantastiques, à troubler les idées.

Et ça n'arrêtait pas. A chaque fusée embrasant le ciel, éteignant les reflets humiliés de la lune, on apercevait, à l'autre rive du fleuve, une foule compacte en admiration, tandis que les joueurs de trompe sonnaient des fanfares que répétait l'écho.

Rien encore, attendons le bouquet.

Ah ! d'honneur, aucun monarque n'en fit jamais partir un plus admirable ! Un bouquet qui devait coûter les yeux de la tête ! On faisait silence pour mieux voir.

Quand la fusée finale s'élança tortueuse dans l'espace redevenu sombre, mille poitrines poussèrent un hurrah, en battant des mains à se les écorcher.

— Vivent les mariés !... Vive le père Burnet ! Vive... vive...

On ne savait plus quoi.

— Vive la République ! cria quelqu'un.

A l'unisson, dans la maison, dans le jardin, dans le village, dans les barques, sur l'eau, comme sur la berge opposée, le cri fut répété, ébranlant les profondeurs célestes, achevant d'épouvanter les oiseaux qui, chassés de leur nid, voletaient éperdus, tandis que les vaches beuglaient dans l'étable, moutons

et chèvres bêlaient; poules et coqs, éveillés en sur-
saut, grommelaient d'inquiétude, et tous les chiens
du pays, molosses et roquets, aboyaient à se dé-
mantibuler la gueule.

— C'est-y fini?

— Fini? Ah ben! Je t'en souhaite!

A la danse, à présent! La polka et le fin rigo-
don !

De distance en distance, un orchestre, monté sur
une estrade, au centre d'un rond-point lumineux
de verres de couleur et de lanternes vénitiennes,
grinçait des ritournelles enlevantes.

— En place, en place, en place! Un vis-à-vis!

Et allez donc, jeunes, mûres, vieilles, il faut
toutes y passer ; papa Burnet n'a qu'une fille !

— Balancez vos dames!

A minuit, Luce en costume de ville, après ses
adieux aux parents, s'apprêta à suivre son mari.

Leur coupé les attendait pour les ramener à Paris, dans un gentil petit hôtel de la rue Matignon,
avec un bout de jardinet derrière, s'il vous plaît !

Comme elle traversait l'antichambre, elle aperçut
Raphaële qu'on aidait à s'entourer d'un grand bur-
nous arabe, brodé d'hiéroglyphes d'or.

D'un mouvement affectueux, la nouvelle mariée
se jeta au cou de Satinette, et, en l'embrassant, de
nouveau, lui dit tout bas :

— Merci.

Au même instant, le vieux de Rény, tout seul
(on avait eu l'aplomb de ne pas inviter Gargouillette), remontait à la gare pour le dernier train,
dédaignant la voiture mise à ses ordres. Et, repas-

sant les somptuosités de la journée, il se disait
d'un ton d'amertume :

— Si c'est Dieu permis ! Tout ça, pour un méchant *avocaillon*, que j'ai vu si petit !...

. . . .

Il faisait grand jour depuis longtemps ; depuis
longtemps des hommes graves, immobiles, impassibles comme des statues, debout sur quelque
pierre au fin bord de l'eau, tenaient, à bout de bras,
une longue gaule d'où pendait un fil de crin, et,
le cœur palpitant, ils suivaient d'un regard anxieux
les caprices d'un bouchon colorié que les remous
du courant faisaient valser.

De temps à autre, ils tournaient la tête vers le
chemin de hâlage, appréhendant quelque impor-
tun.

Non ! c'étaient les dernières *gens de la noce*, un
peu lourds, un peu étourdis, qui, suivant tant bien
que mal la chaussée, en se soutenant réciproquement, se répétaient à satiété, mais avec une sincérité profonde :

— Le père Burnet... c'est un honnête homme !...

V

LA CRISE

Quelqu'un qui ne filait pas des jours tissus d'azur et d'or, c'était Sa Hautesse Smaïl-ben-Smaïl, premier ministre de l'empereur du Maroc. Cependant, si ses nuits étaient agitées, ce n'est pas que le siroco lui donnât sur les nerfs; il était fait au siroco; ce n'est pas qu'il eût des préoccupations d'argent, car à force de voler son maître, à force d'exactions, de concussions, de chiperies effrontées, il possédait un numéraire inépuisable; ce n'est même pas, enfin, qu'il regrettât sa condition d'eunuque; par Allah, jamais un moment!

A voir, autour de lui, ce que le mal d'amour entraîne de tracas, d'abominations, de crimes, etc., il s'applaudissait sincèrement de ce que des considérations supérieures l'eussent mis à même d'échapper aux tribulations de la chose, et, en ses rares moments de calme, il contemplait la turpitude de ses contemporains, de l'œil paterne et à

demi-voilé d'un chat, qui a eu « des malheurs »,
pelotonné en boule, sur le coussin d'un divan,
suivant des rêves produits par une digestion régulière.

Mais voilà ! Les représentants de trois puissances
européennes : la France, l'Angleterre et l'Espagne,
ces deux dernières liées d'intérêt, le circonve-
naient de tant de manières qu'il ne savait à qui
entendre encore qu'en son for intérieur, et avec
l'approbation de son gracieux souverain, — qui
était bien l'imbécile le plus canaille qu'on pût
imaginer ! — il s'appliquait à les *mettre dedans* tous
les trois.

Ambition méritoire sans doute, mais pas commode à mener à bien.

Pour l'Espagnol et l'Anglais, passe encore, on
démêlait ce qu'ils voulaient. Mais, pour le Français, autre paire de manches ! Selon le vent qui
soufflait de Paris, il voulait, ou ne voulait plus ;
tantôt ceci, tantôt cela. La bouteille à l'encre que
ce diplomate.

Et puis, jamais content, l'animal ! On lui avait
pourtant bien concédé, sous le boisseau, à l'aide
d'un tas de prête-nom, des lieues carrées de terrain, monopoles, services publics, le tremblement,
en faveur de Sociétés diverses et vagues, consti-
tuées, soi-disant pour l'exploitation des richesses
minérales de l'empire : mines d'or, d'argent, de
cuivre, d'antimoine, zinc, plomb, fer, soufre,
téfel, etc., même d'eaux thermales, sulfureuses et
ferrugineuses, tant sur les versants de l'Atlas,
qu'au cap Spartel. Que dis-je ! Il lui avait fallu des

privilèges, pour la mise en rapport par ses natio-
naux des forêts de chênes-lièges, de grenadiers,
propres à la construction. Eh bien! ce n'était pas
assez. Fort de tous les pots-de-vin, dont il avait
gratifié Sa Hautesse, il réclamait le droit d'établir
des chemins de fer, disant que, sans cela, ce qu'on
lui avait octroyé et rien c'était exactement la
même chose, puisqu'on ne pouvait se réduire à
user des caravanes, pour tirer parti tant des mine-
rais, lièges, bois, etc., que des trois récoltes an-
nuelles de dattes, d'olives, de vin et autres, que
donne ce pays, si fertilisé par les nombreux cours
d'eau. Comment exporter ces matières premières,
et l'orge, le froment, le riz, si Tanger, Mogador,
Tétouan, n'étaient pas reliés à Fez et autres
points de l'intérieur par une voie rapide et économique?

— Rendez les pots-de-vin, alors! disait le diplomate.

Rendre les pots-de-vin! Il était bon là, lui! Ce
qui est agréable à palper est agréable à garder, dans
le pays de Mahomet, autant qu'ailleurs. D'ailleurs,
s'y réduisît-on, avec peine, et l'Espagnol, et l'Anglais, quel nez feraient-ils? Je sais bien qu'on avait
encore nombre de pots-de-vin à distribuer; qu'ils
en auraient leur part, et que ça aplanit les difficultés. Mais, en toutes choses, il faut considérer la
fin, pour peu qu'on se pique d'entendement diplomatique.

Le chemin de fer accordé au Français, celui-ci
n'était pas si bellement de Pontoise, qu'il ne prévît
la nécessité de protéger les travaux, dans un État

où le gendarme ne fleurit guère. Alors, quoi
donc? Des conflits, suscités d'ailleurs par le bon
Espagnol et l'aimable Anglais, furieux de se
voir l'herbe coupée sous le pied, l'empereur mis
en demeure d'envoyer de la milice par là, ou de
souffrir que quelques *troubadours* d'Algérie vins-
sent camper le long de la ligne. Un margouillis terrible!...

Ce ministre exotique n'y entendait rien. Il entrevoyait des révolutions à bref délai, une inva-
sion d'étrangers sur le sol de la patrie; lesquels
nouveaux tartufes, s'insinuant en douceur, prêts,
une fois installés, à se coiffer sur l'oreille, disant :

« .   .   .   .

« *La maison est à moi; je le ferai connaître!...* »

Eh! non, bonhomme; eh non, patriote timoré,
non, ministre incomplet; tu n'y vois goutte et te
méprends. Ce dont il s'agit, eunuque sérénissime,
c'est d'avoir en poche un décret marocain, qui per-
mette de créer une jolie Société par actions, à
émettre au-dessous du pair, afin de tripoter, — pas
chez toi, à Paris; pas avec un seul de tes rouges
liards, avec l'épargne — en argot de Bourse : *la
bonne braise* — des gogos, qui, trouvant maigre le
5 p. 100 français, aspirent à tirer six fois autant de leur bénin capital. Oh! Hautesse bornée!
saisis-tu l'intérêt de l'affaire, à la fin? Combien
d'actions libérées te faut-il pour dégeler ton intelligence?

Eh! bêta! ne crains pas que le fantassin foule
ton sol; n'appréhende pas qu'on exploite tes mines

7.

et tes plantations. C'est le prétexte à la spécula-
tion, mon ami; de quoi *emmancher* une affaire
et revendre les titres avant la liquidation judi-
ciaire. On te préviendra, homme d'Etat que tu
es ; signe au nom de ton souverain et ton sac
s'arrondit sur l'heure, à craindre de le faire cra-
quer.

Ces berbères ont peine à se mettre « dans le mouvement ». Il faudrait songer à y envoyer des mis-
sionnaires.

Le consul s'évertuait à les suppléer. D'accord
avec un certain comité qui siégeait à petit bruit en
divers presbytères de la capitale, il n'épargnait ni
sa salive ni ses obsessions ; mais la solution n'a-
vançait pas. C'est qu'aussi ses chefs hiérarchiques
lui serraient la bride, harcelés eux-mêmes par un
ministre qui se préoccupait bien trop de ce que
pouvaient penser les puissances étrangères. Pas
moyen d'aboutir avec cet homme-là. Bien trop
déférent envers ses camarades d'au delà de la frontière !

Si peu moyen que ce « certain comité », à bout
de patience, ne vit d'autre expédient, pour en
sortir, que de faire naître quelque incident parlementaire qui renversât le cabinet. Simple comme
« bonjour » pour les membres de ce comité, qui
avaient de puissants amis un peu partout.

Toutefois, et voilà le diable ! qui mettre en place?
Renverser, très facile. Substituer un compère,
moins commode !

Ah ! parbleu ! si le temps eût été à la possibilité
du triomphe, fût-ce passager, fût-ce éphémère,

d'une combinaison ouvertement réactionnaire, on
n'eût eu que l'embarras du choix. Mais, pas de ça
Lisette! En l'état de l'opinion publique, il fallait
trouver un cadet qui comprît qu'avant, tout deux et
deux font quatre; autrement dit : que les affaires
sont les affaires ; ce qui n'engage nullement les
convictions d'un bon patriote sur la séparation de
l'Eglise et de l'Etat, le rachat des chemins de fer,
l'abolition du monopole, les libertés communales,
le salariat, le divorce, l'émancipation des femmes,
et autres balivernes, grâce auxquelles on se fait
acclamer dans les réunions publiques durant la
période électorale, je le veux bien ; mais qui, par
elles-mêmes, garnissent si médiocrement le gousset, qu'une fois élu, on s'en soucie comme de Colin-
Tampon.

Où pêcher cet intelligent gaillard ?

— Voyons, fit un sceptique du comité, votre
embarras est bien naïf. Allez-vous nous faire
accroire que dans les fractions variées de nos
adversaires la vertu soit si certaine et solide, que
le sujet souhaité soit l'oiseau rare ?

— Permettez ! Il importe que ce sujet soit
quelqu'un, qu'il offre une surface et jouisse d'un
crédit étendu ; à tout le moins par son talent.
De quoi servirait une médiocrité notoire, ou
un farceur, ou une personnalité usée ou compro-
mise ?

— Messieurs, dit un autre, voulez-vous me donner quarante-huit heures? Peut-être aurai-je un
nom à proposer à votre examen.

— Soit ! fit-on. Mais aurez-vous assez de temps?

— En effet, c'est un peu court, et un contre-
temps peut entraver mes démarches. Eh bien !
laissez-moi le soin de vous convoquer ; ainsi nous
ne risquons pas de nous réunir inutilement.

Le soir de ce jour-là, Mme de Chléha recevait.
Ah ! soirée de quinzaine, toute intime ; de neuf
heures à minuit, pas davantage. Un dîner de huit
couverts, dîner délicat, précédait la réception.
Comme composition, des gens sérieux en majorité,
avec des dames comme il faut, faisant légère
opposition à un petit clan d'artistes, d'écrivains
triés sur le volet. Peu de députés ; mais des ina-
movibles du Sénat ; et puis des gens en place,
préfets, généraux, magistrats ; un salon éclectique
où n'hésitaient pas à se montrer des personnes
distinguées de la noblesse, bien que le fond fût
plutôt libéral.

On ne s'amusait pas beaucoup chez la jeune
femme. On causait seulement en prenant le thé.
Deux tables de wisht tout au plus, sur l'une des-
quelles, par hasard, quelque vieux colonel instal-
lait, sur le tard, une partie d'écarté, qui retenait
un petit groupe d'amateurs jusqu'à une heure
du matin. Une débauche dont on gardait la mémoire.

— C'était le jour, vous savez ! où l'on a fait un
écarté.

— Jusqu'à passé minuit ! Je m'en souviens.

A l'issue de la séance du comité dont nous avons
parlé, le membre qui demandait quarante-huit
heures pour proposer un homme capable de remplir l'office dont on avait besoin « l'oiseau rare »

en question, laissa partir ses collègues et, prenant une feuille de papier, écrivit :

« C'est votre *jour*, chère et honorée madame, je
« viendrai mettre mes respects à vos pieds vers
« onze heures. S'il se pouvait que je pusse causer
« quelques instants avec vous, je crois que je vous
« apprendrais des choses intéressantes.

    « Agréez en tous cas, je vous prie, les hommages
« de votre plus humble serviteur,

                « MARQUIS DE X***. »

A l'instant précis, celui-ci se présentait chez Satinette. La femme de chambre, qui avait le mot d'ordre sans doute, au lieu de l'introduire dans le salon où conversait la compagnie, le pria de la suivre, et le mena directement dans la chambre de sa maîtresse.

— Madame va venir, dit-elle.

En effet, prévenue par un signe de la cameriste, Raphaële disparut rapidement et rejoignit le visiteur.

Il est à croire que les deux interlocuteurs se savaient assez pour n'avoir pas besoin de préambule, car en moins d'un quart d'heure ils se séparèrent également satisfaits.

— S'il en est ainsi, dit le marquis en se levant, je ne me montrerai pas à vos hôtes.

— Il vaut mieux, en effet, qu'on ne vous aperçoive pas ce soir. Partez et dites à *ces messieurs* que je réponds de tout.

— De lui, suffit, chère madame.

— C'est ainsi que je l'entends. Adieu.

— Un mot encore pourtant : quand pensez-vous qu'il soit de retour à Paris ?

— Pour la rentrée du Parlement, ou le lendemain, au plus tard.

— Dans trois semaines environ. Bien ! Nous avons largement le temps de préparer la levée du lièvre. Mais qu'il soit prêt à profiter de l'occasion, par exemple !...

· — Ne craignez rien là-dessus. Sa force est précisément de saisir la balle au bond. Au surplus, je m'en charge.

Le marquis serra la main de la jeune femme avec un profond salut et sortit, pendant qu'ouvrant une porte de côté, elle rejoignit ses invités.

L'assurance de Mme de Chléha lui venait d'une lettre qu'elle avait reçue le matin.

Théo lui écrivait :

« *Domaine des Pins (par Mornessan-lès-Condé).*

« 2 septembre 187...

« Je m'ennuie de toi à pleurer, ma chérie. Sans
« toi, la campagne et les bois me semblent morts,
« insipides, assommants.

« Tant que les électeurs m'ont mis sur le gril,
« sous prétexte de leur rendre compte de mon
« mandat, ça allait encore. Le clan bonaparto-
« orléaniste me fouettait assez le sang pour que
« j'eusse l'esprit en éveil et qu'un intérêt quel-
« conque me soutînt. Mais depuis la dernière
« réunion publique, où je les ai écrasés et réduits
« au silence pour un bout de temps, je n'ai plus

guère qu'à me tourner les pouces; ce qui me
procure des distractions insuffisantes.

« Si j'étais chasseur, je m'en tirerais ; car l'occasion d'abattre du gibier naît à chaque pas,
dans cette propriété dont le père Burnet a gratifié sa fille, en surplus de la dot. Mais je suis trop
du *pavé de Paris*, pour m'amuser aux exercices
du corps. Il me faudrait du monde, du remue-
ménage, une société nombreuse dont tu serais le
centre, le soleil.

« Mais pas moyen encore, et, comme on dit dans
le monde de papa : « Je me fais vieux. »

« C'est vrai. Il y a des heures où je me reprends
de cette nonchalance où je croupissais quand tu
es venue à moi. Je n'ai envie de rien, et rien ne
stimule ma vitalité! J'aspire à neuf heures du
soir pour aller me coucher, lire des yeux un bou-
quin indifférent, et m'endormir pour échapper
à moi-même.

« Tout est somnolent ici. C'est trop vaste, trop
haut de plafond, et quel silence! Je donnerais
des sommes folles pour entendre les vitres trem-
bler au passage d'un chariot sur le pavé! Mais
va chercher le pavé, en cet endroit! On n'en
connaît pas l'invention. Tapis de mousse et de
gazon, du ciel à perte de vue, quelques cris d'oiseau, le mugissement d'une vache qui s'embête
à l'étable autant que moi sous la courtine de
mon lit à colonnes, c'est tout. Pas même le
sifflet d'une locomotive qui rappelle la civilisation. La ligne du chemin de fer passe trop loin.
C'est ennuyeux à avaler sa langue.

« Ce n'est pas que je me plaigne de la pau
« Luce. Une bonne personne dans la plus bar
« acception du terme. « La femme du devoir »
« son complet épanouissement ; bonne épou
« digne mère, l'idéal de l'honorabilité. Un Ang
« en tirerait gloire. Avec elle, les principes av
« tout. Soumission absolue à l'époux ; tendanc
« le transformer en un Abraham, dont la par
« est d'or ; le désir, un commandement.

« C'est elle qui, sur ma prière, dirige tout l
« térieur, et très bien, ma foi ! Pas un grain
« poussière ; on se ferait la barbe en se mirant ɛ
« cuivres, tant ils sont reluisants ; et à la min
« dité, les repas sont servis. Un majordome p
« cieux, encore qu'elle ait réalisé la suprême et d
« nière ambition de Charles-Quint ; toutes les p
« dules sonnent l'heure en même temps, com
« au commandement de la baguette d'une fée.
« vois d'ici la place réservée à la fantaisie, dans
« maison ! Un monastère.

« Je ne lui en veux pas, note bien ; ce n'est ɪ
« sa faute ; telle est son éducation et, certes, ɛ
« a du mérite à suffire à tout ; car c'est vraime
« une administration à mener, et aucun dét
« petit ne la rebute. Non qu'elle soit sotte et sa
« instruction ; tu la connais, très intelligente,
« contraire, et pourvue de connaissances éte
« dues ; mais la préoccupation du devoir domir
« Trop de souci des principes, voilà son tort à m
« yeux.

« Et mère !... au suprême degré. Il faut l
« rendre cette justice. Si nombreuses que soie

« ses occupations, si méticuleusement qu'elle s'y
« applique, elle seule donne des soins à sa fille.
« La nuit, le jour, elle l'a constamment sous les
« yeux; et la petite, qui commence à jacasser, ne
« connaît que « maman ». Je compte bien, moi
« aussi; mais ce n'est pas la même chose. On
« dirait qu'elle comprend qu'après lui avoir infusé
« son sang et son lait, sa mère continue de la *faire*,
« de l'enfanter.

« Il y a des moments où je me reproche de
« rester relativement insensible à ces beautés. Je
« devrais en être attendri; je n'y parviens pas. Si
« je cherche en moi, je ne découvre qu'un fond
« raisonné d'estime due, de respect froid, qui ne
« provoque aucun élan d'émotion. Pourquoi?

« La faute en est à ma nature, sans doute; ces
« cordes-là me manquent; à mon éducation aussi;
« j'ai eu une famille si singulière ! Pourtant, ça
« me plaît; mais la larme ne me monte pas aux
« yeux. Je me dis : — « C'est joli!» et c'est tout.

« J'ai besoin d'être autre chose. Il me faut des
« objectifs moins simples, pour la poursuite des-
« quels il faille se tendre les nerfs, lutter, engager,
« soutenir des batailles; sinon, que veux-tu? je
« m'endors.

« Chez cette femme que tu m'as donnée, les
« qualités ont l'ampleur de la vertu. C'est trop;
« c'est peut-être cela qui m'écrase et me désinté-
« resse. C'est d'une élévation uniforme, l'absence
« d'oppositions, d'ombres, de demi-teintes, de dé-
« fauts, si tu veux, en affadit, en vulgarise le
« charme.

« Après tout, je me torture peut-être bien inu-
« tilement l'esprit, pour m'expliquer un fait qui a
« sa cause tout autre part.

« Si cette femme, c'était toi, si cette fillette
« était la nôtre, qui sait!...

« Mais, au fait, de quoi sert tout cela ? Et qu'im-
« porte la raison d'un état de choses que je ne
« puis changer. Ce qui est hors de doute, c'est que
« tu es la plus belle, la seule femme au monde
« qui m'occupe, et que j'adore au-dessus de
« tout!

             « Je t'embrasse mille fois,

                                   « Théo. »

A quelque temps de là, une émotion subite éclata
dans le public. En deux heures le trois pour cent
baissa brusquement de un franc soixante-cinq,
sans raison apparente. Mais les courriéristes de la
Bourse laissèrent entendre qu'il y avait anguille
sous roche. Quoi ? Un conflit diplomatique ? Non, ou
plutôt, pas encore. Est-ce que le ministère branle
dans le manche ? Peut-être. Pourquoi ?

L'imagination des reporters en insinuait différentes raisons contradictoires; ce qui aggravait
l'inquiétude générale.

Les sceptiques disaient :

— Bah! un coup de filet des banquiers!

— Pis que cela ! répondaient avec réticence
ceux qui se posent en gens « bien informés ».

Et les nouvelles circulaient.

— Il y a du grabuge dans le cabinet.

— Les Allemands montrent les dents.

— L'Italie est en train de nous jouer *un pied de pochon*.

— Les ultramontains s'agitent.

Et d'autres, en haussant les épaules :

— Ce n'est pas ça du tout : la Russie fait des armements.

Sur quoi le spectre du Slavisme se dressait devant l'imagination des trembleurs, entrevoyant une conflagration générale.

On craignait tout à la fois, et la peur n'en était que plus intense, en dépit des notes multipliées de l'*Agence Havas* qui, à force de tout démentir, en termes ambigus, jetait l'alarme à mesure davantage.

Tout à coup, on put lire aux *dernières nouvelles* des journaux de quatre heures :

« Une grève formidable se produit dans un des départements du Centre. Huit mille ouvriers ont abandonné les travaux. Des troubles sont à craindre. »

Ça, c'était vrai. L'information suivante, qui parut dans les feuilles du matin, ne l'était pas moins :

« Le général, commandant la ...ᵐᵉ division, sur la demande urgente du préfet, vient d'envoyer trois régiments d'infanterie, un escadron de cavalerie légère et quelques pièces d'artillerie, sur le lieu où les grévistes sont en plus grand nombre.

« On espère que ce déploiement de forces suffira à empêcher les excès appréhendés. »

Le soir, les journaux portaient simplement :

« On redoute une collision entre les grévistes
la force armée. »

A Paris on avait la mine longue. Qu'allait-il a
river? On n'osait y penser. Mais les commentair
allaient leur train.

— C'est la faute du ministère, disaient les un
L'envoi des troupes équivaut à une provocatio:
S'il ne convoque pas immédiatement les Chambre
il assume une responsabilité coupable. C'est su
les ministres que retombera le sang répandu.

— Le cabinet est très partagé. Après une discu
sion où l'on s'est dit des choses fort vives, le m
nistre de la guerre a offert sa démission.

— Et les Chambres qui sont en vacances! Qu
gâchis!

Tout cela était assurément fort exagéré. L'ag
tation restait à la superficie et les hommes a
pouvoir flairaient là-dessous des manœuvres d
parti. Toutefois, le ministère mit quelque temp
à découvrir la piste, et l'opinion s'agitait de plu
en plus. Les affaires en suspens donnaient à re
douter une crise commerciale prochaine, que le
déclarations et les démentis réitérés ne suffisaien
pas à conjurer. Il fallait aller au fond des choses
extirper le mal dans sa racine. Mais voilà! tou
jours le même obstacle : des personnalités puis
santes en face de soi; un noyau d'hommes qu'o
ne peut combattre de front, tant leur influence :
de ramifications étendues, jusque dans l'entourag
intime et officiel de ceux qui disposent, apparem
ment, du pouvoir. D'ailleurs, l'action de ces per
sonnes ne laisse pas de traces appréciables. L'ef

fet seul en est malheureusement trop sensible.
Aussi la situation ne se débrouillait-elle pas.

On en était aux expédients en haut lieu; on
s'évertuait à combiner des biais. A la fin, on crut
avoir trouvé. Sur des rapports secrets, il parut
démontré que Mme de Chléha, sans être l'âme du
complot, fournissait au comité, qu'on voulait éviter de prendre corps à corps, en était au moins
l'instrument. Le premier soin à prendre, en conséquence, se résumait ainsi : se débarrasser de
cette mystérieuse et équivoque femme.

On pensa d'abord à l'expulser, tout simplement.
Sa qualité présumée d'étrangère en donnait les
moyens. Mais ceux à qui elle était inféodée ne
tireraient-ils pas parti de l'événement, pour causer de la tablature au ministère? Un prudent du
cabinet en fit l'observation. Et puis, était-elle véritablement étrangère? Pour « Satinette » qu'elle
fût, qui pouvait se vanter de connaître exactement
son état civil? On lui contestait la légitimité du
titre de baronne, veuve de Chleha, assurant que
son véritable mari était le sieur Eckmann. Or celui-ci, soi-disant citoyen d'un des départements
perdus à la paix de soixante et onze, avait opté
pour la France, et sa femme, suivant légalement
la condition de son mari, échappait aux lois d'ex-
ception. Il convenait de ne pas s'exposer à un camouflet devant la justice, essentiellement hostile,
d'ailleurs, aux membres du cabinet d'alors. Que
tout cela était donc épineux! Et étonnez-vous que
les actes du pouvoir soient toujours si longs à se
produire! On se trouve en présence de tant de

considérations, de compromis, qu'on s'arrête,
qu'on hésite, qu'on tergiverse à chaque pas.

Quoi qu'il en soit, il parut qu'on pouvait recourir
plus sûrement sans risque de faire scandale, à une
action détournée, et par cela même d'autant plus
efficace. Soit! Mais quelle? On va le voir.

Ainsi que l'avait dit le préfet de police, au souper intime qui suivit le bal costumé de Madame
Ève, il y avait, à Levallois-Perret, un homme du
nom de William Eckmann, pour les uns Allemand
de Berlin, pour les autres, Alsacien naturalisé
Français, qui, sans travailler, menait une existence
facile, selon ses goûts; c'est-à-dire de marchand
de vin en marchand de vin, payant rubis sur ongle
pour lui et pour les autres. Pochard avec régularité dès l'heure du dîner, et montrant parfois un
nombre de louis qui avait lieu d'étonner.

La police s'en était préoccupée, et, faisant surveiller l'individu, avait constaté que rien en ses
façons de vivre ne permettait de l'inquiéter.

Logé dans une maison de la rue d'Asnières, propriétaire de son mobilier, il se levait de bon matin,
pour aller pêcher à la ligne dans le petit bras de
la Seine qui coule entre Neuilly et l'île de la Grande-
Jatte.

Vers midi, il s'en revenait déjeuner chez un trai-
teur fréquenté par des cochers de fiacre, des ouvriers du bâtiment, des conducteurs de tramway,
et des bas employés du service actif ou des ateliers du chemin de fer de l'Ouest, avec quelques
croque-morts, revenant du cimetière qui borne la
Seine, à l'extrémité de la localité.

De là, un peu *émêché* par de successifs pousse-café, il gagnait un estaminet borgne et puant, ouvert sur la route qui longe le talus extérieur des fortifications de Paris. Le piquet, le bésigue, arrosés d'une quantité respectable de bocks, l'aidaient à « tuer le temps » jusqu'au dîner.

Une corvée plutôt, ce second repas. La soupe avalée, plus d'appétit; mais soif, en revanche! Aussi, dame! jusqu'à ce qu'il rentrât, seul, ou soutenu par des camarades charitables, il n'arrêtait plus de boire. A cela près le meilleur fils du monde, et pas fier; pas assez, car souvent, liant conversation avec d'honorables chiffonniers en quête de loques, il s'asseyait, côte à côte avec eux, sur la margelle du trottoir, pour deviser amicalement, sans regarder à la distance des conditions sociales. Inoffensif, au demeurant.

Qui donc subvenait aux dépenses de ce paisible citoyen? Il était muet comme une carpe là-dessus. Repu ou à jeun, il éludait de répondre aux questions qu'on lui posait. On savait du reste, que le premier de chaque mois, le facteur montait à son logement pour lui faire signer reçu d'un pli chargé. Et chaque fois, paré de ses habits du dimanche, il entrait dans Paris, muni d'un chèque, qu'un établissement de crédit lui payait à vue, dans la boutique d'une de ses succursales.

Forte ripaille au retour, et avec quiconque voulait bien se faire son compère; mais, par instinct de prudence, il mettait ses écus en sûreté avant de s'abandonner à la noce. Sauf qu'un jour, on le trouva évanoui dans le ruisseau, avec des bosses

à la tête, et des marques de talon de botte dan
les côtes, histoire de l'étourdir pour lui fouille
les goussets, où ses bons amis de tout à l'heure n
cueillirent qu'un franc soixante-dix, il n'éprouv
guère de désagréments de ces fréquentations auss
impromptues qu'éphémères.

Et voilà qu'à la grande surprise de sa concierge
un homme vint le demander, par une matinée o
il pleuvait à verse. C'était la première fois ; jamais
au grand jamais jusque-là, personne, en surplu
du facteur, n'avait manifesté l'intention de péné
trer dans son domicile.

— Montez donc, dit la portière. Seulement
tapez dur à la porte. Il avait « un fort plumet »
hier en entrant, il se pourrait qu'il dormît comme
un diacre pendant le sermon. Et peut-être bien
que, même éveillé, il ne se décidera pas à ouvrir
Il n'est pas habitué à recevoir des visites, le pauvre
cher homme !

Néanmoins l'inconnu fut admis, car ce fut plus
d'une heure et demie après que la portière interlo-
quée le vit redescendre.

Vers midi, le locataire sortit à son tour de la
maison. Cette fois encore, il s'était paré de ses
frusques des grands jours. Bon Dieu de bois ! Quel
événement ! Il se passait quelque chose bien sûr !
Un homme si singulier, qui était *paff* à l'heure
dite, et ne rentrait jamais sans son « sabre !... »

En peu d'heures, un grand émoi gagna de proche
en proche, dans Levallois-Perret. On n'avait pas
vu l'Alsacien — on le tenait pour tel dans la localité — il n'avait pas paru chez le *mastroquet* où

il prenait habituellement sa pitance. Dans les cafés qu'il honorait de sa clientèle, pas plus d'Eckmann que sur la main. Ses partenaires du piquet
et du bésigue, las de se morfondre à l'attendre,
jouaient entre eux nombre de *glorias*, de rincettes,
sur-rincettes, coupe-gueule et tord-boyaux. Un
événement, je vous dis !

Si bien un événement que, dans les quarante-
huit heures, Satinette reçut un joli papier timbré,
portant assignation à comparoir devant le tribunal compétent, pour entendre ordonner qu'elle
eût à réintégrer le domicile conjugal, à bref délai,
s'exposant, en cas de retard, à s'y voir ramener
entre deux gendarmes commandés par un brigadier.

Le danger ne parut pas imminent à la jeune
femme. Entre la requête et un jugement définitif,
poursuivi à toutes les juridictions, un temps assez
long devait nécessairement s'écouler, temps durant
lequel on pourrait parer le coup. Ce qui fit trem-
bler Raphaële, ce furent les réflexions que lui sug-
géra cette manifestation. Cela cachait assurément
une menace portant plus loin que l'apparence.
William n'était pas homme à agir pour son
compte. Il avait dû céder à des promesses ou à
des intimidations, aux unes et aux autres sans
doute. Qui se dissimulait derrière lui? Certainement, c'étaient des gens puissants. Comment les
connaître?

A s'y appesantir, la maîtresse de Théo redou-
tait qu'il n'y eût là qu'une tactique, propre à dé-
tourner son attention d'une catastrophe plus re-

doutable, propre à la mettre sur une fausse piste, afin de la surprendre désarmée sur un autre point.

En somme, tout cela était gros de présages sinistres. Elle le craignait, du moins, et son inquiétude manquait si peu de clairvoyance, qu'une lettre d'Angleterre, survenant à l'improviste, vint en aggraver l'acuité.

Le clergymann chez qui vivait l'adolescent du nom plus ou moins réel de Jack Bentley, signalait la présence d'étrangers, rôdant aux alentours du presbytère, s'informant avec une particulière insistance de la qualité de l'enfant, le suivant dans ses sorties, cherchant à l'aborder, à gagner sa confiance.

Sur cet avis, Raphaële flaira le péril réel. Partie de son secret était connue désormais. Qui sait! peut-être rêvait-on d'enlever, de supprimer l'enfant.

Pas à délibérer en ce cas; pas un instant à perdre. Sur l'heure, celle qu'on appelait « l'*Éminence noire*, ou Fleur de charbon de Terre » Madame Pélagie, pour l'entourage de Raphaële, se mit en route.

Débarquant à Douvres, elle expédia une dépêche au pasteur :

« *Soyez demain à Londres, dans les conditions convenues.*

« PÉLAGIE. »

A Londres, soit! Mais, Londres est grand. Où donc le clergyman devait-il se rendre? Et ces *conditions convenues;* quelles?

Le télégramme n'en disait rien, ce qui donne à penser que le prétendu oncle de l'adolescent n'avait pas besoin d'indication plus précise; car sans autre précaution que de consulter l'itinéraire des chemins de fer, il s'embarqua, par le premier train, accompagnant un grand garçon de bonne mine, dont les yeux bleu-faïence avaient je ne sais quelle expression gouailleuse et réjouie, dont on ne comprenait pas la raison.

Du point de départ au point d'arrivée, c'est-à-dire à la capitale du Royaume-Uni, force était de passer trois heures à la jonction de deux lignes ferrées. Que faire durant ce temps d'arrêt? Le presbytérien se confina dans le coin d'une salle d'attente, ouvrant un livre orthodoxe, tandis que son jeune compagnon, toujours souriant, toujours gouailleur, faisant mine d'aller se promener, pour se dégourdir les jambes, gagna l'extérieur de la station et s'avança assez loin dans la campagne.

Comme il tournait le coin d'un bouquet de bois, cinq individus s'avancèrent. L'un d'eux portait l'uniforme de constable, et, dans la formule légale, à laquelle aucun sujet de sa gracieuse Majesté Victoria ne réplique, lui enjoignit de le suivre de bonne volonté.

— All right! répondit le tout jeune homme, toujours souriant, toujours gouailleur.

On arriva bientôt à la maison d'un magistrat. Alors, ce fut une scène éminemment comique. Chacun parlait à son tour, posément, comme il convient au caractère des natifs de la libre Angleterre. Mais plus on s'expliquait, plus on s'embrouillait. On eût dit que ce fût un coup monté. Les quiproquos se greffaient les uns sur les autres, et le juge y perdait le fil qu'à tout moment il croyait tenir. Certes! la commission du constable était en règle. Seulement, la personne qu'il appréhendait, forte de ses papiers, non moins réguliers, s'évertuait à démontrer qu'elle n'était point du tout l'individu recherché par la police. Tant et si bien que le magistrat ordonna d'aller quérir le clergymann en compagnie de qui l'adolescent avait fait la route. Celui-ci, du moins, pourrait assurément éclaircir la situation.

On courut à la station. Va te promener! serviteur de tout mon cœur! Pas plus de clergymann que sur la main. Où diantre avait-il filé? Il fallait qu'il se fût évanoui en vapeur impalpable; car nul train n'avait passé vers le Sud ou le Nord. On parcourut les hôtels, les auberges, les taverues. Ni vu ni connu, le Clergymann. Envolé, tout bonnement. La drôle d'affaire!...

Or, pendant ce temps, une femme, au teint bronzé, tenant par la main un garçonnet au type asiatique, s'embarquait sur le paquebot qui, de Londres, descend la Tamise et aborde la France par Dunkerque. Une fois sur le quai, elle et lui, gagnant la gare en achetant des provisions aux étalages du chemin, prenaient un train à destination de la Belgique.

A une station intermédiaire, les deux voyageurs descendaient, pénétrant à pied dans les terres. Puis, deux heures après, la femme brune remontait seule en wagon, gagnait Bruxelles, où elle couchait, s'inscrivant sous un faux nom à l'hôtel de Saxe. Le lendemain, elle partait pour la Hollande, où l'on perdait sa trace, et cinq jours après un fiacre la prenait à la gare de Lyon pour la ramener chez Satinette. Cherche à présent.

Il est à supposer que celle-ci ne se tourna pas les pouces durant l'absence de Pélagie ; car le Comité mystérieux dont nous avons parlé, se réunit jusqu'à deux fois par jour. D'autre part, sur un mot d'elle, le député La Phryte, quittant le château, où, de son aveu, il trouvait le temps long et l'existence maussade, eut deux conférences prolongées avec la jeune femme.

Le dernier mot qu'il lui dit, à la seconde entrevue fut celui-ci :

— Marche ! je suis prêt.

Dans les quarante-huit heures l'opinion publique, fatiguée peut-être de s'émouvoir au sujet des faits qui avaient fait baisser les cours de la Bourse — tout s'use vite à Paris — subit un nouvel assaut. Dans l'Ouest, un banquet légitimiste venait de provoquer un scandale retentissant. Ce n'est pas qu'on y eût porté des *toasts* délictueux, qu'on eût jeté de la boue sur la forme du gouvernement ; pas enfin que le drapeau national eût été foulé aux pieds, mais à la sortie des rixes sanglantes s'étaient produites. Des autorités municipales avaient été insultées, frappées, en proférant des cris séditieux. Un des convives avait blessé un adjoint au maire en lui passant le fer d'une canne à épée à travers la cuisse. Et la police n'était pas

8.

intervenue. Et le préfet ne s'était pas montré, du moins à ce moment.

Mais, un peu plus tard, quand la population exaspérée s'était portée à la résidence des organisateurs du banquet, et aux différentes paroisses, se bornant à crier : « Vive la République » et à chanter la *Marseillaise*, la gendarmerie s'était montrée alors, la baïonnette au chassepot, bousculant, brutalisant les patriotes et mettant, au hasard, la main au collet des citoyens.

Graves désordres ! Trente notables incarcérés, six blessés grièvement, une femme étouffée, et trois pauvres gamins en pitoyable état.

Pour toute satisfaction, une note sèche et équivoque de l'*Agence Havas :*

« On a singulièrement exagéré les événements
« dont le public se préoccupe avec une curiosité
« regrettable et malsaine. Les journaux qui, de
« parti pris, font flèche de tout bois pour entraver
« la marche des affaires, parlent bien à tort de
« victimes. L'esprit de parti ne ressort que mieux
« de ces manœuvres et ne saurait faire illusion
« aux « honnêtes gens ».

« La vérité est que l'autorité, qui a fait son de-
« voir, comme à l'habitude, a été méconnue. Mais
« une enquête est ouverte et l'on saura bientôt à
« qui attribuer les responsabilités d'un incident,
« grossi à dessein par les pires ennemis de l'ordre
« établi, et le cabinet, déterminé d'ailleurs à cou-
« vrir ses agents, montrera qu'en cette circonstance,
« comme en toute occasion, il s'est inspiré des
« principes qui ont présidé à sa formation. »

Cette note fit un effet malheureux. Le parfum autoritaire, superbe et tortueux qui s'en dégageait, rappelait les plus mauvais jours de la réaction en passe de se croire triomphante. Rien n'y manquait, ni les deux mots typiques : « *les honnêtes gens* », ni la rengaine des « *principes* », ni les insinuations à l'adresse des journaux d'opposition.

Une protestation des députés républicains du département où s'étaient passés ces désordres s'étala, en termes énergiques, indignés et accusateurs, dans les journaux du matin. Les feuilles cléricales jubilèrent en même temps. Mais le « coup de chien » comme on dit en argot extra-parlementaire, ce fut une lettre de la municipalité de l'endroit, lettre qui, en quelques lignes viriles, réduisait à néant la note *Havas*.

Bataille ! Un branle-bas de tous les diables ! Et les sceptiques engageaient des paris. Le ministère se croirait-il le bec clos ? Parions qu'il va destituer le maire !

— Osera !

— Osera pas !

— Cent sous qu'il ose ?

— Tout le Conseil donnera sa démission.

— Belle perte ! Des jolis cocos ! Parlons-en !

Sur quoi, l'on se disputait, comme de juste, ce qui n'y faisait chaud ni froid, bien entendu ; mais c'est l'ordinaire, et ça active la digestion.

De beau-père à gendre, c'était :

— Communard !

— Jésuite !

Et quand on les avait séparés, tous deux à l'unisson entre leurs dents :

— Canaille !

Gentil la politique dans les familles !

Jusque dans les lycées on *s'attrapait*, et les vieilles femmes regardaient par la fenêtre, appréhendant d'apercevoir des barricades au coin de la rue.

En somme, un trouble profond à tous les degrés de l'échelle sociale, et dans les faubourgs des murmures étouffés, une consternation morne.

— Ces ministres, soi-disant républicains, dont la profession de foi, dont le programme paraissaient si loyalement démocratiques, ils en arrivaient là ! Il y a donc un mauvais air dans les régions gouvernementales ! Ils sont donc tous les mêmes ? Avant : « le peuple, le progrès, les réformes, etc. » Après : « l'autorité, plus rien que l'autorité ! » C'est à dégoûter du monde.

Les plus sages répondaient :

— Patience ! La Chambre reprend bientôt ses séances. Le cabinet va *piquer sa tête !*

— Et puis après ? Qui prendra sa place ? Des anciens, dont on connaît la mesure et qui sont usés. Les réactionnaires ont raison ; la démocratie manque d'hommes. Il faudrait des *nouveaux*.

— On en trouvera peut-être !...

— Où ça ?...

Sur ces entrefaites, on lut aux *Dernières nouvelles* des journaux de quatre heures :

« Le député de Mornessan-lès-Condé, M. Théo-
« dose La Phryte, s'arrachant aux loisirs de la vil-

« légiature, a quitté son domaine des Pins pour
« accourir à Paris, jugeant que la situation com-
« mande aux représentants du pays de s'entendre
« au sujet des événements récents.

« Débarqué ce matin dans la Capitale, il a pris
« l'initiative d'une réunion de son groupe, et tan-
« tôt quarante de ses collègues, répondant à son
« invitation, se groupaient dans son salon pour
« aviser à la conduite à tenir.

« Des résolutions ont été prises ; mais les assis-
« tants se sont engagés à garder le secret jusqu'à
« ce que la totalité des adhérents ait pu émettre
« un avis favorable.

« Ce que nous pouvons assurer, c'est que dans
« cette réunion privée M. La Phryte a obtenu un
« grand succès près de ses auditeurs, tant par la
« hauteur de ses pensées que par la vigueur et la
« puissance de ses paroles. »

En reproduisant l'*information* le lendemain, les
feuilles ministérielles et officieuses se firent des
gorges chaudes. L'une d'elles, qui donnait des *échos*
et des *nouvelles à la main*, sortes de badinages à
pointes plus ou moins agressives, traita La Phryte
d'*homme d'État en chambre*, terminant par un jeu
de mot assez pauvre sur le nom du député, disant :

« Si comme on l'annonce à grands coups de
« grosse caisse, le député de Mornessan-lès-Condé
« interpelle le ministère, on se demande de qui,
« après cela, de l'autorité du cabinet ou de l'élo-
« quence de l'orateur, on pourra dire : « la frite ? »

— Ça, dit Théo, c'est de mon père.

Le *trait* — si tant est que le mot convienne —
était, en effet, décoché par le vieux Rény. Démo-
nétisé au théâtre, furieux de ne plus compter dans
son monde, et incapable de prendre son parti du
silence auquel lui donnait droit la « non-activité »,
le pauvre diable faisait ce métier misérable qui
consiste à apporter dans les bureaux de rédaction
des *mots* rafraîchis, pêchés en des anas, qui dévali-
sent Chamfort.

Le profit venait au second rang ; mais quelle joie
d'assouvir des vengeances, d'épancher sa jalousie,
contre les confrères préférés, contre les directeurs
qui refusaient ses élucubrations démodées ; contre
son fils surtout, qui, depuis son mariage, était riche
et en vue !

Son rêve eût été d'en accabler sa Gargouillette.
C'est là que sa verve n'eût point tari ! Mais, la prudence lui conseillait l'abstention. Elle l'avait si
belle de le jeter à la rue, nu comme un ver, sans
le sou ! Il sentait que plus d'une fois elle en avait
eu la tentation. Si âcrement qu'il la détestât, cette
créature, à mesure plus avachie, à tous égards,
cette coquine qui lui avait volé tout le produit de
ses ouvrages, il fallait se taire, la subir, lui faire
des risettes, sous peine de crever de faim. Il en
rageait à blanc. Et, ne craignant rien de son fils,
c'est sur lui qu'il passait son déplaisir.

— Papa ? disait Théo, s'il me savait coupable
d'une mauvaise action, il me ferait arrêter.

EN SÉANCE

Quand, à jour dit, la session du Parlement se rouvrit, l'émotion publique fit trève.

— Nous allons voir ? se dit-on.

Contre l'habitude, les députés ne comptèrent qu'un très petit nombre de traînards. On était quasiment au complet. C'est qu'on appréciait que dès l'ouverture on allait vertement *s'empoigner !*

A une heure, la salle des journalistes regorgeait. Groupes de ci, groupes de là, partout des concilia bules improvisés, où l'on pérorait à perte de vue. Ici, on vous mettait le ministère à une sauce, qui présageait une lutte à outrance. Les plus circonspects des préopinants se prononçaient pour le maintien du cabinet à tout prix. Non certes qu'on l'approuvât ! Jamais de la vie ! Mais on ne voulait pas qu'il tombât maintenant. Aussi, qu'il donnât des explications spécieuses, et contre vent et marée, on voterait pour lui !

La bataille était engagée entre blancs et rouges, chacun visant à influencer les centres qui, en cette occasion, comme en presque toutes, disposaient de la majorité.

Aussi que de concessions on se faisait — par *opportunisme* involontaire ! — en vue de couler les adversaires.

— Mais les principes, messieurs ?

— « A Chaillot ! » les principes !

Aussi les alliances, les coalitions les plus invraisemblables se formaient-elles.

On demandait le nom des orateurs inscrits pour ou contre. Pas de ténors. Mauvais signe. Il est vrai qu'au cours du débat, ceux-ci pouvaient intervenir.

— Qui parle le premier ?

— La Phryte.

Les ministériels se rassuraient. La Phryte, un bon farceur, très capable d'un « coup de gueule » sans doute, mais sans portée. Un feu d'artifice ; moins encore, feu de paille, sitôt éteint qu'allumé. En tous cas, pas un homme à renverser les possesseurs des portefeuilles.

— Eh! eh!... qui sait? disait un vétéran des assemblées. C'est si facile en cette circonstance!

— Et comment?

Le vieux souriait, et doucement, à mi-voix, avec un regard malicieux, il développait des arguments d'une puissance irrésistible.

— Mais, mon cher, lui disait-on, montez à la tribune, dites tout cela.

— Moi? répondait-il avec une indifférence sceptique ; dans quel but? Pourquoi faire? Ça m'est bien égal. Je n'ai pas envie d'être ministre.

On s'en étonnait, on l'en blâmait. Il ne se souciait donc pas de la chose publique?

— Moi? répétait-il. Je m'en fiche pas mal. Ce que j'en dis, c'est par dilettantisme ; car en somme, il est tout aussi facile de dire le contraire.

Et, du même ton, il démolissait son argumentation première, éblouissant ses auditeurs.

Il est bien connu au Palais-Bourbon. Jamais il n'a arlé, toujours il a été élu dans son départe-

ment. Sur toutes les questions importantes, il a
formulé ainsi, dans les coins, tout ce qu'il faudrait
dire, pour toucher au but poursuivi. Après la discussion, il a dit, de même, tout ce qu'il aurait fallu
dire, pour changer le vote. Mais, dans la salle des
séances, jamais un mot. Pourquoi?

— Qu'est-ce que ça me fait! répond-il, en haussant les épaules, quand on le lui demande.

— De quel parti est-il donc?

— Lui? du parti des « *Je m'en fichistes* ».

— Pourquoi se fait-il élire alors?

— D'abord ça l'amuse, et puis il a une très nombreuse famille, beaucoup d'amis. Il les a tous
pourvus de bons emplois et il les fait avancer en
grade. Lui-même, au début, il n'avait pas un sou.
Pendant que les autres s'éreintent à dépenser de
la salive, à toute occasion, montant trop vite
pour dégringoler plus promptement encore, il
tanne tous les pouvoirs, visant au solide, arrachant concession sur concession, se faisant oc-
troyer tous privilèges, qu'il vend sur l'heure, et
le voilà riche, tranquille, et tout à fait insouciant
de l'avenir.

Quand on parle de lui, dans les journaux, on le
traite de député indépendant. Il n'est d'aucun
groupe.

— Ça n'est pas vrai, dit-il. Je suis de tous les
groupes.

En somme, ceux qui grimpent au faîte ont affaire
à lui. D'où qu'ils viennent, si peu qu'ils durent, il
en obtient quelque chose.

Une sorte d'augure, aussi. Il flaire le triomphe

9

des gens et jauge du premier coup ce qu'on en peut
tirer.

Mais puisque lui-même avoue avoir obtenu ce
qu'il désirait, pourquoi continue-t-il de siéger ?
Encore une fois, ça l'amuse, et puis, à son âge, la
rupture des habitudes peut avoir des effets funestes.
Il vient à la séance comme certaines vieilles per-
ruques vont à la Comédie-Française, quand on joue
l'ancien répertoire.

Ils savent la pièce par cœur ; ils ont dans l'oreille
les intonations des acteurs ; ça ne fait rien ! Il leur
est bon de se sentir là, quitte à y dormir un petit
somme.

Au surplus, si satisfait que se déclarât le vieux
parlementaire, il lui restait une dernière ambition :
il voulait un enterrement *officiel*, avec une déléga-
tion de la Chambre derrière le corbillard, traînée le
long des boulevards, dans cette carrosserie suran-
née qui sent papa Louis-Philippe et dont les cochers
et valets de pied, en leur livrée pisseuse, semblent
les figurants d'un théâtre gêné, affublés d'une défroque d'occasion, louée chez le « *décrochez-moi ça* »
du coin.

Il se délectait à l'avance du petit boniment que
débiterait le président « sûr d'être l'interprète de
la Chambre » en exprimant « les regrets » de la
perte d'un « honorable » collègue... qui... que...
(*Marques d'approbation sur un grand nombre de
bancs.*)

En attendant, facile à chacun, et *blaguant* tout
le monde, il se laissait vivoter.

Tout à coup, les tambours se firent entendre, et

par les fenêtres on aperçut le président qui, rece-
vant les honneurs du piquet réglementaire, se rendait à la salle des séances, digne et grave, admiré
jusque par les petits oiseaux, que le cérémonial
n'effraie plus.

Les députés rompirent les entretiens et s'engouf-
frèrent dans les couloirs.

— La séance est ouverte dit bientôt le président,
en passant le procès-verbal à l'un des secrétaires,
qui en fit la lecture.

— Quelqu'un demande-t-il la parole sur le procès-verbal? Non? Le procès-verbal est mis aux
voix.

Des mains se levèrent en grand nombre.

— Le procès-verbal est adopté, dit encore le
président.

— Messieurs, ajouta-t-il, avant de fixer l'ordre
du jour, j'ai le devoir de vous informer qu'une
demande d'interpellation revêtue de soixante
signatures, a été déposée sur le bureau, au sujet
d'événements qui se sont produits pendant les
vacances parlementaires. Les signataires en ont
prévenu le gouvernement, qui, aussi soucieux que
nos honorables collègues, d'éclairer l'opinion,
déclare être prêt à engager la discussion immédiatement.

— Bravo ! Très bien!

— Je propose donc à la Chambre de donner la
priorité à l'interpellation.

— C'est cela, oui, oui, fit-on de toutes parts.

— La parole est à M. La Phryte, conclut le président.

L'assemblée était complète. Les tribunes, bondées. Tout le corps diplomatique, avec le Nonce, au premier rang. Pas un coin vide dans la loge des anciens députés, et nombre de sénateurs en rupture d'ouverture de Chambre-Haute. Spectacle imposant, fait pour intimider le premier qui monterait à la tribune.

Intimidé, non ; Théo ne l'était pas. Emu, par exemple ! Il y avait de quoi ; un silence particulier s'était fait dès qu'il avait commencé de gravir l'escalier au haut duquel il allait se trouver le point de mire de tout ce monde curieux et animé, à son égard, de sentiments divers.

Il ne s'illusionnait pas sur ce point. Il savait aller à la bataille et il se voyait guetté de plus d'un point. Gare s'il bronchait ! Du banc des ministres, plus que d'ailleurs, on l'observait attentivement. Que valait cet adversaire ?

On se souvenait bien des deux ou trois succès du « jeune homme ». Mais pour combien y fallait-il admettre le hasard ? Ç'avait été plutôt d'heureuses rencontres ; interventions impromptues, lui donnant occasion d'improviser avec chaleur, sous l'empire d'une impression violente.

Il ne s'agissait plus de ça, maintenant. Parler c'est bon, on l'en savait capable ; mais il fallait cette fois traiter tout un sujet avec méthode, ne pas risquer de perdre le fil en se laissant emporter. La Phryte saurait-il jouer serré, se maîtriser, argumenter rapidement et surtout... surtout ! ne pas *s'emballer* ?

Voyons un peu ce qu'il a dans son sac, ce *nou-veau*, peut-être bien téméraire.

Ceux de son bord n'étaient qu'à demi-rassurés, et leur appréhension grandit en remarquant que Théo abordait le débat sans le moindre dossier. Quoi! pas une pièce à l'appui de ce qu'il allait dire? S'en fiait-il donc à sa seule facilité d'élocution? Diable! pourvu qu'il ne compromît pas la cause commune, dès le début! En tous cas, il convenait de se préparer à lui porter secours, à le suppléer au besoin. Peut-être avait-on eu tort de se confier à ce jeune homme. Un garçon bien intentionné assurément, mais longtemps si léger!.!.

Enfin, tant pis! l'œil au grain, et chacun à son poste de combat.

La Phryte commença d'une voix pleine et calme. En trois phrases, claires, précises, visiblement méditées à loisir, il résuma la question, de telle sorte que, des deux côtés de la salle, on sentit qu'il savait l'affaire à fond. Pas un mot de trop; pas un de moins; voilà de quoi il s'agit, n'est-ce pas?

— C'est ça, parfait, cria-t-on de droite comme de gauche. Parlez.

Il ne se le fit pas répéter. Prenant les choses de haut d'abord, il imposa l'attention générale. On ne démêlait pas encore où il tendait. Les approbations étaient unanimes. Toutefois, au banc des ministres, on flairait un coup de boutoir prochain, et les membres du cabinet se penchaient à l'oreille les uns des autres, semblant se concerter. Deux ou trois, à l'extrémité, se levèrent pour conférer

avec le président du Conseil, à qui d'autres passaient des notes au crayon.

Cela se remarquait. On pressentait une riposte
solide dont, malgré tout, on jubilait par anticipa-
tion. Que La Phryte quittât la tribune, on allait
s'amuser! Bon, mais quand? Du train dont il allait, le député de Mornessan-lès-Condé en avait
pour des heures. Sans doute, il parlait bien, très
correctement, suivant une ligne rigide. Tant mieux
pour lui, tant pis pour ceux qui l'écoutaient. Ceux-
ci aspiraient à quelque intermède.

Ils furent servis à souhait.

Comme un des ministres s'oubliait à lever les
épaules, Théo descendit d'un coup d'aile des
hauteurs où il planait jusque-là et, changeant
brusquement de ton, se faisant railleur et em-
porte-pièce, il interpella carrément celui des secrétaires d'État qui paraissait souffrir de ce qu'il
disait.

Un « ah! » parcourut l'assemblée. On se prenait
de bec. Enfin! A qui la pomme?

Une série de saillies spirituelles mit la Chambre
en gaieté aux dépens du ministre qui avait levé les
épaules, et quand on vit celui-ci pâlir, en demandant la parole d'une voix étranglée par le dépit, ce
fut un tonnerre d'applaudissements sur les bancs
extrêmes.

Mais, brusquement, la gauche s'arrêta, consternée de se voir à l'unisson avec l'extrême droite,
qui trépignait en poussant des acclamations enthousiastes. C'était la seconde fois que la chose se
produisait pour lui.

La Phryte, qui s'en souvint, ne se déconcerta
pas, et accentuant son sourire ironique :

— Vous me comblez, messieurs! fit-il en se
tournant vers les droitiers, et peut-être vous mé-
prenez-vous sur la signification réelle de mes paroles. En tous cas, recevez-en l'aveu sincère, ce
n'est pas pour vous que je travaille.

— Aujourd'hui! interrompit une voix du centre,
en soulignant avec perfidie.

— Et pour qui donc, alors? demanda-t-on dans
les tribunes.

— Pour Satinette! répliqua un journaliste, en
montrant celle-ci qui trônait au premier rang de la
loge du Président de la République.

La réplique de l'orateur coupa court aux bravos
des monarchistes cléricaux ; mais toutes les gauches
se reprirent à battre des mains, par façon de mar-
quer la rupture avec les adversaires.

Théo reprit là-dessus, tendant ses nerfs, deve-
nant acerbe et cruel pour caractériser les actes du
ministère durant la prorogation, le lardant d'épi-
grammes qui entraînaient ses collègues à des ma-
nifestations joyeuses et bruyantes.

Un évêque interrompit violemment, par une
sortie encolorée

L'orateur en tira parti avec une adresse, une
présence d'esprit qui firent impression. En un langage épluché, correct au suprême degré, assai-
sonné de formules respectueuses dont personne ne
fut dupe, il roula le prélat dans le ridicule dont il
se couvrait imprudemment. Un rire homérique
éclata, si tapageur, si prolongé, que le président

essaya d'intervenir. Ah! bien, oui! on ne l'entendait même pas, tant on se tordait de rire.

— Lui a-t-il rivé son clou! se disait-on à gauche.

Mais les ministériels sentaient, avec consternation, le terrain leur manquer : le prélude d'un
effondrement. Tout beau! Le dernier mot n'en
était pas dit. Le gouvernement allait répliquer.
Avec un peu d'adresse, on pouvait espérer lui concilier une fraction du centre droit. Vite! Dépêchons
des ambassadeurs.

Et La Phryte parlait toujours, apostrophant, avec
un bonheur inouï, les camarades qui tentaient de
le désorienter par des interruptions incessantes. Il
les réduisit au silence, finalement. Sur quoi, maître
de lui, d'aplomb quand même, sur le terrain qu'il
avait choisi, il conclut par un coup de massue qui
écrasa le cabinet.

En dépit de la sonnette du président qui se fati-
guait à tinter, en dépit des huissiers qui glapis-
saient à s'égosiller, pour tâcher de permettre au
ministre de répondre, on ne put éviter de suspen-
dre la séance vingt bonnes minutes. Personne
n'était plus à son banc. Toute la gauche entourait
le jeune homme, l'accablant de félicitations, lui
démanchant le poignet à force de lui secouer la
main, tandis que du côté opposé on délibérait con-
fusément par groupes ondoyants, pour arrêter la
conduite à tenir.

Même trouble aux centres, où l'on préparait
des ordres du jour de confiance, sans parvenir
à se mettre d'accord sur les termes.

Un brouillamini extraordinaire. Le public des

tribunes ne regrettait pas de s'être dérangé et d'étouffer en conscience. La belle séance !

A la fin, cependant, on rétablit l'ordre, et le chef du cabinet prit la parole.

Sans qu'il y eut mot d'ordre, toute la gauche observa un silence profond, se gardant de désapprouver ou d'applaudir. Impassibles et froids, les députés de ce côté paraissaient écouter en gens qui ne demandent qu'à se laisser convaincre. Et l'orateur, qui en espérait des protestations tumul-tueuses, faites pour stimuler le dévouement de ses partisans, se décontenançait, tant sa surprise était profonde.

Irrité par la déception, il s'abandonna à quelques écarts de langage qui ne parvinrent pas à émouvoir les amis de Théo, mais qui provoquèrent de nombreux « oh ! oh ! » dans les rangs opposés. Allons donc ! Pas possible ! Ceux sur qui il s'appuyait le désapprouvaient. Alors, quoi ? La déroute ? Ah ! ma foi ! s'il est vrai, s'il fallait tomber, que, du moins, ce fût de haut et avec retentissement !

Il ne manquait pas de talent oratoire, ce ministre, et il le savait. Aussi, jouant le tout pour le tout, il multiplia les provocations à l'adresse des groupes avancés, ne reculant pas à entrer dans le domaine des personnalités et arrivant à prendre La Phryte à partie.

Sur une expression trop vive, celui-ci se leva comme pour demander la parole.

— Non ! non ! cria-t-on avec ensemble ; ne répondez pas, non ! non !...

Théo parut se rendre au désir général, et le mi-

nistre, furieux de sa déconvenue, se fit aigre pour
complimenter son adversaire, tant sur sa docilité
envers son parti que sur sa prudence à éviter le
combat.

Le reproche était si mal fondé, que le commen-
cement des murmures se noya dans un éclat d'hi-
larité. Le ministre devenait maladroit. Il le sentit
et pataugea un moment. Mais, se raccrochant aux
branches, il confessa un accès de mauvaise humeur, et pria son collègue d'excuser un entraînement irréfléchi qu'il regrettait.

La salve de bravos qui résonna au dernier mot,
sans lui donner tout à fait le change, le remit en
meilleure posture, lui rendant un semblant d'espoir de sauver son portefeuille. Mais dame ! il fallait mettre toutes voiles dehors et naviguer sans
perdre les écueils de vue. Bah ! vieux routier de la
parlotte, il savait à quoi tient la fortune parlementaire. Quelques périodes heureuses, et le troupeau
de bêtas, qui constitue les majorités, se rallierait
encore une fois autour de lui. Allons !...

De ce moment il gagna du terrain. On l'écoutait
attentivement ; il commençait à courir des murmures d'approbation, on l'encourageait. Il trouva
un trait final, le lança avec un geste puissant, et,
quand il descendit de la tribune, on l'entoura, lui
aussi, pour le complimenter.

— « Manche à ! » fit, à part lui, le président de
la Chambre.

Par malheur, l'orateur inscrit ensuite était une
de ces bonnes ganaches qui ont la spécialité de
ruiner tous ceux qu'ils prétendent servir.

Il n'y manqua pas celui-ci. Reprenant la thèse du ministre, il renchérit si bien que le premier effet de son intervention fut de démontrer à ses collègues qu'il avait compris tout de travers. On patienta d'abord, mais les membres du gouvernement eux-mêmes lui coupèrent la parole.

— Ce n'est pas ça, lui crièrent-ils.

— Comment ce n'est pas ça? Mais je cite vos propres paroles.

— Vous leur donnez un sens contraire au nôtre.

— En les répétant textuellement?... Voilà qui est fort. Je n'ai pourtant pas la berlue!...

— Non!

— Si!

— Continuez.

— C'est très bien! faisait-on, en applaudissant ironiquement.

Et lui, penché en dehors de la tribune, échangeait des explications, d'un ton vif, avec un sous-secrétaire d'Etat qui s'efforçait de lui expliquer la situation.

— Mais alors, s'écria-t-il, en faisant de grands bras comme un Polichinelle froissé dans son amour-propre, mais alors, nous ne nous entendons plus du tout!

— C'est bien ça! Bravo!

— Et je ne vous soutiens plus! Et je suis contre vous!

— Parfait!... Parlez! parlez!

Le débat tombait dans la farce, on *rigolait*, comme à une réunion électorale, et M. le président, navré, sonnait, sonnait et resonnait.

Au milieu du tumulte des rires, il se pencha vers l'orateur qui, tournant le dos à l'assemblée, soutint le colloque et, sans doute persuadé en dernière analyse, fit mine de reprendre le fil de sa harangue.

On se tut comme par enchantement.

— Messieurs, dit l'orateur, notre respecté président a eu la bonté de m'éclairer. Je faisais erreur en effet sur la portée des paroles du chef du cabinet. Loin de l'appuyer, je ne puis que m'élever contre les tendances de son discours ; mais, déterminé à ne pas le combattre, je crois devoir me borner à renoncer à la parole.

Jamais ce conservateur-conservant ne remporta pareil succès. On l'acclamait, on poussait des vivats, et les cinq cents visages qui lui faisaient face se fendaient la bouche jusqu'aux oreilles, riant à ventre déboutonné, tandis qu'au banc des ministres, on avait le nez long d'une aune.

Les centres, tempérant la gaieté à laquelle ils n'avaient pu résister, tentèrent d'escamoter la question, en proposant de remettre la suite de la discussion à la prochaine séance.

— Pas du tout ! s'écria La Phryte. Le pays attend une solution prompte, et si personne ne réclame la parole, je demande à répondre au gouvernement.

Il y eut vive escarmouche pour décider si l'on continuerait immédiatement. Le désarroi devenait général. Tout cela était déplorable. La lassitude se trahissait ici et là ; on désespérait d'un débat si mal engagé, et, parmi ses amis mêmes, La Phryte constatait des défaillances, on le *lâchait*.

Furieux, Théo grimpa les degrés de la tribune, et, sans attendre l'autorisation du président, il formula une protestation si crue, si violente, qu'on en fut saisi et que force fut d'écouter.

Plus rien de préparé, cette fois ; s'abandonnant à la fougue de son tempérament rageur, le jeune orateur procéda par coups de colère. Jetant bas les masques, proclamant tout haut ce qu'il déchiffrait entre les lignes. Répudiant toutes précautions, il dépouilla les actes du pouvoir des voiles dont le chef du cabinet les entourait à dessein. Murmures, interruptions, invectives, menaces, rien ne l'arrêtait, rien ne l'attardait dans le parcours de la route qu'il se traçait instinctivement. Les obstacles, il les sautait parfois ; parfois, au contraire, il arrivait à eux sans baisser les yeux, et d'une main virile, il les renversait, jetant les débris au visage de ceux qui les dressaient sur son chemin.

— Laissons là les mots, s'écriait-il ; laissons les faits ; ne voyons qu'une chose, la seule qui importe : les tendances. Eh bien ! les tendances du cabinet, messieurs, les voilà :

Et il les énumérait une à une, en termes concis, exacts, virulents, terminant par un défi aux ministres intimidés.

— Osez donc me démentir ! Osez prétendre que je me trompe.

« Eh ! qui donc, continua-t-il, qui donc ici, comme au dehors, messieurs, conserve un doute sur ce point ? Personne ! Seulement, amis et contradicteurs ont pensé qu'on craindrait d'exposer ces tendances au grand jour. Qui aurait cette té-

mérité de crier à pleine voix ce que chacun pense
intérieurement, ce qui se chuchote dans l'intimité ?...

« Eh bien ! il s'est trouvé, ce téméraire, et je
m'honore d'être celui-là ! Ce n'est pas que mon
orgueil s'en gonfle ! Le mérite est fort mince. A
défaut d'autorité suffisante, à défaut d'un savoir et
d'une éloquence qui imposent le crédit et la confiance, je suis certain que la sincérité et la préoccupation du bien public peuvent y suppléer, et,
peut-être, y suffire. »

On supposait qu'il allait poursuivre ; non. Appréciant le degré de l'impression produite au silence imposant dans lequel tombaient ses paroles,
il s'inclina légèrement, ajoutant avec une sorte de
modestie :

— Voilà seulement pourquoi j'ai parlé, messieurs.

Un tonnerre de bravos l'accompagna jusqu'à sa
place, se continuant par des redoublements successifs ; et l'on criait :

— La clôture ! La clôture !

— Messieurs, objecta le président, quand il parvint, non sans peine, à se faire entendre, le ministère a toujours le droit de répliquer.

— Le ministère renonce à la parole, fit brièvement le chef du cabinet, très pâle et très nerveux.
Nous nous en tenons aux déclarations que j'ai eu
l'honneur de porter à la tribune, nous bornant à
protester hautement contre ce que l'honorable député de Mornessan-lès-Condé appelle nos ten-

dances, « tendances qu'il croit gratuitement pou‑
voir attribuer au gouvernement. »

Le mot « gratuitement » fut souligné par des
cris à gauche et des approbations à droite ; mais
le centre resta silencieux.

— Messieurs, reprit le président, deux ordres du
jour ont été déposés...

— Lisez ! Lisez !

Le secrétaire lut :

— Premier ordre du jour : « La Chambre con‑
fiante...

— Hou ! Hou ! fit la gauche, empêchant d'en‑
tendre la suite.

— Deuxième ordre du jour, reprit le secrétaire :
« La Chambre regrettant...

— Bravo ! Bravo !...

Le surplus se perdit dans le tumulte !

— Si vous demandiez la priorité pour le second
ordre du jour ? souffla mélancoliquement le mi‑
nistre de l'instruction publique à l'oreille du pré‑
sident du conseil.

— Pas la peine ! répliqua celui-ci. Ça y est !
Bouclons nos malles !...

— Vous croyez ? demanda plus mélancolique‑
ment encore le grand maître de l'Université, qui
tenait à sa position.

— En plein dans la nasse, mon cher ami !

Au centre quelques-uns réclamèrent l'ordre du
jour pur et simple.

— Le cabinet s'y oppose, s'écria vivement le
premier ministre. Il ne peut accepter qu'un vote
de confiance.

Bien qu'il n'y eût guère à s'illusionner, la vivacité du ministre jeta quelque trouble dans l'assemblée. Plus d'un hésita un moment, se prenant à réfléchir.

Renverser le cabinet, soit; mais, le successeur indiqué, c'est-à-dire La Phryte, offrait-il des garanties suffisantes? Son succès d'aujourd'hui, succès incontestable, n'était-il pas encore une fois un fait de hasard? Et puis, quels collaborateurs choisirait-il?

— Mon cher, disaient ses partisans, aux collègues indécis, La Phryte a fait peau neuve. Ce n'est plus le garçon fantaisiste et indolent d'autrefois. Il est marié, il est père de famille, et ne fût-ce que par la fortune de sa femme, il est devenu un homme considérable.

La majorité qui se prononça contre le ministère fut accablante : trente voix pour lui seulement et quatre-vingt-sept abstentions.

Avant même que le résultat du scrutin ne fût connu, le président du conseil était fixé. Aussi, rencontrant Théo dans le couloir, il vint à lui, la main tendue :

— Mon cher collègue, lui dit-il plaisamment... à vous la pose!...

A dix heures du soir le *Télégraphe*, devançant le *National* et le *Soir*, répandait sur les boulevards une « deuxième édition » portant aux « Dernières informations » :

LA CHUTE DU CABINET

« A sept heures, le président du conseil a remis
« sa démission et celle de ses coopérateurs dans
« les mains de M. le Président de la République.

« L'entrevue n'a duré que vingt minutes.

« A l'issue de cette conférence, le chef de l'État
« a fait mander M. La Phryte, toute affaire ces-
« sante.

« L'ambassadeur officieux du président de la Ré-
« publique a trouvé le député de Mornessan-lès-
« Condé dans sa famille réunie pour le dîner ; dî-
« ner tout intime, puisqu'à la table du vainqueur
« de tantôt, il n'y avait que deux personnes du
« dehors : M. Léonard Burnet, père de la char-
« mante Mme La Phryte, et Mme la baronne Raphaële
« de Chléha.

« A l'heure où nous mettons sous presse, le
« jeune député n'a pas encore quitté l'Élysée. »

Le lendemain, les journaux du matin, en reproduisant cette note, la complétaient par :

« *Dépêches du matin* (de notre correspondant
« particulier).

« M. Théodose La Phryte a accepté la mission
« de former un ministère, en se réservant la pré-
« sidence du conseil avec le portefeuille des af-
« faires étrangères. »

Puis, aux *Nouvelles à la main* des feuilles légères,
un coup d'épingle. Déjà ! Cependant rien dans la
presse cléricale. Les faits, oui; mais pas un mot
d'appréciation. Ce fut remarqué. Pourquoi ? Tra-

quenard ? Consigne ? Alors, quoi donc là-dessous ?

Vingt-quatre heures après, l'*Officiel* promulguait
une kyrielle de décrets, contresignés :

« *Le Président du Conseil,*
« *Ministre des Affaires étrangères,*

« Th. La Phryte. »

Les nouveaux titulaires du pouvoir exécutif.

— Il en manque un, dit tout bas le préfet de
police.

— Lequel ?

— Le Ministre des Relations... agréables !

— Qui ça ?

— « Son Excellence Satinette. »

— Votre ennemie intime. Vous voilà dégommé
en ce cas ?

— Peut-être pas !

— Vous êtes raccommodé avec elle ?

— Non, certes ; toutefois...

— Elle vous craint ?

— Possible. Mais n'importe ! Si ça dure, nous
alons en voir de drôles !...

C'était l'impression générale.

Sans regretter le ministère tombé, on manquait
de confiance dans les nouveaux venus. Des gens
sans passé, gens de la gauche, certainement — ils
y siégeaient du moins — mais sans programme
bien défini. A rechercher dans leurs votes, à se
rappeler leur attitude en quelques circonstances,
on hésitait à les classer. Quel principe fondamen-
tal formait le lien entre eux ? On ne savait.

Et ce La Phryte ? Avait-il l'envergure d'un homme d'État, d'un chef de cabinet, d'un ministre des Affaires étrangères surtout ?

Pour la masse, un bon enfant, sans plus ; un beau parleur, par exemple ; oui ; mais le fonds ?

— Un blagueur, disaient les sceptiques.

— Est-ce que vous allez déjà le démolir ?

— Pas la peine ! Il tombera tout seul !

— Où est sa majorité, d'ailleurs ? ajoutait un ami des ministres démissionnaires. Il se tromperait fort s'il croyait qu'on a voté *pour* lui l'autre jour ; en réalité, on a voté *contre* ceux qu'il attaquait... Et puis, passe encore à la Chambre, mais gare au Sénat ! C'est là qu'on l'attend !

Les journaux d'opposition s'exerçaient à l'envi sur ce thème : « Un *blagueur*, un bon enfant, ignorant comme une carpe. » Attendons-nous à la politique d'improvisation.

On rappelait la parenté de Théo avec le vieil auteur dramatique, son père :

« On assure, lisait-on, que le papa de Rény est
« chargé de charpenter le programme du nouveau
« cabinet. Nous allons y retrouver « la croix de
« ma mère » et toutes sortes de *ficelles* et de *trucs*,
« avec une apothéose finale ! »

D'autres appelaient le ministère :

« La Maison *Théo, Satinette and C°*. Exportation
« en tous genres, et pas au coin du quai... d'Orsay.
« (Affranchir.) On ne rend pas l'argent. »

Les *canards* à images coloriées représentaient le nouveau premier ministre sous tous toutes sortes de formes, et toujours, à ses côtés, une femme qui

ressemblait plus ou moins à la baronne de Chléha,
tantôt sous les traits d'une muse dictant des phrases que l'autre gravait sur les Tables de la Loi,
tantôt en fille suivante, tenant un portefeuille sous
son bras.

La plus perfide de ces caricatures la mettait
au premier plan, poussée, soutenue par des personnages masqués, qui tenaient qui un goupillon,
qui une fleur de lys, un parapluie « en orléans »,
qui, enfin, un aigle déplumé : les membres du fameux Comité, à qui l'on attribuait la chute du pre-
cédent ministère.

De la poche de la jeune femme, ainsi portraictu-
rée sortait le député de Mornessan-lès-Condé, en
Guignol, et, dans le fond, on apercevait un eunuque marocain dans la consternation, signant,
contraint et forcé, un papier impérial, d'où s'élan-
çait un train de chemin de fer, répandant, par la
déchirure des sacs dont il était chargé, des pièces
d'or et des billets de banque, qui passaient devant
le nez de John Bull et de Don Quichotte

Dans la foule cela ne signifiait pas grand'chose ;
mais les initiés se mordaient les lèvres, riant sous
cape de l'allusion.

Chose singulière, les organes de la réaction ne
bronchèrent pas. Aucune hostilité. D'où vient ?

Ah çà ! Est-ce que ce coup de foudre était seulement un coup monté ?

Quoi qu'il en soit, on attendait une sorte de ma-
nifeste, de déclaration sur laquelle on saurait que
penser. Cela tardait un peu, et les racontars couraient. On parlait de dissentiments entre les nou-

veaux investis, entre Théo et le Président de la République. On prétendait aussi que certaines cours étrangères faisaient mine grise.

Et puis... pas du tout. Les ministres arrivaient bientôt devant le Parlement, avec une déclaration, qu'on disait encore en voie de gestation laborieuse.

Un silence méfiant se fit aussitôt.

Très court, mais très net, ce document. On y abordait carrément les principales questions de la politique courante et, carrément aussi, le cabinet énonçait ses vues sur chacune.

A la grande surprise du public, le succès fut plus grand au Sénat qu'à la Chambre. Il y eut du moins plus d'unanimité et de chaleur. Et quand le chef du cabinet eut ajouté quelques mots, réclamant le concours des Pères-Conscrits, tant que les actes de son gouvernement resteraient en accord avec le programme qu'il venait d'exposer, on le salua par une triple salve d'applaudissements.

— Nous n'entendons pas imposer notre politique, dit La Phryte, et nous ne répondons que de nos intentions. Le jour où ces intentions n'auraient plus l'approbation des Chambres, il n'y aura pas besoin d'engager une lutte pour confier à d'autres la direction des affaires publiques ; nous nous retirerons simplement, comme il convient à des hommes sincères, qui peuvent se trouver en divergence d'opinion avec les représentants du pays, mais qui ont avant tout l'ambition d'emporter dans leur retraite l'estime de leurs adversaires momentanés.

Les acclamations redoublèrent, et dès ce moment le crédit des nouveaux ministres prit racine.

On le vit clairement dès le lendemain, aux dépêches envoyées de l'étranger, par les journaux autorisés des nationalités européennes, le tout amplement confirmé par les allocutions des ambassadeurs à la première réception du corps diplomatique.

Dans un sens opposé, Théo put se répéter le mot de son prédécesseur :

— « Ça y est... »

Restait à se maintenir. On avait le temps d'y aviser. Soufflons d'abord : Ouf !...

En somme La Phryte ne l'avait pas volé. Depuis cinq jours que la crise durait, il n'avait pas eu un quart d'heure à lui. Luce l'avait à peine entrevu. Pas une fois, elle n'avait dîné avec lui ; encore que deux fois de suite, il eût passé la nuit au quai d'Orsay, dormant à peine trois heures, sans se déshabiller. Et sa fille ? Ah ! il avait bien le temps ! Un baiser, au passage, et vite, vite, en route.

Dieu merci, c'était fini !

La première fois qu'il se le dit, ce fut avec une impression délicieuse de soulagement. En sortant du Sénat, on s'était réuni à l'Elysée. Le Président de la République avait retenu deux des ministres à dîner. Puis Théo, revenant au ministère, avait donné des signatures.

Onze heures sonnaient, il était libre. Demain, on achèverait de s'installer dans les appartements officiels. Cette nuit du moins il pourrait se reposer chez lui. Son coupé l'attendait pour l'y ramener.

Cependant, enfoui dans un grand fauteuil, il ne se déterminait pas à partir, s'abandonnant à des songeries, doutant par instants de la réalité des faits. Sa propre personnalité lui échappait. Il était dans la disposition d'esprit d'un homme qui vient de lire un roman attachant, qu'il a *vécu* avec l'auteur. Il cherchait à se détacher du héros de l'ouvrage. Voyons ! c'était vraiment lui, à qui tout cela était arrivé ?

Comment donc ! Et, au fait, quoi ?

Alors, il remontait, en pensée, le chemin parcouru. Il se revoyait, trois ans bientôt précédemment, dans son méchant appartement de garçon, en face de son déjeuner économique : deux œufs et une tasse de thé, fronçant le sourcil au coup de sonnette : un créancier peut-être...

Que c'était loin déjà !... Que d'événements depuis cette époque ! Ça avait commencé...

Il s'y retrouvait ; oui, cette nuit où, costumé en moujik, chez Mme Ève, il avait vu une magicienne, se laissant tomber à ses côtés, sur le divan, lui proposer de lui tirer sa « bonne aventure ». Vraie magicienne, cette femme ! Elle l'avait ébloui, lui avait fait mener une existence de conte de fée.

Il repassait dans sa mémoire les incidents de ce bal travesti ; la promenade à travers les salons, le départ, le tête à tête au Café Anglais, continué dans la voiture de cette étrange femme, *affalée* contre lui, entre ses bras, contemplant en silence les arabesques de givre qui scintillaient aux branches de ce bois de Boulogne qui semblait fantastique.

La singulière conduite ! Quel en était le mobile secret ?

On l'a dit, il n'était pas avantageux, sans quoi, il eût tout expliqué par l'amour. L'amour ! Certes ! il y en avait entre eux ; mais surtout de sa part à lui. Quant à elle, qui en répondait ?

Lui, il eût tout entrepris pour la satisfaire. Il l'aimait au point de ne s'arrêter devant aucune considération pour se donner des droits à la réciprocité. Avait-il résisté à épouser Luce ? Pas un moment. Les fugitifs scrupules dont sa conscience s'était émue, il les avait étouffés, par un unique effort de volonté, pensant tout concilier en se conduisant convenablement, c'est-à-dire en gentleman, envers la jeune fille qui l'enrichissait.

Jusqu'ici d'ailleurs, la fille de Léonard Burnet n'avait formulé aucune plainte, élevé aucune récrimination. Quelle accusation eût-elle été en droit de porter contre son mari ? Infiniment correct, celui-ci. Froid, peut-être, mais non avare d'attentions souvent délicates et affectueuses.

Pas assez un époux, mais un ami, très sincère et empressé ! Correct, encore une fois. Un mariage de convenances, après tout ; une association plutôt honorable, qui souffrait que chacun des deux gardât sa dignité et restât en face de l'autre, en bonne posture, sur le pied de l'égalité, par l'équivalence de l'apport individuel mis en commun. Elle fournissait la fortune ; mais lui fournissait la considération et le prestige. Elle le tirait d'une situation besoigneuse ; il en faisait une « grande dame » qui avait droit de cité dans les aristocraties contem-

poraines ; grande dame, dont la place était réservée
au premier rang : femme de premier ministre aujourd'hui ! C'est quelque chose, convenons-en. Ça
vaut bien des écus. Donc, quittes et bons amis. Un
idéal comme un autre. Pour ce qui est des choses
du cœur, dame !... Que voulez-vous ? Ça ne se commande pas.

Pour être pris d'ailleurs sur ce chapitre, il ne se
sentait pas coupable de trahison envers Luce.

Néanmoins, Raphaële, sa maîtresse, pénétrait
dans le foyer, y occupait une place. C'est vrai. Mais
en était-il cause ? Est-ce lui qui l'avait amenée ?
Non ; point du tout. Il l'y avait trouvée avant le
mariage. Qu'on s'en prît à qui l'on voudrait, sauf
à lui, qui n'avait rien fait pour créer cette situation.

De bon compte, rien de plus logique. Luce ne
devait-elle pas à son *amie* la réalisation de ses ambitions ? Car la fille de Léonard devait être ambitieuse, au fond. Il lui était si facile, autrement,
d'épouser quelque garçon de sa condition, d'un
milieu ordinaire, d'une personnalité obscure. Si
elle avait préféré enrichir un député, c'est probablement par arrière espérance de briller dans le
monde officiel, de trôner au faîte des « classes dirigeantes ».

Eh bien ! Théo ne la décevait pas. Il la plaçait
assez en évidence, je crois. Femme du président du
Conseil ! Fichtre ! Ce n'est pas donné à toutes les
filles pourvues d'une grosse dot.

Et puis, pas de mécompte non plus sur d'autres
points. Son mari n'était pas une sorte d'entretenu

légal, qui *fait la noce* avec les revenus ou le capital
de madame. On pouvait lui rendre cette justice,
à lui, qu'il ne coûtait pas cher au ménage. Pas de
besoins personnels ruineux. Ses dettes payées — à
peine vingt mille francs; une misère! — son indemnité parlementaire suffisait largement à ses
dépenses et à son argent de poche.

Il profitait, je le veux bien, des luxes de l'intérieur conjugal. Logé, nourri, servi, voituré sur un
pied de millionnaire, c'est évident. Mais, il ne l'exi-
geait pas. Il ne demandait rien. Et si, de temps à
autre, il donnait des dîners de gala, des fêtes, tant
à Paris qu'au domaine des Pins, c'est qu'il y avait
à cela des obligations communes, des considérations de position, la poursuite d'objectifs qui intéressaient la communauté. Vraiment, Luce eût été
inconsidérée de se plaindre.

Elle n'y songeait pas, du reste, et ne marchan-
dait pas la soumission respectueuse à son « maître
et seigneur ». Pas assez, même, au sentiment de
celui-ci, qui, on se le rappelle, la raillait doucement
de le « confondre avec Abraham », ainsi qu'il l'é-
crivait à sa maîtresse. Rien des patriarches, le député de Mornessan-lès-Condé; au contraire, ne
fût-ce que par ce fait que sa *légitime* n'était pas
affligée de stérilité; d'où suit qu'elle n'eût pas été
recevable à proposer sa servante à son mari, pour
lui faire prendre patience, en attendant que le bon
Dieu fécondât ses flancs.

Somme toute, Théo ne méconnaissait pas sa
femme, et il l'aimait à sa façon : « un excellent camarade. » Une sorte d'associée cordiale, de com-

manditaire, à qui il n'entendait pas mesurer chichement les dividendes.

Quant à Raphaële, autre affaire ! Une associée, elle aussi, et non moins libérale, ni moins confiante. Maintenant qu'il était parvenu grâce à elle, — grâce peut-être à certaines manœuvres plus ou moins ténébreuses, qu'il ne tenait pas à connaître par le menu — il convenait de lui faire sa part. De quelle nature était-elle, cette part? Il ne savait. Mais qu'importe! il reconnaissait lui trop devoir pour y regarder.

Un souvenir dominait tous les autres dans l'esprit du nouveau chef de cabinet; souvenir de sa conversation avec Satinette au Café Anglais.

— « Ou, parvenu au degré de puissance que « j'ambitionne pour vous, lui avait-elle dit, vous « vous souviendrez de moi, ou vous êtes de naturel « ingrat, et alors, je ne vous demande rien. Jus- « que-là, en tous cas, il est bien inutile de vous « confier le secret de ma vie. »

Depuis, on n'était pas revenu sur ce sujet, quelque fût l'intimité qui s'était établie entre eux. Eh bien ! le moment était venu de montrer à la jeune femme qu'elle n'avait pas eu affaire à un homme « de naturel ingrat ».

Au fait, pourquoi tarder?

D'un brusque mouvement, il se leva et descendit. Quelques instants après, il arrivait chez Raphaële. Tout était éclairé. C'est juste ! Il avait oublié que c'était *le jour* de Mme de Chléha. Son salon devait être plein de monde. Ma foi, tant pis ! On penserait ce qu'on voudrait de sa présence. Il entra.

Mais, à peine dans le vestibule, Satinette déboucha vivement d'une porte de côté, lui saisit le bras
et l'attira dans la partie de l'habitation où les invités ne pénétraient pas, l'appartement de Pélagie.

— Tu es venu; c'est bien, dit-elle gaiement. Je
ne doutais pas de toi; j'étais sûre que ton premier
moment de liberté me serait consacré; si sûre, que
je guettais ton coupé à travers les vitres. Merci,
Théo. Embrasse-moi, et va-t-en.

— Tu me renvoies?

— Je ne veux pas que ceux qui sont là t'aperçoivent.

— Qu'importe! j'ai bien le droit de venir chez
toi.

— Peut-être. Mais de quoi servirait ce soir?
Écoute, mon ami, j'ai la pleine connaissance de
ton cœur, à présent, et je sais pourquoi tu viens.

— En es-tu sûre?

— Je te *sais*, je te dis, Théo! Mais vois-tu, ce
que j'ai à te dire, puisque tu veux bien que je t'en
parle, ne se conte pas en un instant.

— Qu'à cela ne tienne! Tes invités ont l'habitude de se retirer vers une heure du matin, au plus
tard. J'attendrai leur départ.

— Chez moi?

— Pourquoi pas?

Raphaële lui prit de nouveau la main et l'amena
à la fenêtre.

— Regarde, dit-elle. Vois-tu ce fiacre qui attend
en face?

— Oui. Eh bien! qu'est-ce qu'il y a dans ce
fiacre?

— Personne. Mais le cocher qui fait semblant de dormir, est un bon mouchard.

— Un mouchard ?

— Attends ! Regarde de ce côté, maintenant ; là, au coin de la rue. Que vois-tu ?

— Rien d'extraordinaire.

— En effet : un marchand de vins qui met les volets à sa boutique est un fait absolument simple. C'est que sans doute, les clients sont partis. Cependant, au fond, dans une salle qui ouvre sur l'allée de la maison, il y a quatre hommes. L'un, qui paraît d'une condition supérieure à celle des autres, lit un journal. Ses trois compagnons jouent au piquet...

— Mais, fit Théo, c'est un rébus que tu me proposes ! Qu'est-ce que ça me fait, tout ça ?

— Attends donc ! répliqua Satinette. L'homme au journal, c'est un commissaire de police, deux des autres, sont ses agents ; le dernier, enfin, c'est le sieur William Eckmann, mon mari...

— Ton mari ? répéta La Phryte.

— Jusqu'à nouvel ordre, ajouta vivement Raphaële, c'est-à-dire jusqu'à ce que tu m'en aies délivrée... si tu veux !

Ce « si tu veux », prononcé d'un ton singulier, frappa violemment le nouveau ministre. Sa respiration s'arrêta net, et il se sentit blémir.

Tout à l'heure, repassant les péripéties du souper au Café Anglais, il s'était rappelé une phrase de la jeune femme. Une autre lui revint en mémoire tout à coup :

« — Veuve?... lui avait-elle dit, je le serais si le

10.

« ciel inclément n'eût fait l'oreille sourde à mes
« prières réitérées ! »

Espérait-elle donc que Théo suppléât à l'*inclé-
mence* céleste? Brouh !...

Il entrevit des choses tragiques, qui l'intimidè-
rent ; pis encore, qui l'épouvantèrent. Ah ! ça...
est-ce que sa maîtresse allait lui demander de commettre une espèce de crime? Ah ! mon Dieu ! Qu'y
avait-il donc, sous ces mots : « le secret de ma
vie ? » Une pénible anxiété comprimait les batte-
ments de ses artères. Des fantômes lui passaient
dans l'imagination, il entrevoyait du sang répandu,
tant le coup lui arrivait à l'improviste.

Et quelle femme était donc celle-ci ? Quel caractère se cachait sous cet extérieur attrayant? Il
imaginait se trouver en présence d'une Brinvilliers,
et son cerveau bouleversé accueillait toutes les
exagérations.

C'est qu'aussi cette *Satinette*, à la fois baronne
de Chaléha et « femme » Eckmann, restait un être
mystérieux pour lui. Plus d'une fois il avait bien
soupçonné en elle une sorte d'intrigante, visant je
ne sais quel but ténébreux, une grande fortune
peut-être, à se faire par tous moyens peu choisis.
Mais de là à quelque Lucrèce Borgia au petit pied,
il y avait de la marge. Et certes ! si intentionnellement il s'était prêté à satisfaire les ambitions
d'une femme qui veut briller et jouir de la grande
existence, voire même disposer d'une influence
occulte dans les sphères gouvernementales, il se
refusait radicalement à favoriser, si indirectement
que ce fût, de entreprises d'un autre caractère.

Mais — voilà ce qui exaltait son inquiétude à cet instant — dans quelle mesure était-il engagé envers cette créature? En quelle complicité inconsciente l'entraînait déjà l'appui qu'il ne pouvait douter en avoir reçu?

Ah! à tout prix, il fallait savoir; il fallait que Raphaële s'expliquât.

— Laissons là le commissaire et sa suite, dit-il péremptoirement, je persiste dans mon désir. Retourne à ton monde. J'attendrai qu'on soit parti, et tu viendras me rejoindre dans ta chambre. J'ai hâte de recevoir ta confidence.

— Que te prend-il? répliqua Satinette frappée de l'accent fébrile de son amant. Tu ne comprends donc pas que rester ici après le départ des personnes que je reçois est le seul moyen de ne pas l'entendre tout entière, ma confidence. Tu ne devines donc pas qu'au beau milieu je serai interrompue par l'injonction d'ouvrir « au nom de la loi » et que le commissaire dressera procès-verbal à la requête de mon honorable époux, en vue de me faire condamner pour adultère?

— Mais, voyons, reprit La Phryte, en se débattant, je n'y comprends plus rien. Si ce prétendu Alsacien-Lorrain, qu'on dit natif d'un des faubourgs de Berlin, peut requérir l'autorité pour une action en adultère, comment peux-tu te donner pour baronne veuve de Chléha?

— Parce que défunt le baron de Chléha était mon véritable mari, le réel père de mon fils.

— Tu as un fils?...

— John Bentley; d'après ses papiers, fils d'Ar-

thur Bentley et de Djiwa Amar, sujette anglaise
de Calcutta.

Le député de Mornessan-lès-Condé regarda sa
maîtresse d'un air ahuri, qui semblait demander
grâce.

Elle sourit, et lui jetant ses bras au col, par un
mouvement de passion gamine, elle apostropha à
travers les vitres le faux cocher de fiacre qui faisait
semblant de dormir sur son siège.

— O cocher de mon cœur ! dit-elle plaisamment, va dire à ton chef d'escouade, qui s'embête
à lire le journal dans le *mannezingue* voisin,
que tu m'as vue, en ombres chinoises, poser ma
bouche aux lèvres de « monsieur le premier ministre ».

Pour toi, « mon Excellence » ajouta-t-elle en
plongeant ses yeux enamourés dans les yeux de
Théo, va-t'en ce soir ; va te reposer sur les deux
oreilles, sans crainte que j'exige trop de ton amour.
Et demain, avant la séance des Chambres, fais-toi
conduire par un fiacre à cette adresse.

Ce disant, elle glissa une carte pliée dans le
gousset de son amant.

— Ne t'arrête pas, reprit-elle, à l'aspect sévère
de la maison. On dirait un couvent de benoîtes
recluses. Qu'est-ce que ça fait ? Pousse la porte
entre-bâillée. On ne te demandera rien ; ne demande rien, toi non plus. Traverse la voûte un
peu froide et humide, passe la grille et tourne à
droite.

Sous des pampres enchevêtrés, tu verras un pavillon isolé ! Monte les marches du perron, gravis

l'unique étage qui s'ouvre au fond, soulève une draperie qui tient le milieu du palier, et traversant deux salles nues en droite ligne, pénètre sans frapper dans la dernière pièce, tu y trouveras... qui?... Devine...

Elle l'embrassa longuement. Puis, achevant sa phrase :

— Ta servante, mon bon Théo.

VI

Le flacre que prit Théo, le lendemain, pour se rendre à l'adresse inscrite sur la carte que lui avait glissée Satinette, gagna la barrière d'Enfer, traversa le faubourg qui suit et, pénétrant dans la campagne, arriva bientôt à une agglomération de maisons qui forment une sorte de hameau.

Le mot maisons est peut-être ambitieux. En réalité des masures, composées d'un rez-de-chaussée surmonté d'un toit, groupées autour d'un vaste bâtiment gris sombre qui les écrase. Un dôme, au haut duquel s'élance une croix de fer doré, tient le milieu des constructions. Une cloche s'aperçoit à travers les auvents.

Un vrai couvent, couvent de femmes; un de ces couvents où les mondaines ont accès moyennant finance, si le besoin de se recueillir les prend. Un refuge aussi, où les dames en procès avec leur mari se mettent à l'abri de la médisance, où les

orphelines opprimées se dérobent à la tyrannie du
tuteur, où enfin, les pêcheresses de haut bord, qu'un
contre-temps a fait *pincer*, se cantonnent en un
apparent repentir, jusqu'à ce que l'orage du scandale ait passé.

La porte est ouverte, il semble qu'il soit loisible
à chacun de la passer. Mais venez dans une intention hostile, présentez-vous au nom de la loi, un
œil invisible, qui veille, sonne l'alarme à petit
bruit, et des êtres doux, mielleux, confits en piété,
barrent le passage par un sourire onctueux disant :

— Prenez garde de profaner le sanctuaire de
Dieu! On vous laissera faire, sans doute. Mais vos
recherches seront stériles, et peut-être bien qu'ensuite il vous en cuira. On vous le dit charitable-
ment.

Théo n'était point de ceux dont on appréhendait
la venue. Comme l'en avait informé Raphaële, il
put franchir le seuil sans qu'on lui demandât rien.
Qui, du reste? Aucun visage, aucune ombre humaine en cet endroit silencieux.

Fort de l'itinéraire que lui avait tracé sa maîtresse, il traversa une longue voûte, où le bruit de
ses pas résonnait. La forte grille, qui la fermait à
l'extrémité intérieure, offrait un passage libre. Le
voilà dans une vaste cour déserte. L'herbe pousse
entre les pavés. Au fond et à gauche, de hauts
murs d'un gris jaunâtre et sale, percés de rares
lucarnes à gros barreaux de fer, où s'accroche un
grillage à mailles serrées. C'est le cloître. A peine
une petite porte, où nulle serrure n'apparaît, et que
creuse un tout petit judas.

Théo n'a rien à faire de ce côté. Il regarde à
droite. Pas à se tromper. Le pavillon isolé, envahi
par les pampres dont lui a parlé Satinette, fait
saillie dans la cour. Il se dirige vers l'entrée largement ouverte.

Là encore le talon de ses chaussures impres-
sionne l'écho. Il voit l'escalier. Il monte et, sur le
palier prolongé à droite et à gauche en un long et
large couloir, où se remarquent des portes nues
et closes, il découvre aisément la draperie indica-
trice qu'il n'a qu'à soulever pour poursuivre sa
route.

Le mari de Luce traversa deux grandes salles,
dépourvues du moindre meuble, très vivement
éclairées par d'énormes fenêtres à petites vitres
verdâtres.

Au fond de la seconde, une porte qu'il devait
ouvrir sans frapper.

L'obscurité relative qui régnait dans la pièce où
il entrait ainsi l'éblouit un moment. Il s'arrêta,
crainte d'erreur, frappé d'apercevoir son ombre
nettement dessinée sur les larges dalles, froides et
nues, par le soleil, très bas encore à l'horizon,
pénétrant brutalement à sa suite.

Peu à peu cependant, son regard, s'acclimatant à
la pénombre, embrassa l'ensemble de cette chambre,
dont les murs massifs étaient blanchis à la chaux.
Pour tout mobilier une grande armoire en chêne
noirci par le temps, sans moulures, sans chapiteau.
Deux chaises en paille, de forme antique. Puis, en
face, un lit en chêne, comme l'armoire, droit, sec,
sans autre ornement que d'épais rideaux de cou-

leur terne et indécise. Pas un tapis, pas une table ; rien.

Dans la traînée de lumière à laquelle Théo donnait accès, il distingua sur l'une des chaises dérangées, des objets dont l'élégance et la richesse juraient avec le caractère monacal, presque sépulcral de cette énorme cellule. C'étaient une mante de soie brochée, agrémentée de longues franges en cochenille, un chapeau entouré de plumes, puis une ombrelle à manche sculpté. Le tout jeté à l'aventure.

Sur le lit, une femme étendue reposait dans une attitude abandonnée. Le bras droit pendait hors du lit, montrant une main mignonne, émergeant d'une sorte de collerette de dentelles. Le bras gauche, relevé, soutenait la tête, appuyée sur l'oreiller, où s'éparpillaient des flots de cheveux châtains, criblés de points lumineux qui semblaient des filets d'or bruni. La robe, à doubles et longs volants plissés, se développait en éventail, débordant jusque sur le bois de la couchette, montrant, sous des jupes brodées, des mousselines éclatantes, un bas de soie noire, où le rose de la peau filtrait à travers les mailles, enserrant une cheville délicate, à laquelle s'attachait un pied mince et cambré, chaussé d'un soulier souple et reluisant.

La Phryte reconnut *sa* Raphaële, bien que l'ombre lui dissimulât ces détails. Dormait-elle ? Il ne savait. Pourquoi s'était-elle jetée tout habillée sur ce lit au lieu de l'ouvrir ? Quand donc était-elle venue ici, elle qu'il avait quittée si loin,

à une heure avancée de la nuit? Autant de mys-
tères.

Il s'approcha avec précaution. C'était bien Satinette ; Satinette qui dormait d'un sommeil d'enfant. Une respiration de vierge confiante, longue,
profonde, élevait et abaissait son sein découvert,
dont un corset de satin noir faisait resplendir les
blancheurs nacrées. Là encore, des fouillis de dentelles, courant, en encadrement capricieux, le long
du corsage déboutonné, suivant les lignes ondu-
leuses de la poitrine et du col. Une vision. Quelque *Belle au bois dormant*, dans l'attente du prince
qui, d'un mot magique, doit la délivrer de la
léthargie.

Théo la contemplait, muet et légèrement haletant. Qu'elle lui semblait belle ainsi ! Si belle et si
enviable qu'il sentait des frissons le secouer, des
bouffées de folie envahir son cerveau. D'indicibles ivresses lui faisaient perdre la notion du
temps, du lieu, de sa personnalité. Réellement,
un homme ivre, dont l'intellect, envahi par des
fluides innomés, est tout à coup hanté d'imagi-
nations bizarres. Un plaisir âcre, qui côtoie la
douleur et ôte l'énergie soit de s'y abandonner tout
à fait, soit de s'y soustraire, en se reprenant complètement.

Vous est-il arrivé, la nuit, sous les couvertures,
de rêver des triomphes délicieux? Vous étiez le plus
beau, le meilleur, le plus brave, le plus glorieux et
le plus satisfait. Tous les objets de vos désirs, de vos
plus intimes ambitions, étaient à portée de votre
main ; vous n'aviez qu'à l'étendre, et il semblait

que vous vous noyiez dans les délectations inouies
d'une apothéose indescriptible.

Bientôt, un bruit extérieur, une influence quelconque, dérangeait votre sommeil. Les images, les
êtres se nuançaient lentement de la teinte grisâtre
d'un nuage ; les formes se faisaient indécises, et, à
mesure, vous appréhendiez de retomber dans la
réalité ; vous luttiez contre vous-même, faisant
un effort désespéré pour vous maintenir dans le
charme de la féerie, essayant de dormir quand
même, de vous raccrocher aux fantômes qui
devenaient vagues et, peu à peu, se fondaient en
vapeur.

Tout éveillé qu'il était, Théo éprouvait des sen-
sations analogues, en voyant la jeune femme faire
mine de s'éveiller. Oh ! non ! qu'elle restât ainsi ;
qu'elle continuât de se laisser contempler d'un œil
avide, pénétrer des effluves d'un amour infini, insa-
tiable !...

Souhaits stériles. Déjà, la jeune femme se tend,
ses reins se cambrent, faisant saillir son buste ser-
pentueux : une longue aspiration gonfle sa gorge,
dilatant ses narines roses ; la paupière se soulève,
elle regarde son ami, étonnée un moment, et, presque aussitôt, le salue d'un sourire affable, qu'un
reste de sommeil rend confus.

Elle lui prend la main, en refermant les yeux ;
elle l'attire, l'obligeant à se pencher sur elle, et
l'entourant de ses bras frais et fermes, elle lui tend
son doux visage, en quête d'un baiser. Et lui, tout
bas, passionné, enthousiaste, la berce comme un
bébé, murmurant à son oreille :

— Dors, ma belle, dors encore ; laisse-toi voir ;
laisse-moi t'adorer !...

Non ! ce n'est plus possible ! D'un mouvement
de chatte surprise, elle se rejette en arrière, s'assied
et, de ses doigts, rattrape sa chevelure épandue, se
tournant à demi, comme pour dérober ses grâces
à la convoitise curieuse d'un examen qu'elle n'a
pas consenti.

Elle se reprend d'instinct. Cette femme qui a
tout donné, tout livré, cède à je ne sais quelles
réactions de chasteté inexplicables. Elle se rajuste
précipitamment, replie ses pieds sur les volants de
sa robe, s'enferme dans son corsage, et quand elle
a fini, montre un visage rougissant d'une honte, à
tout le moins tardive, et depuis longtemps sans
raison.

La Phryte s'en émeut. Pourquoi sa maîtresse
semble-t-elle subitement renier le lien, marchander
les droits acquis, tout remettre en question ? Il
ne se répond pas, faute d'y rien comprendre.
Mais l'impression pénible s'efface aussitôt. Il lui
sait gré de ces décences. Elles lui sont piment de
l'amour, et il ne lui vient pas à l'idée qu'il puisse
y avoir là une coquetterie calculée, une habileté,
une rouerie de femme, qui *veut* secrètement maintenir en haleine l'amant dont elle a tant à obtenir
encore.

En vérité, il avait raison de ne point se mettre
en méfiance. Chez Satinette, ces façons n'avaient
rien de prémédité. C'était bien plutôt sa *vraie*
nature qui, de par l'engourdissement des facultés
cérébrales, reprenait le dessus.

Pour l'expliquer, il suffira de se rappeler le court dialogue qui ouvre le second chapitre de cette histoire, dialogue entre elle et l'*Éminence Noire*.

« — Il t'aime? avait demandé Pélagie.

Et Raphaële, haussant les épaules avec une expression de répugnance :

« — Quelle *scie!*...

Elle était là, tout entière. Une femme galante, peut-être, s'il le fallait, si c'était la condition à laquelle elle devait s'assujettir pour toucher le but qu'elle se proposait, avec une détermination indéconcertable ; mais une *amoureuse*? Plus jamais !

Est-ce donc que son cœur fût desséché? Point. Il y bouillonnait, au contraire, des tendresses supérieures. Mais pour qui? La suite le dira.

Quand elle eut repris pleine et entière possession d'elle-même, secoué les derniers vertiges du sommeil interrompu, elle se tourna gentiment vers La Phryte.

— Tu me trouves enfant, un peu sotte? dit-elle d'un ton câlin. Excuse-moi. Je dormais si bien que j'avais tout oublié. Je ne savais même plus où je me trouvais.

« C'est que j'ai passé la nuit à peu près blanche. Après ton départ de chez moi hier, je suis revenue à mes hôtes. On avait organisé un écarté qui, contre l'habitude, s'est prolongé jusqu'à deux heures après minuit.

« Voulant arriver ici au petit jour, je n'ai pas osé me coucher. J'étais d'ailleurs préoccupée par

l'observation des gens de police, que je t'ai mon-
trés. Je ne voulais pas qu'on connût ma retraite
dès les premiers jours.

« Ils ont bien tardé à se décourager. Enfin, ils
sont partis. Une demi-heure après, je descendis
dans la rue, cherchant un coupé de maraude qui
m'amenât ici. Je n'en rencontrai pas. Les rues dé-
sertes s'allongeaient à perte de vue, et j'avais un
peu peur.

« Bientôt, figure-toi — cela est plutôt comique —
je me heurtai presque, au coin d'une place, à
un homme qui sortait d'une étrange maison, et
je le reconnus sur le champ. Par malheur, il me
reconnut de même, en dépit de l'obscurité, et je
me trouvai dans une situation difficile, en raison
des hommages dont il me poursuit depuis longtemps.

— Qui donc?

— Tu ne devines pas?

— Le préfet?

— Tu l'as dit.

— Je te demande huit jours pour t'en débarrasser.

— Garde-t'en bien !

— Pourquoi, s'il t'incommode?

— Lui? Je l'en défie bien ! fit Satinette, en riant.
Que crois-tu donc, en somme? Tu n'y es pas, et ta
jalousie s'exercerait en pure perte. C'est le zèle de
ses fonctions qui l'entraîne, tout simplement. Me
croyant véreuse, il aspire à me placer en cette
alternative : m'expulser ou m'enrôler dans la bri-
gade de ses agents secrets.

« Et certes ! il pensait bien me tenir cette nuit.
Mais demande-lui comment je l'ai... *semé*?

— Qu'as-tu fait?

— C'est assez drôle, je te dis. Comme il s'attachait à mes pas, je l'entraînai vers les grands boulevards, le laissant s'efforcer à me convaincre,
jouant parfois l'indécision. Quand, enfin, j'aperçus
deux sergents de ville, en ronde nocturne, qui
venaient au-devant de nous. C'est la rencontre que
je souhaitais de tous mes vœux.

« Dès qu'ils furent à quelques pas, je courus à eux.

« — Messieurs, leur dis-je, d'un ton animé, déli-
vrez-moi, je vous supplie, de cet homme que je
ne connais pas, et qui m'obsède de propos incon-
venants.

« En même temps, je leur présentai ma carte,
déclinant mon nom et mon adresse.

« — Qui êtes-vous? demanda rudement l'un des
agents, à mon persécuteur.

« Il resta déconcerté, fort empêché de se faire
reconnaître par ses subalternes, qui le regardèrent
d'un mauvais œil.

« Et pendant que l'un lui intimait l'ordre de le
suivre, je faisais admettre par l'autre que si je
marchais précisément à l'opposé de mon domicile, c'était pour empêcher cet *inconnu* de m'y
relancer.

« Une voiture apparut non loin; le sergent l'arrêta, j'y pris place. Et tandis qu'au tournant, je
glissais une pièce au cocher, pour qu'il ne reculât
pas à me conduire ici, les agents entraînaient leur
chef suprême au poste.

« Maintenant, reprit-elle, ne va pas le destituer, Théo ! J'aurais sûrement plus de difficulté à berner son successeur ; car, entre nous... il n'est pas fort, ton préfet ! »

— Tu n'as plus personne à berner ou à craindre, répliqua La Phryte. C'est cela que je venais te dire hier soir. Et ce matin, j'ajoute :

« Rappelle-toi ce que tu m'as dit au Café Anglais : — « Pour me servir il faudrait être puissant parmi les puissants.

« Eh bien ! grâce à ton influence, me voilà dans la situation où tu voulais.

« Parle à cette heure. Je ferai tout pour toi. Seulement dis tout et vite. Tu sais ce que dure un cabinet en France. Je puis être renversé en quinze jours. Dis, ma belle, dis ce que tu veux. Je ne me consolerais pas de n'avoir pu te satisfaire. »

Raphaële l'écoutait, en silence, l'englobant d'un regard perçant.

— Ainsi, c'est vrai, dit-elle ; tu te rappelles, et tu crois me devoir quelque chose ?

— Je n'en cherche pas si long. Je t'aime, voilà tout.

— Et si je te demandais des choses... équivoques... des illégalités ?

— Voyons ? fit Théo, impressionné malgré lui.

— Tu te réserves ? demanda la jeune femme.

— Non ! répondit-il. Explique-toi d'abord.

— Et « tu verras... » C'est bien cela.

— Ah ! s'écria La Phryte, revenant à ses appréhensions de la veille, tu me tortures. De quoi s'agit-il donc, enfin? Faut-il devenir criminel pour te contenter? Dis-le, que je mesure mes forces, que je sonde mes énergies.

— Mon ami, reprit Satinette, je ne puis douter de ton amour. Je crois qu'il est capable de te faire surmonter des scrupules d'un certain ordre, pour me le prouver. Mais tu ne me connais pas encore.

« Tu me crois une ambitieuse vulgaire, et tu t'es imaginé que j'attends de toi les moyens de me constituer une fortune personnelle. Je ne la refuse pas, Théo; mais, si ç'avait été le seul objectif de mes désirs, il y a longtemps que je la posséderais, cette fortune, sans que tu aies à intervenir.

« Non. Je ne poursuis pas ce but. Peut-être y songerai-je un jour; mais à l'heure présente ce n'est pas à moi que je pense; ce n'est pas pour moi que j'exerce mes facultés, que je me laisse passer pour une intrigante, même à tes yeux...

« Laisse-moi achever, ajouta-t-elle en l'interrompant.

« Oui, Théo, quelle que soit l'affection que tu me portes, tu me tiens pour une créature d'intrigues, et quand je te parle d'illégalités, tu as peur; tu supposes que je vais mettre ta conscience à un rude combat pour des intérêts sans grandeur.

« Et si c'était le contraire, dis-moi; s'il s'agissait de réparer une injustice odieuse; si, au lieu d'une ambitieuse, avide d'or, de considération extérieure, de crédit plus ou moins ténébreux, tu avais devant toi une victime qui n'a pas courbé la tête; une âme en révolte, et qui, si dédaigneuse qu'elle soit

11.

de la vengeance, veut de toutes ses forces dépouiller
l'infamie qu'on lui a infligée par le plus inique abus
de la force ?...

« Réponds en toute sincérité, mon ami ; cela te
toucherait-il ? Cela mériterait-il, à tes yeux, que le
pouvoir dont tu es investi aujourd'hui passât outre
à des légalités qui ne sont pas, quand même, la
justice ?

« Au fait ! reprit-elle en s'animant, l'heure est
venue de déchirer tous les voiles. Tu as raison ; je
dois tout dire, nous verrons après. Si tu te désin-
téresses de moi, tant pis ! Écoute.

Par un brusque mouvement, elle rejeta sur le
lit le chapeau et la mante qui gisaient sur la chaise,
et, l'approchant tout près de son amant :

— Connais-tu ce qu'on appelle *la Légende Satinette* ? lui demanda-t-elle.

— Non.

— Personne ne te l'a contée ? Elle court les salons cependant, et, avec des initiales transparentes,
un journal l'a insérée tout au long.

— La veille de mon mariage ?

— Justement.

— C'est ton histoire ?

— Arrangée, ou plutôt dérangée. Mais le fond
en est vrai.

« Oui, Théo, il est vrai que la femme que tu
aimes, et qui te le rend plus que tu ne le crois, est
une sorte d'esclave slave qui, victime de la beauté
qu'on lui envie, et qui lui a été presque toujours
funeste, se voyant placée entre un cachot perpétuel et une union ignoble, a consenti en apparence,

et rien que pour gagner du temps, à épouser un être immonde, le sieur Eckmann, juif allemand, la pire façon d'être allemand et d'être juif.

« Ce qui est vrai encore, c'est que, ajoutant un narcotique aux boissons qu'il avait absorbées, le jour de nos noces, je pris la fuite, aidée par ma sœur de lait, cette brave Pélagie, « l'Éminence noire », comme on l'appelle ici, et dont le dévouement a fourni matière aux plus dégradantes suppositions.

« Ce qui est toujours vrai, Théo, c'est que, rejoignant l'héritier des Chléha, je fus pour lui épouse éprise et fidèle ; qu'un enfant nous vînt, un garçon ; qu'au mépris d'un état civil mensonger, le petit fut inscrit à Rome sous sa véritable qualité ; et que le père mourut trop tôt pour lui confirmer des droits à son nom, à son rang et à son héritage.

« Eh bien ! moi, orpheline, fille d'esclaves et de serfs, prétendus affranchis, j'ai voué ma vie au redressement de cette iniquité. Et je n'ai reculé devant rien, subissant tous les jougs, toutes les adversités, toutes les exigences qui me promettaient de gagner du terrain. Oui, encore une fois, rien ne m'a déconcertée, et pour tout te dire, si je suis sensible à ton amour aujourd'hui, parce que je l'apprécie, parce que j'en ai mesuré l'étendue, il n'en était pas de même au début, mon ami ; l'obligation d'y répondre apparemment n'a été qu'un sacrifice, qu'une abnégation de plus.

« Comment cette sujétion s'est-elle changée en tendresse, dégagée d'arrière-espérance ? Comment, à l'instant où tu me rappelles que je t'ai presque

posé les termes d'un marché, suis-je étonnée que
tu t'en souviennes? Je ne saurais le dire. Je n'ai
pas observé, noté, les progrès de la modification de
mes sentiments pour toi. Et voilà que je t'aime,
moi aussi, et voilà que, sans renoncer à poursuivre
mon chemin vers le but que je me suis proposé,
j'hésite à te l'exposer, ce but, crainte de mettre du
refroidissement entre nous, crainte de nous être
moins chers l'un à l'autre, si tu te refuses à m'accorder ton aide.

« J'en suis là, Théo ; je me demande si, pour moi-
même, je ne ferais pas mieux de me taire, quitte à
agir sans toi, et ne recourir à ta protection que si,
vaincue, je me vois menacée. »

Sincère ou habile, la jeune femme, en parlant
ainsi, dissipait les effrois de La Phryte. L'amour,
l'orgueil, tout en lui était satisfait par les déclarations de Raphaële.

— Tu te trompes, lui dit-il. Je te répète le premier mot que je t'ai dit au début de cet entretien :
« Je ferai tout pour toi. » Achève donc ta confidence, mon amie, et ne doute pas de mon cœur.

— Tu le veux ?

— Je t'en prie.

— Soit ! Mais n'oublie pas que je te laisse libre
de me refuser ton concours.

— Parle.

— Eh bien !... dit Satinette, en lui prenant les
mains, il y a là-bas, dans ces pays où je suis née, il
y a un registre paroissial qui porte que « *Raphaële,
Catherine Rautza a consenti à prendre pour époux
Williams Eckmann.* »

« C'est là une fausseté, un mensonge. Je n'ai pas
consenti. La preuve en est que le soir même de la
cérémonie, je m'enfuyais. Eckmann n'a jamais
été mon mari. Celui qui l'a été, c'est le père de mon
enfant ; c'est Alexis-César de Chléha, mort trop
tôt pour faire effacer cette imposture.

— Effacer ? demanda Théo.

— Oui, effacer, répéta la jeune femme. Et voilà
ce qui se fera, si tu le peux ; si tu le veux.

— Je ne te comprends pas ; parce que, d'abord,
j'ignore encore si et comment cela me serait possible ; puis, parce que je n'aperçois point les conséquences d'une telle action, pour la réussite de
tes projets.

— Les conséquences, dit Raphaële, elles sont
claires. Du moment où, à ce nom de Williams
Eckmann, on substitue, selon sa volonté formelle,
celui de Alexis de Chléha, l'enfant, né à Rome, c'est-
à-dire : « *Étienne-Pierre-Alexandre* », déclaré à
Saint-Jean de Latran, « *fils légitime d'Alexis-
César, baron de Chléha* » peut revendiquer la suc-
cession de son père ; arracher, à des collatéraux,
les biens qu'ils se sont partagés, et, au lieu de se
cacher ici ou là, l'enfant peut reprendre sa qualité
et son rang.

« Quant à la possibilité d'effacer le nom du misérable, dont je n'ai pas été la femme, pour inscrire
à sa place celui de mon véritable époux, tu n'en
peux douter que par ignorance des mœurs et du
semblant de législation de ces contrées à demi-
sauvages.

« Tu crois à une organisation analogue à celle

de France. Non. Les registres de l'état civil, s'ils existent, sont aux mains des popes, sorte de rustres grossiers, misérables, affamés, valets de tout ce qui commande ou paye, et...

— C'est bien ! dit La Phryte en l'arrêtant. J'ai compris. Laisse-moi le temps de me renseigner.

— Tu consens ?

— Le jour où le procès qu'on te fait intenter par le sieur Eckmann viendra à l'audience, ton avocat produira un extrait de ton acte de mariage avec le baron de Chléha. Voilà ce que tu veux ? Cela sera. Quant au surplus ?...

— Ne t'en inquiète pas ; je m'en charge, répliqua vivement Raphaële. Que mon fils soit légitimé, je n'ai plus besoin de personne.

— Je te garantis le succès, dit Théo. D'ici là, que veux-tu que devienne cet Eckmann ? Veux-tu l'éloigner ?

— Pour donner l'éveil à ceux qui le dirigent ? Non. Il est capable de tout, et je préfère rester à même de le surveiller.

— Et ton fils ? Ne souhaites-tu pas le rappeler près de toi ?

— Non ! s'écria Raphaële, avec égarement. Ils me le tueraient !...

— Allons donc !...

— Tant que ses cousins pourront espérer garder l'héritage de mon mari ; tant qu'il leur en restera une parcelle dans la main, la retraite de l'enfant doit leur être inconnue. Va, va ! je les connais ces hommes qui vivent encore sur les idées du Moyen Age, et pour qui l'alliance de l'un des leurs avec une fille de ma condition est une tache à leur blason, un déshonneur de famille. Vingt fois, j'ai failli tomber sous les coups de leurs émissaires ; vingt fois mon enfant, qu'ils renient, n'a échappé que par miracle aux assassins qu'ils soudoyaient, se croyant dans la plénitude de leur droit.

« Tu les ignores, je te dis. Et le jour où je me risquerai à reparaître là-bas, il faudra ne pas me marchander ta protection ; encore qu'en te disant adieu, je ne serai pas certaine de te revoir.'

— Je ne veux pas que tu y ailles ! s'écria vivement Théo, en l'attirant sur sa poitrine. Je ne veux pas que tu t'exposes.

— Eh ! qui donc pourrait me remplacer ? A qui confier une telle mission sans redouter la délation avant, la trahison ensuite ? Moi seule puis voir le pope, moi seul puis en obtenir ce que je veux, et ma détermination est prise ; car, depuis le premier jour, je me suis aguerrie à regarder le danger sans m'intimider.

— Soit ! dit résolument Théo. A moi de l'écarter, ce danger. Repose-toi sur mon amour. Je sais désormais le secret de ta vie. Tu n'es plus seule à lutter, Raphaële. Je suis avec toi, prêt à remuer ciel et terre.

« Tu as fait de moi un autre homme. Je te dois une puissance inespérée, et dès ce moment je l'estime, puisqu'elle me permet de te servir.

« Mais tu es trop modeste en tes aspirations. Je te veux grande et triomphante. Tes ennemis sont les miens ; je veux que tu les écrases sous ton talon rose, ne cherchant pas à m'acquitter envers toi, ne te demandant qu'un sourire.

« Oui, encore une fois, tu m'as fait autre. Tu m'as donné un intérêt à la vie. Las du prochain et de moi-même, rendant le mépris dont on m'accablait, je me laissais aller, indifférent. Tu es venue ; tu m'as tiré de l'ornière. Je sais et je sens que je vaux. Va, souhaite, exige ; tu es mon univers, et rien ne me coûtera, pourvu que tu sois contente.

Deux heures après, en arrivant à la Chambre, il trouva ses collègues en gaieté.

— Quoi donc ? Est-ce que Freppel a fait des siennes ?

— Non ; c'est... Mais faut-il vous conter cela, à vous, mon cher ministre ?

— Le ministre ne saura rien de vos confidences au député. De quoi s'agit-il ?

— D'un préfet...

— Qui s'est fait arrêter cette nuit ?

— Vous savez déjà ?...

— C'est dans le programme de ma situation. Seulement, j'ignore comment l'aventure s'est dénouée.

— C'est le plus drôle.

— Dites-moi ça !

— Voilà donc le gaillard amené au poste.

— « Vos noms et profession, demande le brigadier, de ce ton gracieux, particulier aux gens qui ont plus souvent affaire aux *escarpes* qu'à des pairs de France.

« Ses noms, notre homme refuse de les donner.

« Fâcheux effet sur les agents, qui cherchent dans leur poche la clef du violon.

« — Conduisez-moi au commissaire du quartier, dit le délinquant. Je me ferai reconnaître par lui.

« — A quatre heures du matin, le commissaire est couché, lui répond-on.

« — Eh bien ! faites-le lever , riposte notre homme avec un mouvement d'impatience qui en impose.

« On se consulte. On craint à la fois de se laisser mettre dedans, et de s'aliéner quelque gros personnage. Ma foi !... allons éveiller le commissaire.

« Pas de chance ! Le commissaire procède, dit-on, à un coup de filet. Il n'est pas rentré chez lui. Et quand reviendra-t-il ? On ne sait.

« Ça se complique pour notre fonctionnaire. De nouveau, le brigadier lui demande son nom, sur quoi il le laissera partir. Eh ! non, encore une fois ; non, il ne veut pas se nommer à ce subalterne, qui l'a appréhendé, sous prétexte qu'il pourchassait une femme.

« Et voilà qu'on revient au poste, où notre galant ronge son frein, humilié, furibond.

« A six heures, n'y tenant plus, il se fait accompagner une seconde fois au domicile du commissaire. Il vient de rentrer, celui-ci. Il se déshabille pour se mettre au lit.

« — Zut! crie-t-il au brigadier, à travers la porte. Vous m'embêtez, je n'en peux plus. Fourrez-moi le particulier *au clou*, nous verrons à ça, à mon bureau, vers dix heures.

« Au *clou*, lui? C'est un comble ! Il tire une carte de sa poche, la plie en deux, et la glisse sous la porte.

« Tableau !...

« La porte s'ouvre brusquement. Le commissaire est en chemise :

— « Bougre de brute ! hurle-t-il au brigadier déconcerté, vous ne voyez donc pas que c'est le Préfet de police ?

— « Le diable l'emporte ! pense celui-ci.

« Mais, se rattrapant aux branches, il prend ses grands airs, et d'un ton bienveillant :

— « Félicitez plutôt le brigadier, monsieur, dit-il. Sa conduite est tout à fait correcte. Ni faiblesse, ni excès de sévérité. Voilà de quoi me récompenser de la peine que je prends d'aller m'assurer *de visu* que mes recommandations sont observées avec tact, exactitude et convenance.

« Puis au brigadier :

— « Allez, mon brave. Je vous ferai porter pour une gratification. »

Voilà ce qu'on se répétait de l'un à l'autre dans les couloirs, en attendant de travailler au relèvement de la France. Et l'on se faisait des gorges chaudes, gratifiant le héros de l'aventure, d'un nouveau sobriquet :

« Monsieur le préfet *de Visu.* »

Mais le ministre n'était pas en disposition de se divertir de ces *racontars*. Tout au plus cette nouvelle frasque lui fournissait-elle une raison de plus de déplacer, d'éloigner ce fonctionnaire, inféodé d'ailleurs à la coterie des ministres tombés, et dont Théo était jaloux; car il n'admettait point que les tracasseries, à l'égard de Raphaële, n'eussent d'autre but que de la contraindre à s'enrégimenter dans la police secrète.

Et puis, pour mener à bonne fin ce que se proposait sa maîtresse, La Phryte sentait le besoin du concours d'hommes à lui.

Et puis encore, n'avait-il pas l'obligation, commune à tout nouveau ministre, de satisfaire les appétits de ses partisans; l'obligation d'en augmenter le bataillon? Il lui fallait des places à distribuer. Passer six mois au pouvoir — bonne moyenne, chez nous, cependant! — ne lui suffisait pas. « J'y suis, j'y reste », se disait-il, s'appropriant un mot qui avait fait diversement fortune.

Il avait de nombreux projets en tête; projets, selon lui, d'autant plus réalisables qu'ils n'intéressaient ni les institutions, ni la paix de l'Europe. Ah! Seigneur Dieu! qu'il se souciait peu de tout cela. Projets tout personnels; ce qu'il s'avouait à lui-même, sans ombre d'embarras.

Son triomphe de hasard, triomphe qui dépassait ses visées, avait opéré une transformation radicale en ses idées. Au lieu de le combler de joie, il le rendait mauvais, cynique.

La facilité du succès le lui faisait mépriser. Ce n'est que ça? Réussir tient à si peu de chose? Et les hommes sont si bêtes? Attends un peu!

Il lui venait des rancunes rétrospectives. Il reprochait au destin d'avoir trop tardé à l'élever. Avait-il été assez dupe de lui-même, avec sa modestie insouciante!

Arrière, désormais, les timidités de conscience. Il ne voulait plus s'y arrêter. Il voulait jouir, enfin : jouir à fond de tout ce que procure la puissance, l'éclat et la fortune. La moralité des moyens, beau venez-y voir ; bon pour le commun des martyrs. Dans les sphères où il parvenait, on plane au-dessus des probités courantes. C'est comme la religion : bonne pour le peuple ; un frein pour les imbéciles.

A se voir, tout à coup, bombardé d'hommages, sollicité de mille façons, il perdait la tête. Mais, comprenons-nous. Ce n'est pas que le vertige le prît, et qu'il se glorifiât au point de se tenir pour infaillible et inattaquable. Là-dessus, sa présence d'esprit restait pleine et entière. Il sentait la nécessité de jouer serré et d'avoir l'œil tendu sur les écueils innombrables dont un homme, en telle passe, est entouré. Il fallait compter avec amis et ennemis ; manœuvrer les individualités, de façon à les faire concourir, fût-ce à leur insu, fût-ce malgré elles, à l'accomplissement de ses désirs. Désirs nets et simples : se maintenir le plus longtemps possible et, au jour de la démission finale et inévitable, se retrouver, par la surface, l'argent, la solidarité d'intérêts avec le plus grand nombre de créatures, aussi influent et redoutable que la veille : un pouvoir *à côté*, avec qui force est de négocier d'égal à égal ; sinon, gare aux bâtons dans les roues !

O doux Jésus ! qu'on l'avait belle de discuter son programme officiel et de lui en attribuer un autre, bourré de diplomaties à longue portée. Son programme réel se résumait en un seul mot : « Moi ! »

Moi et ce qui m'est cher; ce à quoi je suis sensible.
Le reste, c'est-à-dire : le pays, le drapeau, la démocratie, les principes, etc., un tas de *rocamboles*,
faites pour endormir le populaire et le triturer au
mieux de ses aspirations intimes.

Qu'y fallait-il? De grands mots, des périodes
ronflantes?

« — Demandez, faites-vous servir! se disait-il
in petto; mon père en vendait; c'est mon état!... »

Dans la quinzaine, ce qu'on appelle « un mouvement » administratif pourvut toutes sortes de
gens qui, sous les ministères précédents, tiraient
la langue d'une aune, tracassés par des créanciers
rébarbatifs, lesquels devenaient sur-le-champ
La Phrytains passionnés.

Rien ne manqua au retentissement de l'affaire;
il y eut cinq duels, entre gaillards, qui revinrent
de là d'autant plus rubiconds et en santé que des
procès-verbaux, publiés en bonne place dans les
journaux, les couvrirent de gloire, sans qu'il leur
en coûtât un poil de la moustache. Et les *fonds secrets* furent entamés en pleine pâte pour fermer la
gargamelle des déplacés et destitués. Pour un peu,
le nouveau président du Conseil eût résolu le problème que La Fontaine prétend si difficile :

Contenter tout le monde et son père.

Là pourtant était le *hic!* Le père de Théo restait à peu près seul réfractaire à l'entraînement
d'enthousiasme général. La conquête que son « garçon » avait emportée de haute lutte, le navrant
d'abord, surexcitait son envie hargneuse. Un scan-

dale, pour lui, une indignité, et d'une âme sincère il s'écriait :

« — Pauvre France!... »

Aussi, sous des pseudonymes variés, glissait-il où il pouvait, des perfidies contre cet enfant, à qui il ne pardonnait pas de l'*avoir vu tout petit*.

Cependant, un matin, comme La Phryte achevait de s'habiller pour présider au Conseil de cabinet, son domestique lui présenta un papier plié, sur lequel était écrit au crayon :

« *Peux-tu donner cinq minutes d'audience à ton père (qui attend avec tes laquais)?* »

Théo alla le chercher, et, frappé de la décomposition de ses traits, l'attira vivement dans sa chambre à coucher.

— Tu as la mine à l'envers, lui dit-il avec inquiétude. Que t'arrive-t-il?

— Je n'ai plus rien, répliqua le vieil auteur dramatique en tombant sur un siège. Et je viens te demander l'aumône.

Une bouffée d'émotion serra à l'improviste la gorge de ce fils méconnu. Mais trop instruit des agressions paternelles, il réagit aussitôt.

— Tu es fou, n'est-ce-pas? répliqua-t-il en haussant les épaules. Tu n'as à demander l'aumône à personne. De par la loi, je te dois la paix et le bien-être, et je suis d'autant plus disposé à m'exécuter que tu m'as épargné le papier timbré. C'est donc moi qui suis ton obligé. Va dire à mon notaire combien tu veux; c'est fait d'avance.

— Comme tu me traites, toi! riposta aigrement de Rény.

— Moi, *p'pa?* dit le ministre avec une affectation d'étonnement. Si je te froisse, je t'en · fais mes excuses ; ce n'est fichtre pas mon intention. Tu le vois bien, puisque je ne te demande même pas comment tu en es là.

« Au surplus, ajouta-t-il, je m'en doute. Gargouillette t'a mis à la porte après t'avoir dévalisé. Ma surprise est qu'elle ait tant tardé.

« Va ! je ne lui en veux pas. Qui sait ! peut-être cela me permettra-t-il de me rapprocher de toi, maintenant qu'elle n'y fait plus obstacle.

« Au fait, si tu préfères te réfugier chez moi, ta place est prête, tu sais, et Luce te rendra le séjour agréable. Veux-tu la voir ? Moi, je suis attendu et obligé de te quitter.

« Tiens, *p'pa*, fais mieux. Passe chez ma femme. Ça te sera une occasion d'embrasser ta petite fille sans te déranger. — Après le Conseil, nous déjeunerons ensemble, et nous pourrons causer de façon à arranger ta vie à ta convenance. »

Il avait sonné.

— Madame est là ? demanda-t-il.

Sur la réponse affirmative, il dit de lui annoncer de Rény. Puis, ramassant ses dossiers ;

— A tout à l'heure, *p'pa*, dit-il, en s'éloignant.

— Théodose, cria le vieux en l'arrêtant.

La Phryte se tourna, et lui vit deux grosses larmes sur les joues.

Le vieux lui tendait la main.

La Phryte vint à lui avec un bon sourire, et sans dire un mot, l'embrassa deux fois.

— Alors, reprit l'ancien amant de Gargouillette, tu ne m'en veux donc pas?

— De quoi?... Des *blagues* dont tu me lardes dans des *feuilles de chou?*... *T'es* bête, ajouta-t-il en riant. Ça me fait de la réclame.

VII

Ce jour-là, il y avait dîner diplomatique chez le président du Conseil ; dîner suivi de concert.

A six heures, les tapissiers du garde-meubles se pressaient de terminer la décoration, tandis que les femmes de chambre préparaient la toilette de la femme du ministre, dans les appartements particuliers.

Elle ne se pressait pas, celle-ci, de se livrer aux coiffeuses et habilleuses. A voir la pauvre Luce, il ne semblait pas qu'elle eût grand cœur à se parer.

Dans une pièce voisine de sa chambre, elle causait à mi-voix avec son père, Léonard Burnet, sans détacher son regard mélancolique d'un berceau, où sa fille était étendue.

L'enfant était malade depuis quelques jours. On attendait le médecin, qui avait promis sa seconde

12

visite de la journée, aussitôt après sa consultation
quotidienne.

— Tu ne m'avoues pas tout, disait Léonard. Tu
as plus d'inquiétude que tu n'en laisses voir.

— Non papa, répondait Luce. Seule l'obligation
de présider ce dîner me contrarie. J'aimerais mieux
passer ma soirée près de l'enfant. Voilà tout. Que
veux-tu! La position a des exigences et la femme a
des devoirs qu'elle ne peut sacrifier à ceux de la
mère. Ça tombe mal en ce moment. Mais, sitôt le
médecin venu, je me secouerai. Ne te préoccupe
pas.

Léonard en crut ce qu'il voulut. Il connaissait si
bien sa fille! Aussi quoi qu'elle dît, quelle que fût sa
tenue extérieure, il flairait des chagrins secrets
dans l'âme de son enfant. Pour lui, Luce éprouvait
un désenchantement profond. Elle n'était pas heureuse, voilà le fait.

Quant à en pénétrer les causes, c'était plus difficile. Non seulement elle ne se plaignait pas, mais
encore elle se dérobait aux investigations paternelles.

Léonard, l'œil au guet, constatait bien que la
jeune femme était fort abandonnée à elle-même.
Mais c'est le lot des femmes de ministres. L'homme
d'État absorbe le mari et le père. Quel remède?
Aucun.

Du reste, Théo près de Luce gardait une posture très convenable. Il était amical et facile. Entre
eux, jamais un dissentiment. Seulement, ils se
voyaient à peine. Il y avait des semaines où Théo
ne prenait pas un repas en face de Luce, se faisant

assez souvent servir à déjeuner sur un coin de
table, dans son cabinet, passant ses soirées en dîners
et réceptions officiels, sans cesse renaissants, dormant quelques heures, durant lesquelles on respec-
tait son désir de solitude. Parfois même, il n'avait
pas le temps de passer dans l'appartement de sa
femme. Il faisait demander des nouvelles par son
valet de chambre ou l'un de ses secrétaires.

Dur métier, en somme, qui inflige à une
femme une sorte de délaissement, pénible pour certaines.

Luce, encore une fois, ne s'en plaignait pas,
déclarait comprendre ces nécessités, s'y soumettre sans effort. En ce cas, y avait-il donc autre
chose?

Léonard le craignait. Mais quoi?... Il cherchait
vainement, et les paroles de sa mère lui revenaient
souvent en mémoire : « Ceux qui montent y perdent ! »

Oui, sa fille, sa Luce y avait perdu. Qu'il eût
mieux valu pour elle épouser quelqu'un de moins
en vue, un particulier quelconque, plutôt qu'un
homme public !

Enfin, c'était fait. Le regret n'y pouvait rien
changer. Pourtant, il n'en prenait pas son parti
et il en venait secrètement à espérer que son gendre
ne se maintînt pas.

D'ailleurs, l'homme politique ne lui inspirait
pas une grande confiance. Récemment, au Sénat,
le ministre avait remporté une victoire, par des
moyens dont le beau-père avait fait la grimace.
Trop d'habileté. Il y avait du louche. Le fait d'un

politicien. Et le père Burnet n'estimait pas les politiciens. Il était pour jouer cartes sur table. Un
arriéré, comme on voit. Possible. Mais le vote
final, par lequel Théo avait eu gain de cause, et
dont la majorité avait été fournie par une partie
de la droite, offusquait le bonhomme.

Pour Luce, elle n'en était plus à se méfier. Sans
se tenir au fait des choses de la politique courante, elle s'en fiait à son instinct pour apprécier
la valeur de celui à qui elle était liée. Oh! oui, du
désenchantement, et profond, et général! Elle le
voyait de trop près, son mari, pour conserver des
illusions. Versatile, sans principes, sans guidon, il
allait à l'aventure, improvisant au jour le jour, ac-
cessible à toutes les influences du moment, aveuglé
par le souci de sa personnalité, ne reconnaissant
qu'un Dieu : le succès immédiat, à tout prix.

Que de fois, à table, dans l'intimité, le besoin de
parler de soi, de s'exalter à ses propres yeux, avait
entraîné Théo à faire parade de ses habiletés, de
ses *ficelles*, de ses *trucs*. Et cela, gaiement, en
malin qui monte une farce, et prépare un *pont*
dans lequel l'adversaire ne pourra manquer de
couper.

Elle avait peine à en sourire, si drôle que ce
fût, par regret de ne pas trouver plus d'élévation
à son mari; par regret encore de ne pas parvenir
à s'associer à ses espérances.

« Son mari! » Etait-ce un mari? Il lui semblait
bien que non. Un ami, oui; plutôt un camarade,
un gentil garçon, qui la traitait jusqu'ici cordia-
lement, mais qui l'humiliait, sans le vouloir, en

lui laissant la trop pleine disposition de son être
moral. Pas de danger qu'il s'efforçât de la persuader, de la convaincre. Bien inutile. Pourquoi faire?
Il se dérobait à la solidarité, par indifférence, sans
doute, par une sorte de mépris intime, que sa
courtoisie exacte et persistante n'atténuait pas,
au contraire.

Des égards, tant qu'elle en pouvait souhaiter,
par exemple. A tout ce qu'elle avouait désirer, il
n'avait qu'une réponse :

— « Mais faites donc, ma chère. Si cela vous
plaît, j'approuve d'avance. Ne vous gênez jamais
pour moi. »

On eût dit qu'en son for intérieur, il complétât
sa phrase en ajoutant mentalement :

— « Je m'en moque pas mal!,.. »

A l'égard de l'enfant, même nuance de procédés.
Quand il la voyait, il marquait du contentement,
il lui riait, l'embrassait volontiers, s'amusait de
ses petites mines. Mais un instant après, il n'y
pensait plus. Et si on ne la lui amenait pas, il semblait ignorer qu'elle existât.

Voyait-il un nuage sur le front de la mère?

— « Qu'avez-vous, ma bonne amie? lui deman-
dait-il, avec une apparence d'intérêt affectueux. »

Et si elle se taisait, il avait quelquefois des élans
très affables.

— « Eh! voyons, faisait-il, en s'approchant, que
te prend-il, ma belle? T'ai-je fait quelque chose ?
C'est sans intention. Tu n'en doutes pas, hein?
Distrais-toi. Fais-moi bon visage. N'es-tu pas libre
en toutes choses? Me suis-je abaissé à réduire ta

12.

liberté, à manquer de confiance en toi? Jamais,
sache-le bien. Il n'y a personne au monde que
j'estime et que j'honore autant que toi. Pars de là,
en toute occasion, et fais tout ce que tu voudras. »

Difficile de formuler un grief, d'entretenir une
rancune contre un homme aussi *arrangeant*. Cependant... non; ce n'était pas çà! Ce n'est pas cela
que Luce avait attendu de celui qui serait son
mari. Il y avait mécompte, et elle en couvait de la
peine.

Une peine vague, sans doute, malaisée à définir,
à exprimer; néanmoins, certaine et constante.

En tout cas, elle entendait n'en faire l'aveu à
personne, et à son père encore bien moins qu'à
tout autre. Elle connaissait son père. Il s'en fût mis
martel en tête. Il eût tout entrepris pour y remé-
dier. C'est que pour ce père-là, le monde, l'univers,
la vie présente ou future, s'il y en a une, tout se
résumait en un mot : « Luce ».

Lui voir une larme l'eût exaspéré, rendu fou, le
brave homme. Il eût mis le feu aux quatre coins
de la terre, pour soulager, délivrer son enfant.
Pas de tempérament, pas de considérations à lui
faire admettre.

— « Tu pleures, fillette?... Attends!... »

Et sans s'arrêter à rien, il eût agi.

Il n'y avait pas lieu. Luce le reconnaissait. Et
puis n'avait-elle pas une compensation, un refuge :
sa fille?

Et pourtant voilà ce qui aggravait son chagrin.

L'enfant, cette belle petite Andrée, qu'elle avait
portée dans son sein, qu'elle avait nourrie, veillée,

choyée, que cette enfant était d'une santé frêle!...

Pourquoi? D'où venait?

Du côté maternel, pourtant, le sang était riche et vivace : du sang de paysan et de plébéien. Théo ne paraissait pas de nature chétive, lui non plus. Alors?...

Ah! alors!... dame!...

Depuis que de Rény, revenu à son fils ou, plus exactement, raccroché à lui, depuis qu'il venait presque chaque jour dans cet intérieur, il avait laissé échapper, volontairement ou non, plus d'une parole faite pour donner à réfléchir, sur la jeunesse de son fils. Ç'avait été des allusions à demi-plaisantes, ouvrant le champ à d'étranges suppositions, impossibles à approfondir ouvertement par une question formelle.

Luce en restait frappée, concevant des appréhensions douloureuses.

— « Mon Dieu! par quelle sévérité se pourrait-il qu'un innocent payât les dérèglements paternels?... »

Que les peurs latentes de la jeune femme fussent ou non fondées, le fait certain c'est que sa fille s'étiolait; qu'à l'ordinaire son teint blafard, ses paupières bleuies, l'excessive délicatesse de ses membres et surtout son pâle sourire entretenaient des angoisses atroces dans le cœur de sa mère.

C'est pourquoi, le jour où commence ce chapitre, Luce tardait à s'habiller pour le dîner diplomatique, attendant que le médecin fût à même de lui confirmer l'amélioration par lui constatée le matin.

Ah! qu'il lui était dur à la pauvre femme d'avoir à se parer, d'aller faire les honneurs de ce long dîner, de se laisser adresser ensuite les hommages de la masse d'indifférents qui défileraient devant elle, et cela en laissant la petite aux soins de gens qui, pour attentifs qu'ils fussent, n'en restaient pas moins des étrangers.

— Ecoute, lui dit Léonard pénétrant la pensée de la jeune femme, je vais envoyer la voiture chez nous. Elle ramènera ta grand'mère et nous ne partirons qu'après la réception.

— Non, répondit Luce, tu es trop bon. Je ne suis pas raisonnable. Secoue-moi plutôt. Andrée n'a rien qu'une indisposition. Elle va mieux. Le médecin l'a dit tantôt. S'il le répète tout à l'heure je serai tranquille, et il n'y aura pas lieu de déranger bonne maman.

Le docteur entra sur ce dernier mot. Il était suivi de La Phryte.

Le résultat de l'examen fut tel qu'on l'espérait.

— Le mieux se confirme dit le médecin. La fièvre a disparu. Donnez un léger potage au lait. Ce ne sera rien.

— Merci, docteur, fit Théo.

Puis à Luce :

— Te voilà satisfaite ? Je t'en prie, songe à t'habiller, l'heure approche.

Léonard se retira avec le médecin. Il avait l'arrière-pensée de le confesser à fond, *en homme*, sur l'état réel de sa petite fille.

Peines perdues. Soit probité professionnelle, soit charité, le docteur ne se prononça pas.

— L'enfant doit être l'objet de précautions assidues, c'est certain. Mais il se peut fort bien que les crises du développement normal la douent tout à coup de vigueur. Le plus clairvoyant n'en saurait rien dire de fondé. En tous cas, il n'y a pas de danger à conjurer à l'heure présente.

C'est tout ce qu'on put tirer de lui.

Pendant ce temps, Luce se laissait mettre *sous les armes*. A mesure, son originale beauté se caractérisait d'un éclat qui ne craignait point la comparaison. Quitte à me répéter, car je l'ai déjà dit autre part, « toutes les femmes sont nées duchesses », cette fille de bourgeois, petite fille d'artisans, avait notion de la dignité extérieure de sa condition. Elle se faisait grande. Elle regardait de haut, quelle que fût la simplicité voulue de sa toilette, et certes ! elle devait faire honneur à celui dont elle portait le nom.

Ce n'était pas la Joséphine Beauharnais, dont la nonchalance créole affadissait la majesté, par souvenir peut-être de ses triomphes partagés avec la Tallien. Ce n'était pas non plus l'Eugénie de Montijo, tout absorbée de ses grâces plastiques, incontestables d'ailleurs ; c'était surtout une *dame* celle-ci ; quelqu'un *qui a du monde*, qui sait ce qu'elle se doit, ce qu'on lui doit, comme ce qu'elle doit à ses hôtes de haut rang.

Au moment précis, elle descendit dans les appartements officiels et tint sa place avec la sérénité élégante d'une fille acclimatée dans ces régions spéciales. Théo en était fier et l'admirait du coin de l'œil. Il se tenait pour « bien tombé » à cet égard.

Si le lecteur n'a pas eu occasion d'assister à cette
étrange chose qu'on appelle un dîner ministériel,
peut-être vaudrait-il mieux passer sur cette première partie de la fête, donnée ce soir-là, par le
président du conseil. Il pourrait conserver l'idée
qu'il se fait sur les somptuosités du régal.

Et pourtant rien de plus banal : rien de moins
magistral, de plus déconcertant pour les âmes
naïves.

Une table énorme, chargé de *surtouts* riches,
mais d'un goût le plus souvent contestable. A
part les places voisines des maîtres de la maison,
un groupement au hasard, et en majorité des visages inconnus.

Menu nombreux, des plats cossus, fournis parfois
à l'entreprise par un Potel et Chabot quelconque ;
régalade à forfait qui défile, comme, en voyage, à
la table d'hôte de l'inévitable « Grand-Hôtel » où
l'on est descendu. C'est varié ; et cependant on
dirait que c'est toujours la même chose. La pièce
change : mais la sauce est l'éternel et identique
coulis qui mijote sur les fourneaux de la cuisine.
Et la truffe succède à la truffe, à faire aspirer au
moindre rond de pomme de terre. Abus de la
sauce aux câpres, du salmis de toutes sortes d'affaires, qui font prendre le gibier pour du poulet, le
bœuf pour du mouton et *vice versa*. Six ou huit
verres de différentes formes et contenances, qu'em-
plissent des serviteurs mieux mis que les convives
comme font les garçons de salle dans les « *boîtes à
bachot.* »

Ouf ! voici le sorbet au marasquin. Un entr'acte,

qui permet à l'écuyer tranchant de tailler le faisan
de rigueur en menues tranchettes, qu'on vous in-
sinue à la vapeur, comme aux *potaches*, lauréats de
la Saint-Charlemagne. Et l'asperge en branche!
La voyez-vous poindre, la joyeuse asperge en branche? Trois à chacun qu'on trempera dans le liquide
blanc, débarrassé des câpres, où baignait le frag-
ment de barbue qu'on vous a servi en relevé de
potage.

Gare à présent! Voilà la bombe glacée, qui
ouvre la marche à une passade interminable de
desserts surabondants. Tous les fruits de l'année,
en primeurs. A vous la fraise en pot, obtenue, hors
saison, par des procédés sacrilèges, et qui d'ailleurs
n'a pas plus de parfum qu'un verre d'eau. Au voisin, cette pêche superbe, enveloppée de papier de
soie, et dans laquelle les dents pénètrent avec peine
faute de maturité. Ah! du moins ce chasselas doré,
qu'on cueille au cep même, émergeant de son joli
pot lavé! Croquez-en deux grains; c'est assez. Le
goût de moisi en décourage; on dirait embrasser une
vieille femme qui n'est pas de vos parents aimés.
Ça pue le factice et le fumier. La peau coriace est
ridée, comme le front d'une douairière. Assez, pour
Dieu! Encore une gorgée de champagne, et sortons
de cette auge où l'amoncellement des victuailles,
surchauffées par la profusion des bougies, écœure
et indispose. On a des fourmis dans les jarrets; on
bâille dans sa serviette ou sous l'éventail. Ah! si
l'on pouvait se lever!

Et cependant on reste, attendant que la femme
de l'amphitryon, qui n'en peut plus de même,

pose sa serviette. Et cependant encore, après ces agapes glaciales et gourmées, où l'on ne s'est rien dit qui vaille, on va circuler deux heures et plus — plus, pour ceux qui ont quelque chose à quémander ; ce qui est la majorité du reste, — on va circuler, dis-je, piétiner à travers des salons encombrés d'une cohue de bonnes gens qu'on ne connaît pas, à qui l'on n'a rien à dire, et qui portent sur leur visage compassé un air d'ennui mortel.

Mais voilà !... si l'on avale la corvée, si l'on accepte l'agacement de suivre la file des voitures, les attentes mortelles au vestiaire, la fatigue, les fluxions de poitrine, etc., et surtout si l'on passe par dessus la dépense, c'est que les journaux du lendemain donneront la liste des hôtes du ministre, et qu'on se verra *peut-être!* imprimé dans le : — *Nous avons encore remarqué la charmante Madame...*

Oh! lire son nom dans le : — *Nous avons encore remarqué!* Quelle satisfaction de gloriole!... Pourvu que le *reporter* ne soit pas distrait au moment où l'on passera devant lui!

Voilà ceux qui composent la foule. Il n'y ont pas d'autre intérêt. Ils pourront dire :

— « J'y étais. Ah! ma chère, que ce La Phryte est charmant! Que d'esprit! Et le père Grévy... charmant, le père Grévy! A l'aspect on ne s'en douterait pas ; plutôt pince-sans-rire. Mais à l'entendre... Ah! charmant! Je ne connaissais pas Gambetta.

— « Comment, ma chère, vous ne connaissiez pas Gambetta?... Charmant, Gambetta!

— « Je l'ai vu tout de suite, Gallifet me l'a présenté.

— « Vous connaissez le général?...

— « Si je connais le général! Ah! beaucoup! Charmant, le général!

Elle les connaît tous ; ils sont tous charmants !

Le surplus, ce sont les gens en quête d'une place, d'un ruban, d'un passe-droit; il ne sont pas ici pour s'amuser; ils travaillent.

Et puis, quelques *blagueurs,* qui *potinent* dans les coins, pendant que Mme Pontalba, MM. Sivori, Lassalle, répandent des flots d'harmonie sous les lambris surchargés d'or, ou que Reïchenberg, Baretta, *Cadet* et Laroche, jouent quelque comédie de paravent d'un protégé de Coquelin.

Il s'en conte de *raides* sur les personnages en vue. Toilette, attitude, tout est commenté. On déshabille les belles dames; on divulgue faiblesses et compromis, et la chronique scandaleuse ne s'arrête devant rien. Il faut bien rire; on s'ennuierait tant sans cela !

— Pauvre petite femme, dit-on en montrant Luce.

— Ma foi! elle n'est pas si à plaindre. Elle me semble avoir fait un beau rêve. C'est bien quelque chose d'être femme d'un premier ministre...

— Qui la trompe ouvertement, et l'oblige à subir la compagnie de sa maîtresse. Si vous croyez que ce soit agréable !

— Mais le sait-elle?

— Parbleu! Son mari a fait une fortune trop rapide, s'est créé trop d'inimitiés, pour qu'on ait épargné les délations à sa femme.

— Ma parole d'honneur ! J'ai peine à le croire.
Voyez donc ses façons envers Satinette. Elle la
traite en bonne amie.

— C'est la consigne, et voilà précisément ce qui
lui fait une existence misérable. Si encore il n'y
avait que ça !...

— Quoi donc ?

— Mon cher, cette petite femme a un chagrin
du diable. Pénétrez chez elle, tout à l'heure, quand
elle aura dépouillé le harnais officiel, comme une
princesse de théâtre qui, la comédie finie, retombe
dans les âcretés de ses soucis intimes, vous la verrez
penchée sur le berceau de sa fille rongée d'inquié-
tudes, se demandant si son amour la soustraira aux
menaces de l'hérédité paternelle.

« Si elle sait !... Elle sait tout, je vous dis. Et
certes ! elle a du mérite à se montrer telle qu'on
la voit, car, sur un mot, elle serait délivrée des
abominations qui lui constituent un martyre
inouï.

— Comment s'y prendrait-elle ?

— Mon cher, elle est la fille d'un homme qui
n'irait pas par quatre chemins, s'il devinait, ou
apprenait que sa Luce est malheureuse.

— Le père Burnet ? Que pourrait-il faire ?

— Tout !

— Le gendre est hors de sa portée.

— Ne le supposez pas. Je connais le bonhomme.
Dès qu'il est question de sa fille, il ne connaît plus
rien. Scandales, considérations quelconques, lois,
gendarmes, la mort même, rien ne compterait à

ses yeux, et je vous certifie que Théo passerait un vilain quart d'heure.

« Et c'est bien pourquoi la pauvre Luce se tait et trouve l'énergie de tout supporter, sans laisser percer son désespoir. Elle sait ce qu'il en résulterait sur l'heure.

Les auditeurs restaient incrédules. Ce qu'on leur disait là tenait du roman, à leur appréciation. Eh! que diable pouvait-on entreprendre contre un homme parvenu à ce degré de puissance? On devait exagérer. Et puis au fait, bah! Qu'est-ce que ça nous fait?

— Ah! ça, dit un autre, et le procès de Satinette? Qu'est-ce que ça devient cette affaire-là? Je me léchais les babines à l'attente de révélations amusantes. On en promettait de toutes les couleurs. Et voilà qu'on n'en parle plus.

— Le premier soin de Théo, en prenant le pouvoir aura été d'étouffer l'affaire.

— Pas du tout! l'affaire arrivera. L'instruction se poursuit. Seulement, on ne l'inscrira au rôle qu'à l'heure où cette instruction permettra de faire apparaître la Chléha plus blanche que la blanche hermine.

— Rude lessivage à opérer! Et je ne m'étonne plus que ça traîne en longueur.

— On m'avait dit au contraire que le plaignant...

— Le sieur Eckmann?

— Oui, le Prussien...

— Mais non : Alsacien-Lorrain.

— Si vous voulez. Je m'en moque. On m'avait dit qu'on l'avait amené à se désister.

— C'est possible. Et c'est ce qui expliquerait son envoi au Maroc...

— On l'a plus ou moins légalement gratifié de terrains, bons à exproprier, pour le tracé du fameux chemin de fer, qui tient tant au cœur des cléricaux.

— Le bon billet qu'a La Châtre, en ce cas!

— Pourquoi donc?

— La Phryte a assez tonné contre cette opération, je crois...

— Autrefois,... quand il était simple député; oui...

— Eh bien?... Vous croyez qu'à présent?...

— Eh! d'où sortez-vous, cher ami?

— Pas possible!

— L'affaire est conclue, je vous assure.

— Comme ça, sous le boisseau?

— En voie d'exécution.

— Et c'est la Phryte qui...?

— Pas si bête, Lui, innocent comme l'agneau qui vient de naître. Mais...

— Des prête-noms; c'est juste. Des compères...

— Qui ont part au gâteau.

— Et qui, pour mieux donner le change, paraissent attaquer la politique, les actes, les tendances du Cabinet; après quoi, tout dit, la scène jouée, aux applaudissements des *gogos*, ils votent, ou s'abstiennent, en raison de considérations spécieuses, de manière à ce que leur bon ami ait quand même la majorité; ce qu'ils font semblant

de déplorer tout haut, tout en venant, sous le
manteau, la patte tendue, en disant :

— « Partageons, maintenant. »

« Eh ! Seigneur ! n'en est-il pas toujours ainsi,
depuis que le monde est monde, et qu'il y a des
gouvernements ! Celui-ci ne vaut mieux ni moins
que les autres. C'est la tradition, à laquelle le plus
intègre est forcé de se conformer, puisque, dès son
entrée en fonctions, il se trouve entouré, englobé,
par un régiment de coopérateurs qui ont pour objectif de s'emplir les poches.

« Essayez donc de vous passer de ceux-ci. Essayez de briser le cercle des rapacités, fortes de ce
qu'on nomme *les droits acquis*. Tolle général ; lutte
stérile contre la force d'inertie de toute une con-
frérie, maîtresse de la place.

« Certains le tentent. Mais devant l'obstacle,
que les révolutions même n'ont pu renverser,
que voulez-vous ! on réfléchit. La lassitude prend,
par conscience de son impuissance. Et dans l'impossibilité matérielle, non peut-être de destituer
toute une administration, rivée à ses ronds-de-cuir,
mais de recruter instantanément un personnel au
courant des affaires pendantes, des rouages enchevêtrés, des procédés légaux et corrects, on
lâche pied par dégoût. On se croyait le maître.
Vas-y-voir, mon garçon ! Tu n'es rien, qu'un Monsieur qui ne signera que ce que tes collaborateurs
en sous ordre te permettront de signer.

« Quelques-uns s'indignent, et avec plus ou
moins d'éclat, jettent le manche après la cognée.
Les naïfs, ceux-ci, pas nombreux !

« Les autres, plus pratiques, pèsent les efforts
dépensés pour gravir l'échelon où ils sont parvenus, et se disent que ce serait duperie de partir
les mains vides. Puisqu'on n'y risque rien, soi-
gnons un peu nos intérêts privés. Pensons à nos
bons parents, qui ne sont pas riches, sans négliger
notre maîtresse, que nous tenons pour si « inté-
ressante ! »

« Et ces vieux amis, qui nous ont toujours sou-
tenus ; ces alliés, qui battent la caisse en notre
faveur ; ces chaleureux applaudisseurs, qui se font
attraper par nos détracteurs, les laisserons-nous
tirer la langue ; descendrons-nous des hauteurs de
la puissance, sans les avoir contentés, alors que
ce nous est si commode et facile ? Que non pas,
s'il vous plaît ! Deux mots à l'oreille, dans un coin,
c'est fait, sans nous compromettre. Pas de traces.
Fournissez donc la preuve du marché. On vous en
défie, messieurs les « perturbateurs ! » Et mettez-y
quelque prudence, au moins, ou dame !... gare !
Tant de gens sont intéressés à vous clore le bec,
en vous convainquant de diffamation. Chut ! maladroits ! Dites plutôt à quel prix vous estimez
votre silence.

« Et vous, belle madame, que peut-on pour vous
être agréable ?... Un père, un frère, un mari à
caser ? Diable ! c'est qu'il y a de la concurrence.
Voyons pourtant, en quelle monnaie payerez-vous
la dette de reconnaissance ? Causons sérieusement,
pas vrai ? »

Ces choses, débitées avec plus ou moins de
verve, ne scandalisaient, n'étonnaient même pas

autrement ceux qui les écoutaient. Visiblement, on ne leur apprenait rien de neuf.

A vrai dire plus d'un des auditeurs savait l'histoire de notre pays, certains pour avoir fait partie des « classes dirigeantes » sous Louis-Philippe et sous le second empire.

— Allez ! continua le narrateur, La Phryte n'est pas d'une pâte spéciale. Très intelligent, il a vite apprécié le fort et le faible du pouvoir, et il a dû conclure en philosophe.

« N'avait-il pas du reste, la légitime ambition de valoir autant, sinon plus, que sa femme par la fortune, de rémédier à l'infériorité que sa dot, à elle, lui infligeait?

« Et si l'on en croit tout ce qui s'est répété à l'oreille, pour combien Satinette, l'enfant gâtée du Comité que vous savez, n'est-elle pas dans l'élévation de son amant?

« Voulez-vous le condamner à l'ingratitude du cœur? Allons, messieurs, considérons que la baronne de Chléha n'est pas riche, que sa situation dans le monde reste, malgré ses répondants, légèrement équivoque, et, partant de ce double, de ce triple point de vue, soyez assurés que le chemin de fer du Maroc se fera, et que, de façon ou d'autre, fût-ce à la requête du ministère public, il sera bientôt établi que, jamais, au grand jamais, celle que les uns appellent Satinette, les autres, la « femme Eckmann », n'a été, de près ou de loin, la *conjointe* d'un individu aussi vulgaire et sujet à caution, que le faux Alsacien-Lorrain, qui a l'aimable habitude de se *pocharder* tous les soirs, au doux moment de l'*Angelus*.

« Comment résoudra-t-on le problème ? Je veux être envoyé à *La Nouvelle*, si jamais personne en dit le fin mot ; mais je parie ma part de paradis, qu'il en sera comme je dis.

« Voyez donc comme tout se modifie peu à peu dans ce sens. La belle baronne qui s'était ostensiblement réfugiée dans une retraite austère, a repris possession de son petit hôtel. Il s'y tient des réunions intimes de gros bonnets qui arrivent à visage découvert et, entre la poire et le fromage, il s'y triture des combinaisons à la bonne franquette, la cigarette à la bouche, et les coudes sur la table. Signe caractéristique et concluant : il n'en transpire rien. Mais le public flaire le dessous des cartes, et en voyant tant de hauts personnages étrangers hanter la maison, les plaisantins gratifient l'hôtesse du titre corresponant à l'influence qu'ils lui attribuent. Ce n'est plus « la baronne » ou « la Chléha » ou la « femme Eckmann », c'est « Madame le Ministre », et la police recherche à petit bruit le « mauvais farceur » qui a fait graver et parvenir par la poste, à plus de trois cents députés, sénateurs, ambassadeurs, consuls, etc., une carte de visite portant :

« SON EXCELLENCE SATINETTE
« (*Affaires étrangères*.)

« P. R.

« C'est-à-dire : « Pour retour ».

« D'autre part, à tous les kiosques du boulevard,

on a vu, la semaine dernière, l'illustration d'un
journal à images, représentant un *tonton*, que faisait tourner une femme vue de dos, lequel *Tonton*
était surmonté de la tête de Théo.

« Enfin, s'il faut prendre argent comptant les
commérages des garçons de bureau, on dit que,
sous prétexte de rendre visite à « son amie »,
Mme Luce, la belle exotique s'installe, à son plaisir,
dans le cabinet du ministre, et étudie des dossiers
dans la compagnie de celui-ci.

« Pourvu que, par inadvertance ou conviction
de sa qualité occulte, elle n'aille pas contresigner
un décret de M. Grévy !

« Voyez-vous cela à l'*Officiel* ? Quel tableau, mes
amis ! »

Pendant qu'on tenait ainsi sur le gril le ministre
et sa maîtresse, Théo, le bras passé sous celui d'un
grand personnage d'une des cours du Nord, se promenait à travers les salons en causant d'un ton
dégagé.

Ceux qui les croisaient avaient beau tendre
l'oreille, pas une syllabe n'était surprise au passage, tant La Phryte s'appliquait à parler bas. On
en était intrigué, car, en même temps, on remarquait que Raphaële, sous prétexte d'écouter la musique gardait le silence, répondant par signes à ce
que lui disaient les personnes groupées autour
d'elle. Et chaque fois que le ministre lui faisait
face en revenant sur ses pas, elle jetait un regard
vers lui, cherchant à rencontrer le sien, comme en
quête d'un indice qui répondît à des préoccupations
dissimulées.

13.

Mais non. Jamais les yeux de Théo ne se tournaient de son côté. On eût dit qu'il y eût parti
pris. Et l'on attendait que la conversation des deux
hommes prît fin, pour voir ce que ferait le président
du conseil, s'il viendrait à Mme de Chléha, pour la
renseigner sur ce qu'elle semblait si anxieuse de
savoir.

On en fut déçu. Brusquement, La Phryte quitta
son interlocuteur, se portant au devant d'un nouveau venu, s'empressant à l'amener à Luce, qui se
leva pour le recevoir.

Et dans l'embrasure des portes, des hommes,
serrés comme des harengs, se dressaient sur la
pointe des pieds, murmurant à ceux qui, derrière,
ne voyaient rien :

— « Le prince de Galles.

— « Il a dîné chez Voisin. Je l'en ai vu sortir à
neuf heures en jaquette, les mains dans les poches,
comme un bon bourgeois, et monter dans son coupé.

— « A neuf heures, en jaquette ?

— « En jaquette, à neuf heures ; oui.

— « Alors, il s'habille dans sa voiture.

— « Il en est bien capable. Pourquoi cela ?

— « C'est qu'à neuf heures dix, au plus tard, je
l'ai aperçu à l'Opéra.

— « Il n'a fait qu'y passer, en ce cas, dit le critique d'un grand journal, car, à la demie, il serrait
la main de Frédéric Febvre, qu'il a en particulière
estime, dans la coulisse du Théâtre-Français.

— « Faut se méfier ! fit observer un jeune secrétaire d'ambassade, qui aimait bien se faire accorder
des congés.

— « Se méfier de quoi?

— « Il y a un tas de gens, qui, à force de le sin-ger dans sa tenue et ses manières, ne sont pas fâchés de prêter à l'illusion.

— « C'est comme sous l'empire. Une quinzaine de bons hommes se donnaient un mal d'enfer pour ressembler à Napoléon. Il en pleut des faux princes de Galles, à présent.

— « On dit même qu'un joaillier y a été pris l'autre jour !... »

Les curieux, qui *filaient* le ministre, en furent pour leur frais d'observation ce soir-là. A aucun moment il ne s'approcha de la haronne. Celle-ci même, s'étant levée, à l'arrivée du prince héritier d'Angleterre, s'éloigna lentement du groupe que Luce présidait et ne tarda pas à se retirer tout à fait.

Toutefois, elle se retirait édifiée sur le résultat de la conférence prolongée de son amant avec le haut personnage qu'il avait entretenu. Un détail y avait suffi.

En somme de quoi s'agissait-il?

Il s'agissait d'obtenir, pour elle, aide et protec-tion pour l'accomplissement du projet si longtemps poursuivi, de faire effacer du registre paroissial de son pays natal, l'inscription de son mariage avec Eckmann.

Ce n'est pas qu'on se chargeât de pratiquer la substitution en son lieu et place. On se bornait à laisser faire, à fermer les yeux, sur les moyens qu'elle se proposât d'employer. La seule chose qu'on lui promettait, c'était la sécurité, si elle s'aventurait à reparaître ouvertement ou non dans la localité. Point important pour elle. Le reste ne l'inquiétait pas. Elle savait qu'avec de l'argent, elle obtiendrait ce qu'elle voudrait, d'un misérable pope, qui peut-être n'avait jamais vu une pièce d'or, et à qui elle allait offrir une fortune.

Elle la connaissait si bien, la condition de ces êtres méprisés et accablés de misères, qui représentent la religion en ces contrées demi-sauvages. Le titulaire actuel, surtout, succombait aux privations. Marié, père de six enfants, il menait, dans sa cabane, une existence cent fois plus dure que celle du dernier de ses paroissiens. Vingt mille francs lui arracheraient tous les consentements, toutes les complicités imaginables; d'autant qu'on lui garantissait l'impunité. A la somme dont elle entendait récompenser sa complaisance, elle ajoutait la nomination du pauvre diable à un poste plus relevé, auquel s'attachait des émoluments sortables.

Seule difficulté: Pouvait-elle se risquer à se montrer dans le pays? Les autorités la soustraieraient-elle aux vengeances, aux abus de la force, des cousins héritiers du vieux de Chléha?

Voilà ce qui l'avait tant fait tarder.

Mais, dira-t-on, que n'envoyait-elle un mandataire; un homme de confiance?

Non. Le faux qu'il fallait commettre ne pouvait être su que d'elle et du pope, qui aurait tout à craindre pour lui-même s'il le divulguait.

Il fallait qu'elle put venir à cet homme sous tel déguisement que ce fut; qu'elle seule entreprît de le corrompre, qu'elle seule triomphât.

Dès lors procès, oui. Là-bas d'abord, et puis en France. Double action établissant qu'elle était et avait toujours été la femme légitime du père de son fils, dont l'acte de naissance et de baptême de Saint-Jean de Latran devenait légal et certain.

C'est à ce résultat que la jeune femme avait tout sacrifié, s'oubliant, faisant abnégation complète d'elle-même, quelque dégoût qu'elle éprouvât à spéculer sur sa beauté, à subir des amours qu'elle ne ressentait pas.

Toutefois n'allez pas voir en elle une héroïne de drame, une créature fantastique, imaginée pour le besoin de péripéties romanesques. Ce n'était pas cela. Raphaële n'en cherchait pas si long, ne regardait pas si haut. Ce n'était pas un paria qui rêve d'assouvir des vengeances par haine d'un état social dont elle a été victime, et qui se repaît du mal qu'elle pourra produire. Chez elle, rien qu'une force, un levier, l'idée fixe ; rendre à son enfant le rang et la fortune, dont un abus du pouvoir l'avait dépouillé. Rien de plus.

Elle ! elle ne comptait pas à ses propres yeux, elle n'aspirait à rien qui lui fût propre. Elle tenait sa destinée pour accomplie, sa vie emplie. Elle avait aimé un homme. La mort l'en avait séparée ; c'était fini. Rien à recommencer.

Il avait fallu être la maîtresse de Théo ? Soit. Il avait fallu tromper la pauvre Luce ? Tant pis. Il allait falloir commettre un acte criminel ? Pourvu qu'on y réussît, voilà tout !

A quoi équivalait le faux à pratiquer ? Au redressement d'une injustice. En toute vraie vérité

avait-elle été la femme d'Eckmann ? Non. Avait-
elle été la femme du baron de Chléha ; son fils
était-il l'enfant de celui-ci ? Oui. Dès lors quels
scrupules ? Une Française y eût regardé cependant ;
mais elle n'était pas Française. Quelque éducation
qu'elle eût acquise, en compagnie du jeune Chléha,
le sang d'esclave, de serve, subsistait en elle. Tout
avait convergé vers la seule idée qui la possédât ;
elle y avait fait litière de toute sa personnalité,
paix, orgueil, beauté : tout, jusqu'à sa chair. Et
cela, encore une fois, sans emphase, sans impré-
cations, mais avec une persévérance de volonté,
d'entêtement indéconcertable, qui ne laissait place
en son âme à la haine ni à l'amour. L'amour ! Si ;
elle en éprouvait un : l'amour maternel, amour
instinctif, né de ses entrailles, irréfléchi, subi, et
tel, qu'elle se sentait capable de tout affronter,
d'un visage impassible et froid.

Ce soir-là elle goûta la plus profonde joie qu'elle
eût ressentie depuis son veuvage, depuis le jour de
deuil où, appréciant la situation de son enfant,
elle avait entrevu le but à atteindre à la force du
poignet, et où, sans effroi, comme sans espérance
fondée, elle s'était dit :

— « Allons !... »

La dernière difficulté était levée. Elle était sûre
de pouvoir retourner là-bas sans risquer d'être ap-
préhendée par les autorités. Une protection efficace la couvrait, la mettrait à l'abri de toute ten-
tative d'intimidation, si elle était reconnue ; à l'abri
des poursuites, si ses adversaires découvraient le
motif de son voyage.

Entre elle et Théo, il avait été convenu que s'il réussissait dans sa négociation avec son hôte, le dignitaire russe, il la laisserait partir sans lui parler. Or, à l'arrivée du prince de Galles, elle s'était levée de son siège et Théo lui avait presque tourné le dos. Donc...

Elle monta dans son coupé, en se disant :

— Mon fils ne sera pas bâtard!...

VIII

LE POPE

... ... En descendant du *sleeping-car*, qu'elle avait loué à son usage jusqu'à destination, Satinette, une fois accomplies les multiples formalités de douane et de police qui rendent l'accès de Péters-bourg difficile, déboucha de la gare.

Plus de cinquante conducteurs de *droshkis* l'entourèrent aussitôt, offrant leurs services. Tous, couverts d'une robe longue, serrée par un cein-turon de cuir, tombant sur des bottes en mauvais état, coiffés d'un bonnet qui rappelle la toque de nos juges, barbus comme un rabbin, chevelus comme un roi mérovingien, marmottaient par ha-bitude des mots slaves qu'ils supposaient ne pas être compris de la *cliente*. L'un plus civilisé, par les hasards de son existence, dit en français :

— Une voiture, Madame?

Raphaële choisit ce dernier en lui répondant en russe.

Sans jalousie, sans dispute, les autres s'écartè-
rent et, en quelques pas, la jeune femme se trouva
devant le véhicule, en usage dans la ville fondée
par Pierre le Grand. Aucune élégance, assurément.
Un siège exigu où s'installe le conducteur. Derrière, une sorte de banquette où l'on peut tenir
deux en se serrant. Le tout attelé à un petit, tout
petit cheval, pour qui l'étrille est un luxe inima-
giné et dont la queue superbe s'étale comme un
manteau épais et noir jusque sur les sabols de l'ar-
rière-main.

On monte sans efforts ; on s'assied en jetant une
adresse au cocher. Celui-ci prononce un mot bar-
bare compris de la bête qui donne du collier et
file comme le vent, suivant des avenues si larges,
que d'un côté à l'autre il faut être presbyte pour
reconnaître ses amis ou ses plus proches parents
à la rencontre.

Tous le long des constructions qu'à distance
on croirait des palais, mais qui, de près, révèlent
la rusticité de masures qu'une allumette ferait
flamber.

A l'heure extra-matinale qu'il est, pas un piéton
circulant. Mais devant la plupart des maisons, un
dvornik (concierge) enroulé dans une peau de
mouton, qui dort du sommeil du juste, le bec
ouvert, le haut du visage enfoui sous les poils pendants dont sa coiffure est fourrée. Çà et là, couchés
de même sur le sol, d'autres cochers reposent, la
bride de leur cheval enroulée à l'un de leurs bras.
Et lui aussi, le cheval, il dort debout, bien d'a-
plomb sur ses quatre pattes, la tête pendante, in-

soucieux du temps qu'il fait. Enfin, à des distances
variées, une troupe de *moujicks*, balayant, par corvée, sous la surveillance, d'un policier de bas étage.

On dirait une ville morte à ce moment. Le
double crépuscule qui tout à la fois s'éteint à l'oc-
cident et progresse à l'orient — on est en été, alors
que le jour commence à baisser vers dix heures
de l'après-midi — éclaire de rayons bizarres, projetant ombres et demi-teintes heurtées, diffuses,
presque invraisemblables, sur les habitations mul-
ticolores des avenues. Et pas un bruit. Les trois
bras de la Néva, gonflés par la fonte des neiges,
coulent vertigineusement leur onde tourmentée
vers le golfe, bataillant contre les poussées de la
marée montante qui déferle en écumant de colère
sourde.

Le ciel, où les dernières clartés d'une aurore
boréale sont à mesure éclipsées par les rayons
obliques du soleil qui gravit l'horizon avec une vi-
tesse inconnue dans nos climats tempérés, fait
resplendir d'éclats fauves les coupoles dorées des
églises surmontées de la double croix grecque. Et
déjà, la fraîcheur humide qu'exhale le vaste et
pestilentiel marais où s'étale la ville, fait place à
une chaleur grandissante qui atteindra bientôt
trente-cinq degrés à l'ombre.

Les palais sont clos ; la *société* russe a déserté. La
famille impériale n'est plus au Palais d'Hiver ; personne dans les hôtels de la Perspective Newski, les
volets des boutiques de confiseurs, où l'on mange
des cerises à vingt-cinq sous la pièce, arrosées de
champagne à trente francs la bouteille, ne seront

enlevés que tard dans la matinée. Sur les piliers
du *Théâtre Michel*, on lit : «Clôture de la saison».
Luguet, Dupuis, Devaux, Lagrange et sa femme,
Reynard, Dieudonné, Stuart, Vabel, Worms,
Nertann, Mmes Vignes, Délia, Dica-Petit et tous les
camarades ont pris leur volée vers Paris. A peine
Borrel, Donon et le successeur de Dusseaux ont-
ils l'occasion de servir, aux derniers Français
cloués au sol par les chaînes d'or de leurs fonctions, une douzaine d'œufs sur le plat à treize francs
la paire. Le désert de Pétersbourg est morne. La
vitalité s'en est retirée. Les obstinés sédentaires se
parlent le charabia cruel des sujets du *maître* de
Bismarck.

Que vient faire Satinette, à un tel moment, dans
cette capitale maussade et *démeublée*?

Il lui eût été pénible de le dire ce matin-là. Bri-
sée par la prolongation de la route, elle descendit
de voiture devant une maison barbouillée de rouge
criard. Un maître d'hôtel se précipita à sa rencontre, la fit entrer à l'intérieur, où des femmes de
chambre se mirent à ses ordres. Elle gravit un
étage, passa dans une salle de bain, où il lui fut
servi du thé, et, une demi-heure après, enfouie
sous la batiste des draps d'un lit immense, presque
perdu dans une chambre spacieuse, où les rideaux
exactement tirés faisaient la nuit, elle s'endormit
sans pousser un soupir.

Vers le moment du dîner elle s'éveilla. On entendit sans doute qu'elle se levait, car une femme
de service vint lui annoncer la présence d'un employé de l'ambassade française.

Raphaële se vêtit vivement et rejoignit l'envoyé dans le salon attenant à sa chambre.

— Voici, madame, dit-il, ce que je suis chargé de remettre à vous-même.

Il lui présenta une grosse enveloppe et, saluant, se retira.

L'enveloppe contenait plusieurs lettres rédigées en russe. Satinette les parcourut, les serra dans un portefeuille retenu à son corsage par une chaîne d'or, et s'assit à une table où un repas léger était servi.

Huit heures et demie sonnèrent. Elle se leva et, sur un mot de réponse à une question, elle acheva de s'habiller. Un droshki l'attendait en bas. Elle y prit place, et bientôt arriva à la gare du chemin de fer de Moscou.

Il faisait grand jour encore quand fut donné le signal du départ. A l'ouest, inclinant au nord, un soleil énorme, de forme un peu ovale, incendiait le bord dentelé de quelques nuages, épais et immobiles, sous la voûte du ciel bleu, tandis qu'un brouillard grisâtre s'élevait lentement des marais desséchés où pourrissent les pilotis sur lesquels toute cette ville factice est bâtie.

Le train marchait bravement, et la jeune femme regardait, sans les voir, ces interminables plaines d'où émerge Pétersbourg, et qui dévalent insensiblement vers la mer. Une ligne d'horizon identique, aucun accident de terrain. L'œil se lasse à y rester fixé, on regarde en dedans : on songe.

La serve y avait sujet. En son isolement monotone, les souvenirs se succédaient dans son cer-

veau. Elle se revoyait au village, enfant, puis
grandelette déjà, amenée au château de Chléha,
enrégimentée parmi les serviteurs, sans aspiration,
sans objectif, subissant machinalement les fatalités
de sa condition si humble, si dépourvue d'intérêt
pour elle-même. L'âme en paix, par exemple, par
ignorance d'elle-même, par soumission innée, à
ceux qui avaient le pouvoir de disposer de son être
infime et de sa destinée.

Puis, impression foudroyante, évolution, éclosion
subite, la poussant à se ressaisir, à secouer la passivité générale dont elle s'accommodait jusque-là.

Quelqu'un, en qui elle ne voyait qu'un maître,
s'inclinait jusqu'à elle. Lui, qui pouvait, dans une
certaine mesure, se l'adjuger comme un bien faisant partie de son patrimoine, et cela par une tradition séculaire qui défie les lois inconnues des
uns, méconnues résolûment des autres, il condes-
cendait à aimer cette fille d'esclaves, et déclarait
vouloir l'élever jusqu'à sa dignité de seigneur.

Une révélation pour Raphaële. Qui était-elle
donc pour qu'un *noble* conçût de l'amour pour elle?

Ah! amour vrai, absolu, éternel; un sentiment
dégagé de toutes considérations sociales, allant
droit à la consécration légitime.

Elle en fut épouvantée d'abord. Les joies d'orgueil de la première heure se nuancèrent de peur
vertigineuse, en réfléchissant non aux obstacles,
mais aux revirements possibles, logiques, peut-être
inévitables. Si quelque jour l'amoureux, satisfait,
allait se blaser, regretter? La pauvre fille avait des
envies de lui dire :

— Vous êtes fou, seigneur. Prenez-moi et gardez-moi jusqu'à la lassitude, puisque vous en avez le pouvoir. Mais n'imaginez rien au delà. Il me serait si cruel de constater votre repentir.

Et le baron Alexis-César avait passé outre, disant :

— Je t'aime et te veux pour ma femme.

Et contre vent et marée, il l'avait prise pour telle, l'enlevant, partant avec elle, la donnant à tous pour « la baronne de Chléha ».

Alors, elle avait voulu être digne de la qualité qu'il lui conférait. La reconnaissance éprise qu'il lui imposait, avait exalté la jeune femme. Par tous moyens, sans relâche, avec obstination elle s'était instruite, s'en fiant à une observation attentive, pour se constituer, en surplus, une éducation qui ne jurât point avec les milieux où son *mari* la faisait pénétrer.

Oh! quelle confiance en sa volonté! quelle puissance d'amour! Un amour infini, exclusif, qui l'eût portée à suivre Alexis dans la tombe, si leur petit eût pu se passer d'elle.

Tout à ce dernier maintenant, à ce chétif repoussé, renié, par ceux du sang de qui il était cependant. En le répudiant on le ruinait, on lui volait son nom et sa fortune. Eh bien! sa mère entreprendrait de lui reconquérir sa « légitime ». Incapable d'aimer de nouveau, enterrant l'épouse, au lieu même où l'on avait enfoui son mari, elle redevenait, intentionnellement, la fille d'esclaves qu'elle était autrefois; une créature qui n'a pas à se soucier de sa dignité, qui était prête à tout sup-

porter, pourvu que le fils de l'homme aimé jusque
par delà le tombeau, héritât, à tous égards, de son
père.

Dût-elle se transformer en intrigante, en courtisane, tant pis!

Intrigante? que lui importait l'estime des autres.
Qu'une fille *née* y répugnât, cela se comprend.
Mais, elle, enfant naturelle, d'un père inconnu, qui
n'avait entendu qu'assouvir une fantaisie, en abusant, peut-être, de son autorité sur la paysanne,
qui l'avait portée dans ses flancs; qu'est-ce que ça
fait?

Courtisane? c'est-à-dire s'abandonner de corps,
à qui peut l'aider à atteindre son but? Bah! Dégoûts intimes à surmonter, sans plus. Et puisque
sa beauté était une force! haut le cœur; allons!...

L'enfant rétabli dans ses droits naturels, remonté
à son rang, elle disparaîtrait, crainte de lui nuire,
de lui faire obstacle.

C'était sa façon de comprendre la gratitude envers Alexis.

Dans quel but, du reste, rester en scène? Elle ne
s'en voyait pas. Encore une fois, les courtes années vécues avec son mari ou son amant, comme
il vous plaira, constituait toute son existence. Du
jour où elle avait perdu celui-ci, elle s'était suppri-
mée à ses propres yeux et, n'eût été une mission à
remplir, elle se fût tranquillement suicidée, avec
cette quiétude indifférente des Orientaux, qui ont
dans le sang le mépris de l'existence. Tant qu'une
idée les anime, ils vont. L'*idée* évanouie, qu'importe de végéter! Ils ne tiennent pas à eux-mêmes.

Il faut partir? quand on voudra. Ils sont prêts. Si chrétiens que certains se prétendent, ils sont imbus du dogme de la fatalité. «C'était écrit.» Ils sont panthéistes, par tempérament et éducation.

La maternité, chez Raphaële, était comprise, *sentie* autrement que chez nons. Se sacrifier à son enfant, oui; mais s'accrocher à lui, s'invétérer en sa personnalité, ce ne lui était pas un besoin, comme à une mère française. Tout pour elle se réduisait à le conduire, jusqu'à ce qu'il pût voler de ses propres ailes. Alors :

— Va, mon fils, ma tâche est achevée; le ciel te garde!...

En vue de quelle satisfaction encombrer l'avenir de cet enfant, devenu homme aujourd'hui? Non! qu'il aille, libre de ses desseins, de ses désirs. Aucune solidarité gênante. Si encore la serve Raphaële Routza eût été une mère quelconque; une de ces femmes dont on ne parle pas, passe. Mais « Satinette? » Mais cette «jolie femme» qui n'avait pas reculé à se faire une arme de la convoitise que faisait naître son extraordinaire beauté, pour arriver à ses fins? Un embarras, cette mère-là. Aussi, que l'heure du triomphe sonnât, plus personne, nulle trace de l'*étoile* du *high-life* parisien. Elle avait déjà choisi le coin lointain, obscur, *indécouvrable*, si l'on peut dire, où elle se réfugierait, fût-ce sous un faux nom, en attendant que la mort la vînt emporter ailleurs, où l'on voudrait; ça lui était égal.

Sans doute, une telle conception paraîtra infiniment plus que bizarre, presque baroque, au lecteur

élevé dans la société européenne. Le côté héroïque
de cette fille lui échappera, et elle ne lui sera pas
sympathique, ou plutôt pitoyable. Pas plus que
« *L'Étrangère* » de Dumas fils, elle ne sera *inté-
ressante*, au sens littéraire du mot. Ce sont là sentiments exotiques, qui heurtent les habitudes du
public chez nous. Habitudes, exigences tellement
tyranniques, que nombre d'écrivains, faisant bon
marché de l'exactitude des mœurs locales, par
préoccupation exclusive du succès, prêtent, de
parti pris, des sentiments parisiens, des préjugés
bourgeois, *boulevardiers,* aux habitants des pays,
fussent-ils sauvages, tout nus, ornés d'arêtes de
poisson dans la cloison du nez, où ils font passer
l'action de leurs ouvrages. Bas-de-Cuir, Œil-de-
Faucon, Théodorose, l'oncle Tom, les héros mant-
choux, japonais, voire les Esquimaux, sans compter
Atala et Chactas, entendront l'honneur, la patrie,
la paternité, la probité commerciale, exactement
comme on entend ces choses du faubourg Saint-
Germain à la rue Montorgueil.

Assurément, il nous serait commode d'user du
procédé à l'égard de cette Danubienne, transplan-
tée par les événements dans la société française.
Mais nous serions obligé d'*inventer* son caractère, et
fidèle conteur, nous la donnons, telle qu'elle était.
Un être étrange, relativement à nous, à notre façon
d'être et de comprendre; mais un être ordinaire
chez elle, dans la partie du globe, dans le groupe
humain, où elle avait reçu le jour.

A repasser les péripéties de sa jeunesse, à énumérer les sacrifices qu'elle avait accumulés, pour

14

arriver au point où elle en était, seule la constatation du résultat la frappait.

C'était fini ! Dans quelques jours elle aurait en sa possession une pièce, fausse en fait, mais valable en droit, qui ferait de son fils le légitime héritier de la noblesse, du nom et de la fortune des Chléha. Sur cette pièce, la justice de son pays confirmerait les droits de l'enfant, et elle, forte de ce jugement, triompherait à Paris, dans le procès que lui avait intenté Eckmann, poussé par la coterie des anciens ministres ; procès que maintenant, pourvu par le comité que nous avons fait entrevoir, le Prussien suivait de connivence avec elle. Publiquement alors elle serait proclamée épouse d'Alexis ; publiquement on la reconnaîtrait mère du fils de celui-ci, et l'enfant dissimulé sous le nom de Bentley, reprendrait sa qualité.

Le pis qui pût arriver était que ces diverses instances prissent plusieurs années. Qu'importe ! L'issue ne faisait pas doute. Elle n'aurait plus à se faire un marche-pied de sa beauté pour réussir. En attendant qu'on dépossédât les collatéraux du grand-père, ce qui pouvait prolonger la lutte, elle aurait de quoi faire face à tout, et maintenir son crédit, par le moyen des combinaisons marocaines.

Un seul point la chiffonnait. Faudrait-il donc, durant si longtemps encore, faire semblant d'aimer La Phryte ?...

La Phryte, son Théo ! Tandis que la locomotive précipitait ses tours de roue, vers l'ancienne métropole moscovite, elle songeait à lui, se demandant

quels réels sentiments elle lui portait, après l'avoir
subi d'abord comme une nécessité.

En somme, elle le préférait à tous autres. Il
était si éperdûment amoureux d'elle, si naïvement
épris, si disposé à tout entreprendre pour la satisfaire ! Elle en était secrètement touchée.

C'est qu'en la passivité absolue de ce garçon, il y
avait des nuances qu'elle appréciait, et qui le sau-
vaient, lui, de la banalité misérable.

Théo n'était pas un de ces amoureux qui se laissent mener par insuffisance d'intellect ; un de ces
niais qu'on tourne à son gré, sans qu'ils aient
connaissance de la valeur des actes qu'ils accom-
plissent ; un de ces pauvres sires enfin, que la soif
de la possession pourrait réduire aux indignités,
voire aux crimes les plus honteux.

Point du tout. Théo savait ce qu'il faisait, en accédant à tout ce qu'elle voulait.

— Tu m'as voulu ministre, lui disait-il. Je suis
ministre. Mais, pour moi, je m'en moque. Dis ce
que tu souhaites.

Déjà, quand il s'était agi d'épouser Luce :

— Tu sais, lui avait-il dit, — on se le rappelle,
je pense, — tu sais, c'est une canaillerie que nous
faisons là ?

Enfin, pour l'affaire du Maroc, même clairvoyance, et même cynisme aisé, souriant :

— Voilà, ma foi ! fit-il une jolie malpropreté !

Et si, par je ne sais quelle pudibonderie hors de
saison, avec un garçon tel que lui, elle essayait de
rouler la pilule dans des confitures, il se mettait à
rire.

— Dieu ! que tu t'amuses ! s'écriait-il. Eh ! bêta, je ne proteste pas ; je ne fais pas de manières. Nous causons, voilà tout.

« Rappelle-toi cela, Raphaële : En dehors de toi, je ne me soucie de rien. Mais ne va pas imaginer que je pose pour l'amant fatal ; ne crois pas non plus que des ardeurs sensuelles me transportent, comme un héros de roman. Tu te tromperais du tout au tout sur moi.

« Je suis de sens rassis ; quoique tu aies pu faire, je n'ai point d'ambition. Je suis sans vanité non plus. La puissance dont je dispose ne m'éblouit point sur elle ni sur moi-même. J'ai de trop bons yeux pour prendre le change avec les choses et les hommes.

« Un autre, à ma place, se dresserait sur ses ergots, se prendrait pour l'arbitre des destinées d'une nation, s'attribuerait la mission soit de « sauver la France » en la retenant au bord du fameux précipice, dont on parle tant sans jamais le montrer ou le définir, soit de pousser la démocratie jusqu'à ses dernières limites pratiques.

« Je n'en suis pas là, ma chère enfant. Je n'ai même pas, pour moi, la préoccupation de me maintenir à ces hauteurs.

« Qu'est-ce que ça me fait, tout cela, mon doux Jésus !

« Tu me dirais demain :

« — C'est assez, donne ta démission, romps ton « mariage, allons vivre ensemble en *amis* — tu « sens la nuance ? — dans la médiocrité paisible « où je suis venue te relancer... »

« Ma parole d'honneur, mignonne, à midi, ce serait besogne achevée.

« La politique, envisagée du point où je suis, me fait hausser les épaules ; les individus qui s'en mêlent me sont trop connus pour qu'ils ne m'inspirent pas le plus souverain mépris. Amis et adversaires provoquent en moi un égal haut-de-cœur. Et quant à la patrie, un idéal usé, ma chère, trop étroit et trop vaste à la fois.

« Robert-Macaire disait :

« — La patrie, c'est la semelle de mes bottes. »

« Et d'un ton lamentable, il ajoutait :

« — Hélas ! je n'ai bientôt plus de patrie ! »

« Il avait raison, en somme :

« Quoi ! cesser d'aimer les hommes, à compter d'un poteau qui marque la frontière ? Quoi ! aimer tout ce qui respire sous le soleil, jusqu'aux Talapoins de Voltaire, les Turcs, les Chinois, et même les Italiens, pourquoi pas les Allemands aussi ?

« Au diable ! C'est trop compliqué. Ce que je me *fiche* des gens de Provence, et des singes de la Vendée, sans oublier les Auvergnats, on ne s'en fait pas une idée, ma chère enfant !...

« Ce qui m'intéresse ; ce que j'aime, ma belle, c'est toi ; c'est ta gentillesse, ton influence, ta grâce, tes idées, ta parole, le fluide innomé dont tu m'englobes et me pénètres, sans y tâcher, à ton insu.

« Que désires-tu ? Parle. Veux-tu avoir *ta* guerre, toi aussi ; veux-tu que je vole l'État ? Veux-tu restaurer le pouvoir temporel du Pape, ramener Henri V pourvoir Jules Simon d'un archevêché, jouer au

14.

billard avec Grévy, épouser Wilson quand Naquet
aura fait passer son divorce; veux-tu enfin, l'a-
mitié de Louise Michel, ou la tête de Gambetta ?
Parle. Je ne réussirai peut-être pas; mais je ten-
terai tout pour t'être agréable, sans te demander
rien, qu'un sourire de plus.

« Du niveau d'où je domine, vois-tu, le juste et
l'inique se confondent. Retire-toi de moi; tout à
coup le sol manque sous mes pas et je ferme les
yeux, indifférent à l'effondrement de ce qui m'entoure, sans parvenir à me toucher. »

Cela, il le lui disait moitié plaisant, moitié colère, en lui caressant les mains, paisiblement, sans
effusion, libre d'esprit, et non pas comme un homme
qui débite une boutade, préoccupé de produire ce
que les auteurs dramatiques appellent un *effet*.

C'est l'excès de sincérité qui impressionnait Satinette. Il ne souffrait pas qu'elle lui sût gré de ce
qu'il faisait pour elle.

— Tais-toi, disait-il. Tu me navres. Je te jure
qu'il ne m'en coûte rien.

Parfois, Raphaële s'appliquait à chercher en elle,
espérant trouver un ferment d'amour à lui consacrer. Elle eût voulu l'aimer. Mais le découragement
l'arrêtait vite. Non. Plus rien en elle ne vibrait;
rien qu'un souvenir : Alexis !...

Ah ! c'est qu'Alexis, un autre caractère, un autre
homme; bien un *homme*, lui. Droiture inflexible,
susceptible à l'extrême sur l'honneur, ferme de
conscience et de volonté, une intelligence qui pensait de haut, jamais trop haut, et puis, le maître;
un maître !

Tandis que Théo, un camarade, un complaisant. Impossible de l'aimer.

D'ailleurs, par une conséquence logique et inévitable, elle lui reprochait cela même, qu'elle s'était évertuée à obtenir de lui : son mariage, sa facilité à se mettre à ses ordres. Elle l'eût estimé davantage s'il l'eût déçue ; si, un beau jour, il lui avait dit, fût-ce brutalement :

— Non ; ce que tu me demandes me répugne. Va-t'en. La femme 'que tu m'as fait épouser m'intéresse peu à peu. Elle est digne et bonne, pure et attachée ; elle m'a donné un enfant, je ne peux plus la trahir. Rompons, adieu.

Certes, c'eût été la ruine des projets de Raphaële ; mais, si cruel qu'eût été le mécompte, elle eût été contrainte d'accorder une sorte de considération à cet homme.

Il n'en était pas ainsi. Elle ne voyait en lui qu'un instrument ; en ses caresses, qu'une obligation dont elle aspirait à s'affranchir ; sans le blesser, cependant ; sans se promettre de lui démasquer ses sentiments. Elle briserait le lien, elle se retirerait de lui, assurément ; mais elle lui conserverait une cordialité basée sur un fonds de pitié. Son seul regret, c'était que, durant si longtemps encore, il faudrait rester la maîtresse du ministre pour garder son pouvoir sur lui. Oui, un regret ; regret doublé de la répugnance à tromper Luce.

Que celle-ci lui apparaissait plus grande ! Près d'elle, Satinette se sentait humiliée, odieuse. Le contact de la main de Mme La Phryte lui faisait froid dans le dos. Elle se sentait pâlir. Le premier

regard, le premier abord lui était un supplice. Ah !
si jamais Luce découvrait l'intrigue, apprenait que
celle qu'elle honorait de son amitié la trahissait
jusque sous ses yeux, sous son toit !...

Une fois, au château des Pins, il s'en était fallu
de ça que tout ne fût découvert. Luce entrant à
l'improviste chez son mari qu'elle croyait absent,
avait traversé la chambre sans apercevoir Raphaële,
en tenue significative, rencoignée derrière le battant de la porte laissé ouvert.

Pauvre Luce ! Quelle dureté d'avoir été forcée de
la sacrifier ! Cela, Raphaële ne se le pardonnerait
pas.

Tout en réfléchissant ainsi, pendant que le train
parcourait la route, elle cédait à ce demi-sommeil
qui laisse les pensées suivre un cours régulier, et la
distance parcourue la rapprochait, non du terme
du voyage, mais du point où elle serait enfin
nantie des suprêmes armes qui lui assureraient le
succès final.

Alors que sur la droite, les derniers rayons du
soleil couchant teintaient encore d'un vert d'opale
les brumes lointaines de l'horizon, les nuances
roses de l'aurore naissante envahissaient le ciel à
gauche. Le paysage avait changé. Le terrain s'on-
dulait, devenait pittoresque et gai, et, par un phénomène ordinaire en ces climats polaires, les
objets projetaient deux ombres à la fois tandis que
sur les hauteurs, il y avait comme un combat de
clartés crépusculaires d'un effet fantastique. La
rapidité de l'accroissement du jour modifiait,
transformait, d'instant en instant, l'apect des

montagnes et des bois. Un décor de féerie, plein
de surprises continues, qui enchantaient le regard.

On approchait de Moscou ; déjà on apercevait la
nappe de la Moscowa ; grossie par la fonte des neiges
et les eaux de ses affluents. Des cultures annon-
çaient des groupements humains ; des villages se
plantaient à la pente des collines, serpentées d'un
ruban de route. Encore quelques heures, et Raphaële débarquerait dans la ville où son sort devait
se décider. Le cœur commençait à lui battre.

Enfin ! on y était. La ligne ferrée, après avoir
traversé un des nombreux faubourgs qui forment
avec la ville une circonférence de plus de dix lieues,
se termine par une gare d'où rayonnent les grandes
artères.

La voyageuse descendit sur le quai. Aussitôt, un
moujick s'approcha et lui remit un mot par lequel
on la priait de suivre le porteur, sans s'inquiéter
des bagages. Informé de son arrivée par le télégraphe, on avait tout préparé pour la recevoir et
pour qu'elle pût se reposer.

— Comment sais-tu que ce message est pour
moi ? demanda-t-elle.

— La robe, répliqua laconiquement le moujick.

Dehors, une voiture fermée attendait. Elle y prit
place, et le petit cheval qui, jusque-là, semblait
dormir, s'enleva par un petit trot de souris, brûlant la distance. Longeant les quais, il tournait à
angle droit, passant les ponts sous lesquels coulent tumultueusement la Néglinna et la Jaouza,
avant de se répandre dans la Moscowa, à ce moment navigable et chargée de bateaux qui gagne-

ront les rives de la mer Caspienne par l'Oka et le Volga.

Les rues tortueuses sont en pleine animation à cette heure de la journée, où la chaleur atteint vingt-cinq degrés. L'amphithéâtre formé par les collines du Sud et de l'Est, ruisselle de lumière et d'élégance, multipliant des points de vue d'un charme particulier.

On gravit le monticule qui surgit au centre de la cité, et que couronne le Kreml. De là le regard s'étend sur un panorama circulaire, d'un effet saisissant. La civilisation bouillonne de toutes parts, c'est un amoncellement de richesses superbe, un encombrement de palais, d'églises, de monastères, d'un luxe que surpasse le quartier de la Ville-Blanche, le Beloï-Gorod, dont les édifices publics semblent s'enchevêtrer les uns dans les autres, formant une capitale dans la capitale, à la façon du séjour sacré des empereurs de la Chine et des Mikados.

C'est devant une habitation de Kitaï-Gorod, à deux pas de la place-Rouge, où s'étale le fameux bazar russe, le Raidki, que la voiture stoppa. Ici, pas même d'hôtel pour la recevoir. Le cocher, laissant son cheval à lui-même, sauta du siège et la conduisit à un logement préparé pour elle. Une servante silencieuse se mit à ses ordres. Mais Raphaële, si fatiguée qu'elle fût, ne songeait pas à prendre du repos. En peu d'instants, elle répara le désordre de sa toilette, et jetant un surtout sombre sur ses épaules, se couvrant le visage d'un voile épais, elle remonta dans la voiture.

De la même allure, le cheval traversa une seconde fois la Jaouza, gravit les pentes de la cein-
ture des montagnes qui entourent la ville, et arriva bientôt à l'un de ces superbes couvents qui en
couronnent le faîte.

Au-dessus des murs monumentaux, s'élève le
dôme oriental de huit églises espacées dans l'enceinte du monastère. L'aspect en est imposant;
mais non à la façon des communautés de l'Occi-
dent. Ici, ce n'est pas la crainte vague qui domine
et comprime le cœur. C'est plutôt une sensation de
bien-être. Il semble que la paix vous inonde, pénètre tout l'être qui se détend.

La jeune femme en subit l'influence. Elle
éprouva le sentiment d'une profonde sécurité. On
eût dit qu'elle s'évadait d'une vallée de larmes,
transportée tout à coup dans un refuge quasi-
céleste.

Il est à croire qu'elle était attendue, car dès
qu'elle eut levé le marteau d'une petite porte, un
religieux se présenta, la salua d'une bénédiction et
lui livra passage. Puis, la devançant, il lui fit suivre
les vastes allées d'un jardin magnifique que bor-
daient des taillis ombreux jusqu'au portail d'une
des églises du couvent.

Là, il la laissa seule. D'une âme sincère et sou-
lagée, elle entra en prières, répétant sans y comprendre grand'chose, il est vrai, les litanies grecques
qu'on lui avait apprises, plus ou moins correctement, en son enfance. Elle ne s'y arrêtait pas, au
surplus, donnant à l'ensemble des mots prononcés
machinalement, des intentions d'actions de grâce à

la divinité, s'engageant en des vœux qui ressemblaient à un marché proposé par la créature au Créateur et cela avec la bonne foi, la conviction d'une orthodoxe pur sang.

Près d'une heure, elle resta ainsi, sans lassitude, sans impatience. Il y avait si longtemps qu'elle n'avait fait ses dévotions ! A Paris, elle fréquentait peu la chapelle russe. Il fallait qu'une de ses superstitions lui en fît une obligation de conscience impérieuse ; encore s'y glissait-elle comme en catimini, presque déguisée, s'appliquant à ce que les gens du Comité n'en fussent pas instruits. De préférence, elle fréquentait les églises *mondaines*, où l'on est remarquée, où les jeunes gens bien pensants, c'est-à-dire qui ont de la religion, vont voir les jolies femmes descendre des degrés du sanctuaire en guignant les mollets. Ça va ensemble.

Mais ici, ce n'était pas ça. Ici c'était le vrai Dieu qui trônait là-bas du haut de la croix ; ici c'étaient de vrais prêtres, le haut état-major de l'orthodoxie et elle retrempait sa foi aux sources pures.

Sans qu'elle eût entendu le moindre bruit, elle se sentit toucher à l'épaule. Un diacre lui fit signe de le suivre. Elle obéit.

Quelques instants après, elle entrait dans une pièce immense, dans un coin de laquelle un homme couvert d'une chape tombant en plis amples sur la natte où reposait son siège, se tenait immobile.

A son aspect la fille de serfs fut saisie d'émotion. Elle était en présence du métropolitain.

Elle fit mine de s'agenouiller en se courbant jusqu'à terre. L'évêque lui fit lentement signe d'approcher. Quand elle fut à quelques pas, il se leva et d'un geste que sa haute taille rendait magistral, il la bénit. Puis sur une nouvelle invitation, Raphaële approcha encore. Le métropolitain, la prenant par les bras, l'éleva jusqu'à lui et lui donna sur la bouche, le baiser d'adoption, comme chaque année, à Pétersbourg, le czar régnant embrasse un enfant de son peuple devant la foule assemblée devant le palais impérial.

Que fut-il dit entre eux? On ne sait. Ce qu'il y a de certain c'est que la veuve d'Alexis de Chléha, en quittant le monastère quelques heures après, portait sur son visage une expression indicible de joie triomphante. Absorbée en elle-même elle regagna le logement du Kitaï-Gorod, sans voir les objets défilant sur sa route, crainte de se distraire de son intime bonheur.

. . . .

A quelques jours de là, dans ce même village, où s'étaient passés son enfance et le seul fait de sa vie qui la résumât tout entière, Raphaële passait le seuil de la demeure du pope. Partout ailleurs, c'eût été un événement. Ici on n'y fit pas attention. C'est qu'aussi les habitations, on devrait dire les chenils, semblaient abandonnés. A peine quelques vieillards infirmes ou abrutis. La population valide, attirée par la grande foire annuelle, qui se tient à plus de trente lieues de là, avait déserté. Et, dans le nombre, combien auraient pu reconnaître la

15

jeune femme? Combien en restait-il de ceux qui
eussent pu se souvenir d'elle?

La guerre avait passé sur la contrée. Et quelle
guerre! Une extermination sauvage, ne s'arrêtant
devant rien. Le pillage, le viol, l'incendie, la muti-
lation; l'horreur à sa suprême expression dévasta-
trice. Rien ne sert, il faut périr ou se sauver. Et,
une fois parti, pourquoi revenir? Qui ou quoi re-
trouvera-t-on? Personne; rien! Le fléau a fauché
tout ce qui surgissait du sol.

Cette fois, le couvent où la fiancée d'Alexis avait
été menacée d'être enterrée vive, n'avait pu échapper au désastre. A tour de rôle, les combattants,
prenant et reprenant la place, en avaient fait une
redoute, incessamment disputée. Qu'étaient deve-
nus les moines? Beaucoup, massacrés par les as-
saillants, avaient trouvé la sépulture sous les dé-
combres. Le reste s'était éparpillé. Sans doute, plus
tard, l'ordre auquel se rattachaient ces hommes
était venu pour rentrer en possession de ce qu'on
supposait rester. Mais le découragement les avait
pris. En effet, ces restes n'étaient qu'un entassement
informe de pierres calcinées, formant çà et là de
grossiers bastions où gisaient encore des roues, des
affûts détraqués, une pièce d'artillerie enclouée que
les ronces recouvraient à demi. Quelques reptiles
en dessous; quelques oiseaux légers et chanteurs
en dessus. C'est tout.

Plus heureux ou plus solide, le château de Chléha
avait résisté en apparence. Du moins, les murs en
granit des tours carrées grimpaient encore dans
l'espace, promenant leur ombre insolente sur

l'herbe d'alentour. Mais à l'intérieur rien non plus,
rien que l'écusson de ces nobles bandits, que le feu
n'avait pu effacer.

L'arrivée de Raphaële parut un fait simple. De
temps en temps, d'ailleurs, d'autres berlines tra-
versaient ainsi le pays, et parfois s'arrêtaient quelques heures, laissant souffler les chevaux pour
permettre aux voyageurs de déjeuner plus commo-
dément que dans la voiture. Chaque fois, comme
celle-ci, le pope venait saluer, et, nécessairement,
solliciter la charité des passants pour les pauvres.
Les pauvres!... Il n'avait pas à chercher loin pour
en découvrir, étant lui-même le plus indigent peut-
être.

Quoi qu'il en soit, Raphaële, assise en face de lui,
l'examinait attentivement pendant qu'il prenait connaissance des papiers qu'elle lui avait présentés.

C'était un grand gaillard, ce prêtre, et chose à
remarquer, en ces contrées où l'on ne rencontre
guère, pour pasteurs, que des êtres abrutis par la
misère et l'alcool, objets du mépris universel, celui-ci montrait un visage intelligent. Le ravage de
ses traits provenait bien plutôt des privations que
de l'intempérance. En dépit du délabrement de ses
habits, on sentait qu'il prenait soin de sa personne,
et ses manières dénotaient un certain degré d'éducation ; ce qui est très rare.

On l'a dit, chargé de famille, il s'épuisait à suffire aux plus impérieux besoins de sa femme et de
ses enfants, en cette résidence infime, où il avait
été envoyé comme en exil, pour je ne sais quel
manquement.

A le voir lire en silence, à suivre les mouvements de sa physionomie, on devinait qu'en lui, des espoirs indicibles germaient. Il entrevoyait des destinées meilleures pour les siens. Et l'émotion le saisissait. A quelles conditions? que fallait-il faire? qu'attendait-on de lui, de sa complaisance, de sa complicité?

Levant les yeux vers Raphaële, il la contempla un instant, reculant de parler, crainte de trahir le trouble qui l'agitait, épouvanté aussi du prix que l'on mettait peut-être à la réalisation des rêves qu'il formait tout à coup.

Puis, brûlant ses vaisseaux, fasciné par la perspective de la délivrance qu'on faisait briller à son imagination.

— Parlez, madame, dit-il. Que puis-je pour vous servir?

— Y êtes-vous déterminé, d'abord, mon père? demanda Raphaële.

— Vous m'effrayez! fit-il. S'agit-il donc d'un crime?

— C'en est peut-être un à vos yeux; quoiqu'en réalité, ce que je réclame de vous ne soit que la réparation d'une iniquité odieuse.

Le pope s'avisa d'examiner celle qui lui parlait ainsi, de sonder sa conscience.

Un autre, fort de la communication ou plutôt des ordres du métropolitain, se fût gardé de ces hésitations; aveuglément, il eût obéi, se retranchant derrière l'expression d'un désir qu'un chétif de sa sorte n'avait pas à contrôler. Qui était donc cette femme assez douée de crédit pour avoir obtenu si haut concours? En dernière analyse, que voulait-elle?

Nettement, elle le lui exposa.

En phrases concises, la serve Raphaële Routza lui conta son histoire, rapportant en détail les incidents de son mariage forcé. Quant à ce qu'elle voulait, elle le dit sans circonlolution : — gratter le nom de William Eckmann, pour substituer celui d'Alexis de Chléba.

— Et vous croyez, dit lentement le pope, que cela suffira à assurer le complet triomphe de vos efforts?

Raphaële se méprit sur le sens de la question du prêtre. Elle soupçonna qu'il la soumettait à un marchandage; qu'il voulait savoir au juste combien lui rapporterait l'action qu'elle attendait de lui.

D'un mouvement calculé, elle tira de sa poche un portefeuille, contenant environ quinze mille roubles. Puis, elle déplia un parchemin, grâce auquel le misérable paroissial était promu à un poste supérieur largement rétribué.

Les yeux du religieux se fermèrent, comme si ces objets tentateurs l'éblouissaient.

— Vous vous trompez sur la portée de ma question, madame, dit-il après un instant. Je ne recule pas à vous satisfaire. Ma responsabilité est à l'abri, par le fait de l'obéissance que je dois aux instructions de mon chef suprême. Je sais bien, qu'en cas de poursuites, il me soustrairait aux recherches.

— Dès lors?

— Dès lors, je vous demande de nouveau si vous croyez qu'écrire un nom à la place d'un autre vous donnera gain de cause?

« Pour moi, ajouta-t-il, il me reste des doutes. Si habilement que soit pratiqué le grattage, il sera visible, ne fût-ce qu'en constatant, à la lumière, une diminution de l'épaisseur du feuillet du registre. En tout état de cause, il y a là de quoi fournir matière à de longues contestations.

— Cependant, mon père, quel autre moyen?

Le pope se tut et, se levant, la pria d'attendre qu'il allât chercher le registre où l'union de la jeune femme et de l'Allemand était inscrite.

Quand il revint, il ouvrit le livre et, feuilletant, trouva bientôt la page.

— C'est cela? fit-il.

— Cela même, oui, mon père.

— Écoutez, reprit celui-ci. En dehors des ordres que vous me transmettez, ce que vous m'avez conté m'intéresse à vous, madame. Je crois avec vous, qu'en vous faisant « baronne Alexis de Chléha » on réparera une iniquité. Remportez ce portefeuille, gardez ce parchemin, je vous servirai tout de même. En voici la preuve.

Ce disant, il tira un couteau de sa poche et se mit en devoir de gratter le nom du faux Alsacien.

Raphaële suivait l'opération d'un regard anxieux. Elle trouvait qu'il n'y mettait pas assez de délicatesse. Le grattage apparaissait grossier, visible au point de sauter aux yeux.

— Prenez garde! répétait-elle avec désespoir.

Mais le prêtre ne l'écoutait pas. Il poursuivait brutalement sa besogne ; si brutalement qu'il fit un petit trou dans le papier.

— Ah ! mon Dieu ! s'écria Satinette, tout est perdu ; arrêtez, mon père !...

Le pope se contenta de sourire en haussant les épaules, continuant de gratter, élargissant la déchirure du feuillet, comme si ce fût à dessein.

Enfin il acheva. La jeune femme, éperdue, avait renoncé à regarder. A son estimation, tout ce qu'elle avait fait ne servait de rien. Ah ! mon Dieu ! un effondrement !

Eh ! qu'importe, à présent, qu'on écrivît le nom du jeune baron de Chléha à cette place. Le grattage révélait trop qu'il avait été substitué après coup. Les cousins l'auraient belle de le démontrer à la justice, et certes ! il n'était pas besoin d'un expert en écritures pour se convaincre de la tricherie. Par un simple coup d'œil, la preuve en ressortait.

Elle le disait d'un ton véhément à ce pope, qui restait impassible, presque souriant.

— Vous en êtes certaine ? demanda-t-il. Il vous semble bien sûr que le grattage est incontestable ?... Oui ?... Eh bien ! tant mieux !...

— Tant mieux ? répéta Raphaële, hors d'elle, vous vous jouez donc de moi ?

Le prêtre la regarda d'un air de supériorité attendrie.

— Enfant ! dit-il.

Et, trempant une plume dans l'encrier,

— Attendez, ajouta le pope.

D'une main ferme il écrivit un nom, qui fit jeter
un cri d'indignation à Raphaële.

— Misérable! s'écria-t-elle. Vous êtes donc vendu
à mes ennemis?

— Pourquoi, madame?

— Mais vous avez récrit : « William Eckmann!... »

— En effet, répliqua le prêtre à voix basse.

Puis lui saisissant la main, et la forçant à contempler le registre,

— Le grattage est incontestable, n'est-ce pas?
En ce cas, quel est le nom qu'on a gratté?

— Hein? fit la jeune femme, comprenant enfin
sa pensée.

— Plaidez maintenant! dit le pope triomphant!...

IX

« *A S. E. Monsieur Th. La Phryte,*
« *Ministre des Affaires Étrangères,*
« *Président du Conseil des Ministres,*
« CHATEAU-DES-PINS,
« *Par Mornessan-lès-Condé,*
« FRANCE.

« Monsieur le Ministre,

« J'ai l'honneur de transmettre à votre Excel-
« lence le libellé du jugement rendu, en dernier
« ressort, par le tribunal, dans l'affaire des héri-
« tiers de Chléha contre Mme la baronne, veuve
« Alexis.

« . . . .

« Considérant que le registre paroissial du vil-
« lage de Chléha, a été visiblement et grossière-
« ment dénaturé par une main criminelle;
« Qu'au nom du baron Alexis de Chléha primi-
« tivement inscrit, on a, dans un intérêt facile à

13.

« découvrir, et qui va ostensiblement à dépouiller
« sa veuve de sa qualité d'épouse légitime d'Alexis ;
« à dépouiller, de même, l'enfant né de cette
« union, de l'héritage paternel, pour substituer le
« nom de William Eckmann, sujet prussien ;

« Que ce faux en écritures publiques, etc., etc.
On devine la conclusion.

C'en était fait. Satinette avait gain de cause
aussi complètement que possible. Maintenant, le
procès intenté en France, soi-disant par le faux
Alsacien, pouvait être plaidé. Devant le jugement
du tribunal suprême russe, toute hésitation devenait impossible.

Enfin ! Raphaële pouvait donc respirer. Elle
triomphait. Elle pouvait répudier toute précaution,
toute crainte. Comme elle se l'était juré, son fils
ne serait pas un bâtard !...

Quand Théo eut terminé la lecture de ce document, il se rendit directement à l'appartement
qu'occupait la jeune femme dans le château, sans
s'arrêter à l'heure matinale.

Il frappa et l'Éminence noire ouvrit.

— Madame est encore au lit, dit celle-ci qui
s'était réduite au rôle de femme de chambre pour
accompagner son amie, afin de continuer à lui
servir de garde du corps, vigilant et attentif.

— Ça ne fait rien, répondit le ministre. J'ai le
jugement.

Pélagie en devint verte comme un bronze antique. C'était sa façon de pâlir. Elle, si calme à
l'habitude, ne put réprimer un élan de joie, et,
saisissant la main de La Phryte, elle la porta à ses

lèvres, en l'entraînant à côté, dans la chambre de
Satinette.

— Victoire ! s'écria l'Éminence, en s'asseyant au
bord des couvertures. Lis, lis, ma belle ; te voilà
rendue à toi-même. Que je suis heureuse !

Et pendant qu'elle lisait avidement, lui, l'enserrant dans ses bras, le menton posé snr son épaule
nue, la joue collée à sa joue satinée, aspirant les
tiédeurs parfumées qui s'exhalaient des batistes
froissées dans le sommeil, il suivait les lignes du ma-
nuscrit en même temps qu'elle, accentuant chaque
alinéa important d'un baiser, sans que la présence
de « Fleur de charbon » tempérât ses effusions.

Comme il sortait de chez elle, tête nue, il se
croisa dans le corridor avec son beau-père. Celui-
ci ne marqua pas de surprise. Arrivé depuis l'avant-
veille dans la nuit, il ne connaissait pas encore les
dispositions intérieures. Il ignorait où l'on avait
casé les nombreux hôtes de son gendre, et il était
loin de soupçonner que la porte, dont il venait de
le voir sortir à pareille heure, donnât accès chez la
baronne.

Oui, nombreux, les invités de Théo, et quelle
illustre compagnie ! En plus de trois collègues
du cabinet, de députés, de sénateurs, de préfets,
de généraux, d'académiciens, d'artistes, littéra-
teurs, etc., tous plus en vue les uns que les autres,
deux ambassadeurs de grande puissance, et un
cardinal-archevêque.

Qu'il fallait de place, pour héberger ce monde-
là ! Elle ne manquait pas, par bonheur. On eût dit
un domaine national. Si nombreux qu'on fût, on

se sentait les coudées franches. Mais quelle tablée, aux repas ! Quelle cohue dans le salon. Et pourtant, dans le parc, on pouvait se promener des heures sans se rencontrer, s'isoler si bon semblait. Une résidence princière. Un peuple de domestiques des deux sexes, et des chevaux pour tout le monde.

Il faut dire qu'il n'en allait pas toujours ainsi. Mais on était au moment des grandes chasses et Monsieur le président du Conseil avait convié de hauts personnages à faire l'ouverture dans la forêt de Mornessan.

Fêtes épiques, où rien ne manquait : comédies de salon, charades, bals, courses d'amateurs, retraites aux flambeaux, feux d'artifice et réjouissances vénitiennes sur la rivière, qui traversait la propriété en trois endroits, le tout agrémenté de concerts aquatiques ; des délices ! On se fût cru aux réceptions impériales de Compiègne ou de Fontainebleau. On se divertissait à en être échiné, on *flirtait* comme en une cour d'amour, à ciel ouvert, et tout se galvaudait, comme chez un roi.

Profusions sur profusions ; l'argent jeté à la volée ; l'argent et l'or, où parfois se glissaient quelques pièces étrangères, frappées à l'effigie de Sa Majesté moricaude, le sultan du Maroc.

La belle vie ! dira-t-on. Eh bien !... pas tant que ça ! Non ! « Non », pour Luce surtout. Trop de vacarme, de trompettages, d'aboiements des meutes, de pétards, de hennissements des chevaux. Trop de monde et de confusion à la salle à manger et au salon. On ne s'entendait pas ; amalgame de discussions tenaces et de rires éclatants qui la fa-

tiguaient, cette fille d'artisans parvenus, pour qui
le foyer tranquille, ce rêve bourgeois, restait à l'état
d'idéal inaccessible. Et puis, tout ce remue-ménage
excitait les nerfs de sa fille. Toujours bien délicate,
Andrée! Aussi, sa mère s'était-elle infligé le sacrifice
de l'installer loin du château dans une partie éloi-
gnée du parc où se trouvait un pavillon autrefois
attribué à l'intendant des prédécesseurs des Pins.

La petite était là, comme «un enfant de France».
Elle avait *sa* maison où Luce passait tout le temps
qu'elle n'était pas contrainte de consacrer aux
hôtes de son mari.

Étrange chose! A Théo non plus, ce train ne
plaisait qu'à demi. Les premiers jours, oui, il y
avait été sensible. A comparer cette existence avec
celle qu'il menait encore la veille du jour où, costumé en moujick, il avait rencontré Raphaële, oui,
encore une fois, il s'en était délecté dans sa vanité.
Dame! il y avait de quoi. Se voir l'amphitryon
d'une telle assemblée de gens sur le passage de qui
les peuples forment une haie de becs ouverts, d'yeux
écarquillés, manifestant le plus sincère respect
admiratif, et se revoir seul en pantalon fatigué, les
pieds dans des savates, assis au coin d'un feu pleu-
rard de bûches montées au cent par le «fouchtra»
du coin, dans ce logement de garçon, où par économie il desséchait deux œufs à la coque, à force
d'y tremper des mouillettes, ça fait quelque chose;
ça excuse un mouvement d'orgueil.

Mais la sensation s'use vite. On ne peut pas,
tous les matins, se contempler à la glace et se
répéter :

« — Allons, je suis un cadet, tout de même ! »

Ce serait ridicule. Tout au plus y retombe-t-on de temps à autre, quand on songe au déplaisir des concurrents, à la rage des envieux. Alors, on se frotte les mains, les lèvres se plissent d'un mauvais sourire, et l'on jette une injure mentale au « tas de sales canailles » qui clabaudent dans les bas-fonds.

Théo n'en était plus à ce point ; le dégoût se faisait général, universel ; lui-même cessait peu à peu de s'intéresser. Il avait « décroché la timballe » et, maintenant qu'il l'avait en poche, ce lui semblait misère. En un mot, comme en cent, il était soûl du pouvoir.

— « Alors, *v'là* tout ? se disait-il. C'est ça le triomphe ; c'est ça la puissance ?... Belle *foutaise*, ma foi !... »

C'est qu'en dépit de l'apparence, du titre, des honneurs prodigués, il fallait bien voir qu'il n'était pas le maître. Quel travail, quels efforts, quelles diplomaties à dépenser sans relâche, pour faire prévaloir sa volonté. Que de fils à la patte !

Et, voilà ce qui le démoralisait, c'était que l'obstacle ne venait pas des adversaires, mais des amis au contraire, des partisans, de la queue qu'il traînait après lui. Toute une tribu de parasites, d'*assoiffés*, de pleure-pain avides de passe-droits, de faveurs, d'impunité, de privilèges, pour qui les principes sont pure *gnognote*, de la graine de niais ; des bêtises, quoi ! L'intégrité ? Vous voulez rire ! A moins de se diminuer, un homme à la hauteur de sa position ne parle pas de ça à ses camarades, voyons !

Des camarades, c'est bien cela; des amis qui ne soutiennent leur *sujet*, qu'avec l'espoir d'en devenir les complices.

Bizarre, en somme! Ce garçon qui, sincèrement, voulait profiter de son autorité pour réaliser des réformes, accomplir des progrès, ne pouvait proposer la moindre mesure sans provoquer des résistances imperturbables, et, pour le répéter, non pas chez ses adversaires, mais parmi les siens, ses coreligionnaires, les gens qu'il avait placés, pourvus, mis en passe de coopérer à son œuvre. Jusque dans son intime entourage, on lui opposait une inertie systématique et déterminée. Tout son personnel, en lutte contre ses idées, ses tendances, ses intentions! Préfets, chefs de division, collègues, journaux inspirés et subventionnés par lui, obéissaient à une consigne occulte, à une discipline mystérieuse, pour empêcher que ses décisions portassent leur effet. Des ennemis? Pas du tout! Pleins d'égards, d'enthousiasme, vantant son génie, ses talents, son coup d'œil d'aigle; mais s'arrangeant de telle sorte qu'aucune de ses mesures ne donnât le résultat poursuivi. Une armée qui, au lieu de le suivre, l'empêchait d'avancer, en le tirant par les basques de son frac, le circonvenant, le travaillant, lui mettant des bâtons dans les roues.

A certaines heures, y voyant clair, il avait envie de tout bousculer, de casser tous ces gaillards-là aux gages, et, secouant cette vermine, de crier au pays :

— Si vous n'avez pas peur, nous allons balayer toutes les vieilles ordures de la tradition, et mettre les pieds dans le plat, comme de grands garçons que nous sommes.

Mais c'était des foucades, et bientôt la lassitude l'arrêtait ; il se faisait sceptique, et concluait, en s'enfonçant dans son fauteuil, croisant ses jambes allongées, et en se disant :

— Après tout, qu'est-ce que ça me fait ! Je m'en moque. La crasse routinière qui les ronge leur plaît. Qu'ils s'arrangent, ces imbéciles ! Il y faudrait un coup d'État honnête, et ces ânes n'y croiraient pas.

Cependant, il souffrait dans sa conscience de toute cette duplicité. Cela pourra surprendre de la part d'un gaillard qui s'était laissé marier par sa maîtresse, qui maintenait celle-ci sous le toit conjugal, qui n'avait pas le temps d'être père, dont les poches regorgeaient d'un argent assez sale. Allez ! l'inconséquence est plus fréquente et naturelle qu'on ne pense. Aucun caractère n'est de toute pièce ; je l'ai déjà dit : la canaillerie, elle aussi, a ses défaillances. Lacenaire était un fils excellent pour sa mère. Les forçats se révoltèrent contre ceux qui livraient Toulon aux Anglais. La Phryte, privé de sens moral dans le domaine de la vie privée, avait de la probité politique. On n'est pas parfait ! Il n'y a que les anges et encore, l'histoire de Satan, précipité du Ciel, avec quelques camarades, donne à croire qu'il y a à en rabattre. Il est vrai que ça n'est jamais arrivé.

D'ailleurs, il importe peu et, en fidèle conteur, je me borne à vous dire : — « Théo était ainsi. » Croyez-en ce que vous voudrez.

En tous cas, soit influence irrésistible, fatale de l'atmosphère gouvernementale, éblouissement vertigineux du pouvoir peut-être — de bons esprits l'admettent — le premier ministre inclinait à l'autoritarisme. Le mépris de ses créatures l'y poussait. Comme leur radotage l'assommait, lui sonnait creux à l'entendement ! Les crétins, les buses, à son sentiment. Il lui prenait envie de les jouer sous la jambe, de triturer des alliances secrètes avec la droite, de passer un peu de rhubarbe à la réaction pour en obtenir le séné, et ainsi, de mettre à exécution quelques articles de son programme sans le concours de *sa* majorité qui l'embêtait, à la fin, à lui tenir la dragée haute, à l'accabler de sollicitations intéressées, à faire sonner sa prétendue indispensabilité, et à lui vendre sa soumission.

Le bon tour à jouer à toutes ces « vieilles barbes », comme à ces jeunes cadets qui s'enflaient pour paraître farouches. Leur nez, après !... Long de ça. Un *truc* capable de les remettre au pas et d'étouffer leurs criailleries.

Après y avoir pensé avec soin, il s'était décidé à tâter le terrain. C'est pourquoi, profitant des vacances parlementaires, il avait imaginé ces fêtes, auxquelles se rendaient, sur son invitation, des personnalités de toutes les nuances, le cardinal-archevêque y compris.

Certes ! l'on s'amusait, on se dissipait, on faisait tapage ; mais pendant que les jeunes gens galantinaient dans les coins retirés, les hommes considérables conféraient, utilement, à mi-voix, comme les premiers, dans l'embrasure des fenêtres, dans le

parc, en fumant un cigare, partout où l'on peut
s'aboucher, sous un prétexte plausible, qui n'éveille
pas l'attention.

Ça marchait-il; ça clochait-il? Je l'ignore. Ce
que je sais, c'est qu'à mener ces intrigues, Théo se
donnait un tintoin de démon, dont seule Raphaële
avait le pouvoir de le distraire et de le reposer. Il
en avait besoin. Dame, aussi! songez aux occupations multiples de cet homme!

Ce n'est pas tout, pour un ministre, de comploter
des alliances en vue d'un coup de théâtre à produire au bon moment. Il y a la besogne courante.
Il est en villégiature, c'est parfait. Mais, par le fil
télégraphique qui relie son château au siège du
gouvernement, dépêches sur dépêches arrivent, de
Paris, de province, des capitales étrangères. Ce sont
des courriers de cabinet qui débarquent avec des
dossiers. Ce sont les secrétaires qui ont à lire le
rapport des affaires à l'étude, des députations à
recevoir, des pétitions à parcourir, des secours à
accorder, et des signatures!... des ribambelles de
signatures à apposer sur lettres, dépêches, décrets;
le tremblement, mes bons amis. Dieu vous en pré-
serve! C'est bien le moins qu'on se dérobe une
heure pour se retremper près d'une femme aimée
dont la tendresse déride le front de son ami, chargé
de préoccupations et de soucis.

Théo ne s'en faisait pas faute, et, à mesure, se
relâchait, sans s'en apercevoir, des précautions
strictement observées durant les premiers jours.
Il ne supposait pas qu'on s'en aperçût.

Là-dessus, sa perspicacité était absolument en

défaut. Un coup d'œil d'aigle, c'est certain, en politique ; mais quant à ces vétilles, aveugle, ni plus
ni moins.

Un tort. Luce avait de très grands yeux. A Paris,
au ministère, cela était sans inconvénient. Ne
participant à l'existence de son mari que pour les
réceptions officielles, où la tenue est de rigueur,
elle n'avait jamais eu occasion de tendre son attention. C'était « un simple », du reste ; une de ces na-
tures droites et hautes d'âme, qui, regardant en face,
n'aperçoivent pas ce qui rampe et grouille à terre.
Tout lui avait échappé. Et d'autant plus qu'en
dépit de l'éclat des fêtes, son enfant l'absorbait en
entier.

Mais ici, aux Pins, autre affaire. On vivait en
commun, on se quittait pour se retrouver fortui-
tement à chaque instant. Des détails la mirent en
éveil. Toutefois elle réagit. Elle répugnait aux vi-
lenies. Quoi ! supposer que cette femme, une amie...
et sous ses yeux, chez elle ?... Allons !... Elle se dé-
fendait d'accueillir le soupçon ; elle s'en voulait, se
reprochait d'avoir à le repousser. Y songez-vous !
Mme de Chléha ?... Raphaële ?... Son amie, encore
une fois ? Non. Elle se débattait contre l'inquiétude ;
elle se révoltait contre la persistance de la mauvaise
pensée. Ce serait trop mal, convenez-en ; donc, ce
n'était pas vrai : impossible !

Malgré tout, une préoccupation latente la poursuivait, teintant son humeur de mélancolie. Mais
si, en femme qu'elle était, la tentation de s'édifier,
de suivre une sorte d'enquête lui venait, elle se fâ-
chait contre elle-même, en appelait à sa fierté. Elle,

Luce, descendre à épier ? Jamais ! Que le doute lui déchirât le cœur, tant pis. Elle ne voulait pas risquer de s'avilir en suspectant des innocents. Ils devaient l'être !

L'arrivée de son père, au surplus, la détourna de ce courant d'idées. Très heureuse de le voir et en même temps intriguée. A quel propos, cette visite à un pareil moment ? Pas mondain, Léonard. Plutôt amateur du calme intérieur et de la paisibilité familiale. Ne savait-il donc pas que les Pins étaient encombrés, et tout sens dessus dessous, avec tout plein de personnages dont la qualité intimidait un peu le verrier ? Ne lisait-il pas les journaux ?

— Si fait, ma fille, lui avait-il répondu. Mais il y a longtemps que je ne t'avais embrassée ; ça me manquait. Puis je voulais voir quels progrès fait la santé d'Andrée. Enfin, je voulais causer avec toi.

« Mais ce n'est pas pressé, mignonne, et si je ne gêne pas, nous verrons à cela quelque jour qu'il pleuvra. Ne t'inquiète pas. »

Ce jour-là on chassait en forêt ; les équipages, prêts en temps utile, devaient emmener la compagnie pour une campagne amusante. Il s'agissait d'un sanglier. Ces diables de bêtes-là ont le jarret solide, et il y en a qui ont l'originalité de filer droit devant eux, jusqu'à ce que épuisés, ils tombent parfois dans le département voisin. Rude affaire ! On sait bien quand on part ; mais qui peut présumer l'heure du retour ?

A tout hasard, des voitures pleines de vivres suivraient, et s'il fallait dîner à la belle étoile, eh bien ! on mettrait le couvert sur l'herbe, au centre de

quelque éclaircie sous futaie. Et si la nuit venait,
on trinquerait à la lueur des torches. C'est drôle !
Ça n'arrive pas tous les jours. Pourvu qu'en rentrant on trouvât un souper copieux, c'est tout ce
qu'il fallait. En route.

Luce déclina sa part de ce plaisir. Elle assisterait
au départ, présiderait au lancé ; mais il fallait lui
permettre de rentrer au château, tant pour s'occuper de sa fille, que pour surveiller les apprêts
du souper, n'est-ce pas ?

Chose entendue.

Il en fut ainsi. Quand la bête délogée par les pi-
queurs entreprit de distancer les chiens, et que la
cavalcade s'élança à sa suite, entraînant les équipages, Luce descendant de cheval, vint au coupé
qui l'attendait pour la ramener à ses devoirs de
mère et de maîtresse de maison. Léonard la suivit.

— Tu ne vas pas avec eux, père ?

— Ce tintamarre m'ahurit ; je suis un peu rouillé
comme écuyer, et d'ailleurs, c'est toi que je suis
venu voir.

Il monta avec elle dans la voiture et la conversation s'engagea.

Le bonhomme n'aborda pas de front le sujet qui
lui tenait au cœur. On eût dit qu'il n'osât, par
crainte d'en savoir plus qu'il ne voulait. Lui aussi
avait de grands yeux.

C'est pourtant de Théo qu'il parla ; mais d'abord
de l'homme politique seulement. Avec nombre
d'autres, Il trouvait que le chef du cabinet lou-
voyait d'une étrange manière. Comment cet
homme si net, quand il n'était que député, si hardi

à arracher les masques, si téméraire quand il
s'agissait d'appeler les choses par leur nom, deve-
nait-il si mesuré maintenant ? Ses phrases, bour-
rées de circonlocutions, de précautions, de sous-
entendus déférents, devenaient vagues, mettaient
en défiance.

Et puis, pourquoi ces mesures ? Le choix de ses
collaborateurs jurait avec ses déclarations, semblait en contradiction avec le drapeau qu'il avait
arboré au début.

Il se discréditait dans l'opinion des gens sincères, et il ferait bien d'y prendre garde. On l'accusait d'admettre trop de tempérament, de consentir de fâcheuses et immorales alliances, de faire
litière de sa dignité, par unique préoccupation de
garder son portefeuille.

Qu'en était-il au fond ? Luce le savait-elle ?

Non, Elle ne le suivait pas sur ce terrain ; sa vie
politique lui échappait entièrement.

— Il ne te parle pas de ses projets ; il ne fait
pas que tu t'associes de cœur à ses efforts, à la
conquête de ses objectifs ?

— Non. Il ne me croit peut-être pas capable de
le comprendre. Et puis, où en trouverait-il le
temps ? Je l'entrevois à peine. Toujours en confé=
rence chez lui ; toujours en conférence dehors.
Rares sont les jours où je le rencontre au dîner.
Mais aucune intimité possible ; il a du monde, et
ce n'est pas avec moi qu'il cause.

— Mais, ma pauvre enfant, je me demande si
tu es bien heureuse ainsi.

— J'eusse rêvé autre chose, c'est certain, père,

et tu le croiras aisément, toi qui me connais si bien. Mais le poste qu'il occupe veut cela, et « la femme doit suivre la condition de son mari ». La loi le veut, le bon sens l'exige, et je ne me plains pas.

Léonard, si bien qu'il connût sa fille, pensa que peut-être les grands honneurs qui lui étaient accordés équivalaient, au sentiment de Luce, à une compensation suffisante.

— Moi? s'écria-t-elle avec une nuance d'amertume, moi, père, tu me crois sensible à ces hommages officiels? Ah! Dieu! j'aurais donc bien changé !

« Rien n'est plus contraire à mes aspirations, en vérité ! Que me font les politesses de ces hauts personnages que je ne connais pas, qui passent et se succèdent comme dans une lanterne magique. Quel commerce plus banal, plus dénué d'intérêt, dis-moi, père ?

« Et quelle fatigue maussade que la perpétuelle représentation ! Sous les armes. toujours, en continuelles fêtes comme en ce moment. Une sujétion pénible plutôt.

« Depuis que je suis condamnée à cette vie, tu ne saurais croire combien je plains ces personnes royales, que j'admirais jadis, avec une naïve envie. Les malheureuses reines ; les infortunées princesses, qui, jusque dans leur intimité, dans leurs affections, se doivent soumettre avant tout à la raison d'État et à l'étiquette !

« Ce n'est rien encore que de trôner sur une cohue d'indifférents, dignitaires aujourd'hui, destitués demain ; mais l'obligation d'accueillir des

êtres antipathiques, qu'on hait ou qu'on méprise,
ah! le terrible revers de médaille.

« Songe, père, qu'à certains jours, je suis contrainte d'avoir à ma droite, dans un dîner du ministère, un de ces Allemands, de ces Prussiens, qui
ont couronné leur maître de lauriers facilement
cueillis sur le sol d'un pays sans défense; qui se
sont couverts de gloire par des exploits de grand
chemin, s'emplissant les poches, se gorgeant de
victuailles, et qui ont fusillé des femmes!

« Ah! père, si tu savais ce que je ressens, dans
mon âme indignée, meurtrie, quand il faut que je
me laisse saluer par un de ces esclaves chamarrés,
qu'un froncement de sourcil de Bismarck peut envoyer pourrir dans une citadelle. *Il le faut*, dis-je,
et en effet; la raison d'État encore. Il faut étouffer
la protestation, retenir l'injure que du premier
mouvement, on va leur jeter au visage; il faut
sourire, endurer des compliments, soutenir la conversation avec ces hommes, qu'on voudrait chasser
de chez soi.

« Ça... Ah! ça, c'est le plus dur!

« Mais encore une fois, la position le veut, et je
m'incline.

« Ne crois donc pas, mon père, que je sois de-
venue glorieuse et vaine. Je subis les devoirs de la
condition de mon mari; voilà tout.

« Tu me demandais tout à l'heure, s'il ne s'ouvre pas à moi de ses projets. Non, t'ai-je dit. Cependant — En raison de quoi? Je l'ignore, — il lui
arrive parfois, ou plutôt, il lui arrivait, au début de
son entrée aux affaires, de m'envoyer un billet pour

me dire de faire dresser la table, dans mon appartement particulier, au coin du feu de ma chambre, si je voulais, pour dîner, tous deux, tout seuls et de bonne heure.

« C'était comme une fête, pour lui, disait-il, de se débarrasser, durant quelques heures, de la livrée officielle qui lui brûlait les chairs.

« Ces jours-là, il s'abandonnait amicalement. Sans me mettre au courant de sa politique, il m'avouait ses lassitudes, ses écœurements, ses tristesses. Il me proposait de tout planter là, de nous sauver dans un coin, après un voyage, qui, en lui faisant voir des choses nouvelles, le retrempât, le rendît à moi et à lui-même. Et puis...

— Et puis? demanda Léonard.

— Que veux-tu ! le courant le reprenait le lendemain, il subissait les influences...

— Voilà! fit le verrier, voilà ce qui m'inquiète pour toi, Luce ; ce sont les influences étrangères ; quand il me semble que la tienne devrait les dominer toutes. Es-tu sûre d'avoir assez fait, d'avoir tout fait, pour qu'elle prime les autres?

La jeune femme garda un moment le silence.

— Père, dit-elle à la fin, je ne suis pas la femme qui pouvait avoir de l'influence sur l'esprit de Théodose.

— Et qui est la femme qui peut en exercer?

La question si brusquement posée troubla Luce. Tous les soupçons qu'elle s'appliquait à dompter firent irruption.

— En est-il donc une? fit-elle vivement.

16

— Le crains-tu? Je te le demande.

Mais l'épouse du ministre s'était ressaisie aussitôt. Elle savait le caractère de son père. Il lui était facile de prévoir qnelles résolutions lui suggérerait la certitude de l'humiliation et de la douleur de son enfant. Elle eut peur. Et puis, sur quoi reposait son inquiétude, à elle. Rien qu'une intuition pénible. Ce n'était pas suffisant.

— Je ne le crois pas, mon père, répliqua-t-elle avec calme. Non ; ce sont des influences multiples qu'il faut admettre ; c'est... tiens, je te dirai toute ma pensée, c'est que la tâche est trop lourde, trop vaste, pour Théo, et que, d'instinct, il sent son insuffisance.

« Va ! il n°est pas le seul. Tant qu'il ne s'est agi que d'apprécier de loin des questions d'ensemble, de relever les erreurs des gouvernements, ça été facile. Mais, les guides en mains, on a vu ce qui échappe à la galerie, les obstacles de détail, les ornières menaçantes. On était, dans la salle, simple spectateur, regardant la comédie. On est dans les coulisses, à présent. On sait, on voit de près, pourquoi les rouages grincent, pourquoi les acteurs ne défendent pas la pièce. Toutes les difficultés apparaissent crûment, et l'on se désoriente, dans l'impossibilité de vaincre les mauvaises volontés, d'empêcher les maladresses, de ruiner les complots ; dans l'impossibilité, avant tout, de faire table rase. Comment ? Le public est là ; il a payé ; il attend. A toute force, il faut que ça marche ce soir ! Bien ou mal, tant pis pour les fautes de mémoire, les entrées manquées, les accidents de

scène ; il faut aller jusqu'au bout, et sourire. Demain, on verra.

« Quand on est à la hauteur de la situation,
quand on a conscience d'un savoir éprouvé, d'une
conviction forte et mûrie, on utilise l'entr'acte à
redresser la manœuvre, à faire prévaloir sa volonté. Mais quand on reste encore surpris de la
fortune qui vous tombe du ciel, quand on se défie
de ses moyens ; quand enfin, homme d'opposition,
on s'improvise homme d'État, grâce à un coup de
hasard, on se désoriente et l'on ouvre les oreilles à
tous les avis.

« Voilà l'histoire de mon mari. Il ne faut pas en
chercher plus long, père. »

Comme elle concluait ainsi, le coupé s'arrêtait
au pavillon où Andrée avait été reléguée momentanément. Le père et la fille montèrent près d'elle
avec qui l'on allait déjeuner.

L'enfant n'allait pas tout à fait bien ce matin-là.
Elle mangeait du bout des dents. Le tour bleui de
ses yeux aggravait la pâleur transparente de son
petit visage ; son sourire avait des mélancolies si-
lencieuses et absorbées.

Tout le temps du repas, elle se tint à peu près
cependant. Puis on l'emmena au soleil où Luce
resta seule avec son père ; vaincue par l'appréhension latente qu'elle oubliait de cacher et dont
Léonard sondait avidement la profondeur.

Lentement, il s'approcha de la jeune mère, l'entoura de ses bras et l'attirant sur sa poitrine :

— Toi, dit-il, tu as de la peine, toi, tu souffres
et tu me le caches. Tu ne m'aimes donc plus ?

C'était trop! La pauvre fille se laissa aller et suf-
foquant en sanglots, sous les baisers de son père,
attendrie, égarée:

— Oui, père, s'écria-t-elle, oui, père, tu as raison, j'ai de la peine; oui, je souffre, je n'en peux plus!

Léonard n'eut qu'un mot:

— Allons-nous-en! dit-il.

Puis s'agenouillant devant elle:

— Je ne te demande plus rien, ajouta-t-il, je n'ai
besoin de rien savoir. Tu pleures, c'est assez. Viens,
fillette, viens reprendre ta place chez toi, au milieu
de ceux qui t'aiment et pour qui ton sourire équivaut aux rayons du soleil. Partons. J'abandonne
tout le reste : on pensera, on dira ce qu'on voudra.
Nous sommes au-dessus des appréciations des
autres. Que nous importe l'opinion. Je dirai:

— « Elle n'était pas assez heureuse, je l'ai re-
prise. »

« Cela, dans la bouche de Léonard Burnet, suffira
à tous.

« Ah! mon enfant, mon unique bien, ma seule
raison d'être! Tu as cru me donner le change, tu
l'as voulu par vaillance et par générosité affec-
tueuse envers ton père. Sois bénie, je t'adore, c'est
fini, allons-nous-en!

Elle y penchait. Ce lui semblait le mieux. Ce lui
semblait si simple aussi:

« Nous nous sommes trompés l'un sur l'autre; la
déception est égale des deux parts; l'entente ne
s'est pas faite; la cohésion ne s'est pas produite,
quittons-nous avant la désaffection complète, gar-
dons un peu de regret, qui souffrira que nous nous

abordions sans haine, sans que le ressentiment nous anime réciproquement.

« C'est possible encore... Les heurts inévitables, les déchirements cruels ont été évités jusqu'ici, n'aggravons pas le dissentiment par des luttes, des éclats, des reproches qui nous empêcheraient de nous garder de l'amitié. »

« Suivons chacun notre chemin, et si le malheur vient, que nous puissions nous assister par estime, intérêt et bon souvenir.... »

Cependant partir ainsi, sur l'heure, sans une explication, sans un mot; s'enfuir enfin, était-ce possible ? Et en un pareil moment ? Alors que Théo, si en vue, si entouré de gens qui, en dépit des dehors, n'étaient pas tous des amis, au contraire ?

C'eût été donner prétexte à des commentaires fâcheux, provoquer un scandale. C'eût été indigne d'elle, injuste pour lui. Il ne méritait pas que sa femme le mît en mauvaise attitude, lui causât du discrédit, créât des entraves à sa fortune.

Elle le dit à son père. Il eut peine à se rendre ; mais elle insista.

— Je tiens, dit-elle, à ce que la séparation s'opère d'un commun accord, après une explication cordiale. Je veux qu'il marque lui-même l'heure de ma retraite, en lui laissant le temps de préparer l'opinion, s'il le juge utile pour lui.

Comme elle en était là, on ramena Andrée.

— Le vent s'élève, dit la gouvernante. Je viens prendre des vêtements plus chauds.

— Vous avez raison, dit Luce, allez.

Puis de nouveau en tête-à-tête avec Léonard :

16.

— Vois-tu, père, ajouta-t-elle, il faut penser à
elle aussi. Ai-je le droit de la priver d'une sollicitude paternelle qui se développera sans doute, si
lui et moi nous restons en bons termes, tandis que
l'enfant risquerait de pâtir si je n'avais la sagesse
d'éviter à tous prix des froissements douloureux.
Tu m'as appris le sacrifice, permets-moi d'appliquer tes leçons.

Burnet garda le silence et, la petite reparais-
sant, il lui prit une main tandis que Luce prenait
l'autre et l'on alla se promener dans les allées, dont
les grands arbres faisaient obstacle à la brise.

Au lointain on entendait, par échappées, le son
des trompes indiquant les péripéties de la chasse.
Entre temps, le grand silence s'animait du bruissement des feuilles agitées à la cime des chênes et des
insectes bourdonnant ; bruissement que le siffle-
ment du rossignol ou de la fauvette dominait pour
un instant. On allait en suivant des pensées graves.

Un des huissiers amenés au château, pour le
service du ministère, rejoignit bientôt la femme de
Son Exeellence. Une dépêche importante venait
d'arriver. Le secrétaire resté de faction au cabinet
de Théo, jugeait pressant d'aller la mettre sous les
yeux du ministre où qu'il fût. Il faisait demander
un surplus d'indications sur le pays qu'il ne connaissait pas. On les lui fournit. Un palefrenier, en
raison des ordres reçus, amena un cheval sellé à
l'huissier, qui, se transformant en estafette, partit
au grand trot.

Vers sept heures, Luce, seule, dans un des petits
salons du château, le front appuyé contre la vitre

d'une fenêtre, plongeait le regard dans la profondeur d'une allée qui s'ouvrait de biais dans le parc. Elle résumait ce qui s'était dit entre elle et son père, pesait toutes considérations, se confirmant à mesure dans la volonté de tout faire pour parvenir à une séparation amiable ; la seule qui conservât l'espoir de se rapprocher plus tard, quand on serait vieux et, en tous cas, de montrer qu'on s'honorait, lorsque les grands événements futurs, le mariage d'Andrée, par exemple, nécessiteraient qu'on parût ensemble en public.

Le vent était tombé. Déjà le jour déclinait. On était en septembre. Les reflets rouges du soleil couchant allongeaient les grandes traînées d'ombre, fonçant le vert presque noir du gazon. A travers les taillis, quelques lueurs éparses filtraient écarlates, crues, à travers les troncs qui semblaient incendiés.

La jeune femme contemplait distraitement ce spectacle sévère et grand qui influençait son esprit sans qu'elle en eût conscience. Rien ne remuait. On eût dit un tableau gigantesque, quelque décor d'opéra.

Bientôt, vers le milieu de l'allée sous ses yeux, débouchèrent deux cavaliers, ou plus exactement, un cavalier et une amazone. Ils se dirigeaient vers l'habitation, à une allure régulière et pressée. Un peu avant d'entrer dans le large espace qui s'ouvrait circulairement devant la façade du château, ils mirent leur monture au pas.

Luce ne pouvait distinguer leurs traits. Elle ne s'y attachait pas, du reste. Des indifférents, ses

hôtes. Néanmoins ils s'arrêtèrent, causant très
près l'un de l'autre. Puis l'homme étendit le bras
et l'amazone se penchant, il lui entoura les épaules
et ils échangèrent un long baiser d'amoureux. Les
chevaux ne sentant plus le mors avancèrent lentement, sans que ces personnes tendres se sépa-
rassent. Peut-être cela les amusait-il de s'embrasser en telle situation. Quoi qu'il en soit, l'éclaircie
d'une clairière les mit tout à coup en pleine et
vive clarté.

Cela ne dura qu'une seconde : un coup de lumière
électrique lancée des frises d'un théâtre sur les personnages fantastiques d'une féerie. Mais dans le
mouvement qu'ils firent pour se dégager brusquement, Luce crut reconnaître Théo et Raphaële.

Eh quoi!... là, à deux pas d'elle, dans l'ombre de
la maison de sa femme et de son enfant, aux yeux
des domestiques peut-être?

Allons! elle se trompait, elle voulait se tromper!
Puissance de l'idée préconçue, de l'inquiétude
instinctive; une hallucination!...

Les deux cavaliers approchaient. Déjà des serviteurs attendaient au bas du perron, pour conduire
les chevaux aux écuries.

Anxieuse, le cœur serré, Luce, qui avait ouvert
le battant de la croisée, les englobait d'un regard
perçant.

Ah! seigneur! C'était vrai : Mme de Chléha et La
Phryte ensemble; Mme de Chléha et le père d'Andrée se caressant à ciel ouvert, cyniquement, sa-
lissant le foyer d'amours dévergondées. L'horreur!...

Pas de doute! Il faisait clair au bas de la maison. Elle les voyait distinctement, elle les entendait se parler.

Puis, les domestiques éloignés :

— A tantôt, chez toi?

— Tu le veux?

— La chasse ne rentrera pas avant minuit. D'ailleurs, les trompes annonceront suffisamment le retour.

— Mais... ?

— Luce!... Toute à son bonhomme de père. Ils doivent être au pavillon.

— Eh bien !... soit.

Une poignée de main et ils se séparèrent.

Quelques instants après, Théo entrait dans le salon où l'attendait sa femme.

— Tiens! vous êtes là, ma chère?

— J'ai à vous parler, Théodose, répondit Luce, d'une voix qu'aucune apparence d'émotion ne troublait.

— C'est si pressé? Au fait, il n'importe. Permettez-moi de répondre à ce télégramme qu'on m'a apporté en pleine chasse et qui m'a contraint d'abandonner la poursuite de l'animal.

— Je vous suivrai dans votre cabinet, si vous le permettez.

— Assurément.

La dépêche rédigée, le secrétaire sortit pour en faire l'expédition, La Phryte se tourna vers la jeune femme et souriant avec la courtoisie qui lui était habituelle :

— Me voici à vos ordres, Luce. Qu'y a-t-il,
voyons?

D'un ton posé, en phrases simples, elle lui répéta tout ce qu'elle avait dit tantôt, mais dans un
autre sentiment, à son père.

Elle avait débuté ainsi :

— Mon ami, il s'en est peu fallu qu'en rentrant
on vous apprît que je vous avais quitté.

Théo avait eu un soubressaut. Mais elle l'avait
interrompu pour lui énumérer les raisons qui
l'avaient retenue ; les raisons qui la déterminaient
à l'abandonner, ne réclamant rien, du reste, pour
rentrer dans sa famille, où elle serait en sécurité.

De ce qu'elle venait voir dans le parc, pas un
mot.

Quand elle eut terminé, Théo lui apparut sous
un aspect qu'elle ne lui connaissait pas.

— Vous êtes folle, n'est-ce pas? dit-il d'une voix
sèche et nerveuse,

Et comme elle allait répliquer :

— Assez là-dessus ! s'écria-t-il avec un mouvement d'impatience brutale. Si nous nous sommes
trompés, comme vous dites, il est trop tard pour
nous en apercevoir. Quand on a fait une sottise,
on la paye, et au lieu d'ameuter les imbéciles, on
tâche que le monde n'en devine rien. C'est un
principe élémentaire de tenue pour les gens comme
il faut. Au surplus, ajouta-t-il en haussant les
épaules d'une façon hautaine et méprisante, je
n'ai qu'une réponse à vous faire : « Je ne veux
pas, » Cela vous suffira, je pense.

— Non ! fit-elle avec fermeté,

A son tour, le ministre éprouva de la surprise.
Ce « non » était articulé avec un accent qui transformait la jeune femme. Il s'attendait bien à une
scène, scène de pleurs ou de rage féminine, quelque orage nerveux. Mais ce n'était pas cela. Celle
qui répliquait par un pareil « non » était un caractère dont la facilité, constante jusque-là, avait
été, non pas le fait d'une résignation intimidée,
mais d'un vouloir très clair.

En réalité, Luce avait exactement la nature de
son père. Tendre, douce jusqu'à l'extrémité, ;
mais la mesure passée, d'une résistance inébran-
lable.

Théo en eut la révélation subite.

— Non, répéta la mère d'Andrée, cela ne peut
me suffire, soyez-en bien certain. Toutefois, si je
refuse de vous obéir désormais, je puis consentir à
prolonger encore mon séjour près de vous, afin de
sauver les apparences ; mais cela, à une condition...

— A une condition ! répéta La Phryte outré.
Voyons cela pourtant, laquelle ? dites.

— Vous allez déclarer à Mme la baronne de
Chléha que j'exige qu'elle sorte de chez moi à
l'instant...

« Ah ! ne vous abaissez pas à mentir ! s'écria-t-
elle vivement. Tout à l'heure je vous ai vus tous
deux ; tout à l'heure je vous ai entendus, et à tous
risques, comprenez-moi, Théodose, je ferai que
cette créature ne passe pas la nuit sous le toit qui
m'abrite.

Quelle que fut son émotion, Théo affecta de
sourire en goguenardant.

— Ah ! bon !... bien, fit-il. Une scène de jalousie ! Je vous supposais de meilleure éducation, ma chère.

— On jalouse ceux qu'on aime. Et moi, je ne vous aime plus,

— C'est franc, du moins. Mais écoutez, Luce. C'est le premier débat qui s'élève entre nous ; coupons-y court, afin que ce soit le dernier. Vous avez cru voir, vous avez cru entendre, et vous vous êtes monté la tête. Vous vous êtes trompée, ma chère. Tenez-le pour assuré, puisque je vous l'affirme, et si vous prenez le temps de calmer vos nerfs, vous verrez que vous dites des folies.

La jeune femme se leva.

— Théodose, dit-elle, sans manifester d'émotion, Raphaële est votre maîtresse... Ça m'est égal. Peut-être étiez-vous son amant avant notre mariage ; je ne me soucie point de le savoir. Ce que je sais, ce qui est assuré, parce que moi aussi je vous l'affirme, c'est qu'elle ne salira pas plus longtemps cette demeure et que de façon ou d'autre, elle va partir.

« Je vous offre de l'aller trouver. Vous improviserez ensemble un prétexte qui explique son absence ; mais... décidez-la, je le veux !

— Vous le voulez ? hurla Théo hors de lui. Et vous comptez que j'irai lui dire : — « Ma femme a la sottise de vous accuser, allez-vous-en. » Vous croyez cela ?

— Je vous en conjure !

— Eh ! vous êtes stupide, à la fin ! répliqua le fils du père de Rény.

— Vous refusez ? fit Luce, soit ?

Et elle se dirigea vers la porte.

Le ministre bondit à elle, lui barrant le passage.

— Où allez-vous ? demanda-t-il d'une voix étranglée.

— Je vais lui signifier que je ne veux pas d'une fille dans l'air que je respire.

D'un mouvement furieux, Théo saisit le bras de la malheureuse et le lui serrant à le meurtrir :

— Je vous le défends, cria-t-il, l'œil en feu, la bouche écumante.

— Vous êtes un misérable ! répliqua-t-elle froidement en soutenant son regard, et à moins que de m'attacher...

— Vous irez ?...

— Certes !

La colère égara La Phryte. Il leva la main.

— Prenez garde !... fit-il

La jeune femme jeta un cri d'épouvante et de douleur. Il lui brisait le poignet.

A ce cri, la porte s'ouvrit brusquement. Léonard, livide, s'élança sur son gendre, et d'un seul mouvement, l'étendit à ses pieds.

— Père ! s'écria Luce, en se jetant à lui, pour l'arrêter.

— Retire-toi, ma fille, dit posément le vieillard. Laisse. Il le faut, ajouta-t-il avec douceur.

Il l'embrassa et la conduisit à la porte, qu'il ferma.

Théo s'était relevé en proie à une exaspération froide, concentrée, qui le déterminait aux résolutions extrêmes.

17

— Écoutez-moi, vous, maintenant, fit Léonard. Je ne vous ai pas étranglé, c'est miracle. Louez le ciel. Mais il est superflu de vous dire ce que vous êtes et d'apprécier votre conduite. Je prends les choses de ce moment.

« En vous faufilant chez moi, à la suite d'une courtisane, vous n'aviez en vue que d'escroquer ma fortune. C'est fait. Le coup a réussi. Passe.

« Quant à ma fille, elle ne vous est plus rien. Les souillures de votre contact n'ont pu l'atteindre. Je la reprends et je l'emmène.

« Reste un point : Expliquer son départ aux personnes qui sont chez vous. Si vous trouvez un expédient, dites-le, je me prêterai à éviter le bruit.

« Seulement, faites vite, j'attends. »

Théo avait eu le temps de se remettre.

— Vous ne vous figurez pas, répondit-il en s'étendant sur un fauteuil, combien vous êtes ridicule, et combien vous m'amusez avec vos airs de vengeur de mélodrame.

« Mais, mon cher monsieur, vous arrivez donc du Congo ; vous ne savez donc rien de rien. En dépit de vos soixante ans d'expérience, du commerce des hommes et de l'intelligence qu'il vous a fallu pour diriger votre fabrique, vous êtes donc resté ignorant comme un paysan breton ?

« Vous reprenez votre fille, dites-vous ? Elle ne m'est plus rien ?... Eh ! bonhomme, c'est à vous qu'elle n'est plus rien. C'est à moi qu'elle est toute. Et la loi en main, cette loi que vous négligez vraiment trop, cette loi en main, dis-je, je

vous enjoins de vous retirer et de ne jamais vous
présenter, désormais, puisque votre influence sur
ma femme jette du trouble dans mon ménage.

« Voilà la situation claire et nette.

— Vous prétendriez me séparer de mon enfant,
reprit Léonard, m'interdire de la voir, au nom de la
loi ? Ce serait vrai ! Il y aurait une loi qui arrache-
rait l'enfant à son père, qui défendrait à celui-ci
de lui prodiguer ses tendresses, de l'assister dans
son chagrin, dans ses douleurs ? C'est faux.

A cette menace, le pauvre homme s'était comme
affaissé, d'abord. Une anxiété terrible lui étrei-
gnait la gorge ; ses yeux fixes semblaient sortir de
leur orbite.

Tout à coup un flot de sang lui monta au visage.
Le plébéien se retrouva tout entier, rude, énergique, indéconcertable, grossier même, et, se levant. avec un coup de poing furieux sur la table :

— Au surplus, vociféra-t-il, je m'en *fous!*
Quand la loi est impuissante à assurer la justice,
on passe outre ; on se fait justice soi-même !

— Vous voulez m'assassiner ?

Léonard contempla le ministre un moment, puis
d'une voix sourde :

— Peut-être ! fit-il.

— C'est votre dernière ressource, risposta La
Phryte en ricanant. Tenez...

Et du doigt, il lui montra un clavier télégraphique dissimulé sous le tapis de la table où il
s'appuyait.

— Mes mesures sont prises, ajouta-t-il, du même
ton triomphant et mauvais. Mes ordres sont don-

nés et pour parler votre langage, si « vous vous
foutez » de la loi, moi, plus modeste, je me... fiche
de vous.

« Partez de là mon brave : Votre fille est ma
femme ; j'en disposerai à mon gré ; je la torture-
rai, s'il me plaît, et vous appelât-elle à son aide à
travers les murailles ; vous ne pénétrerez jusqu'à
elle qu'avec ma permission.

« Voilà ma réponse à vos menaces.

« Pour vous tirer du mauvais pas où vous vous
êtes mis, deux moyens seulement :

« Tuez-moi, si vous osez affronter la place de la
Roquette, ou bien, allez prier Mme de Chléha d'in-
tercéder pour vous.

— Il serait trop tard, répondit Luce, qui venait
de reparaître.

— Hein ?

— Je l'ai chassée, dit dédaigneusement la jeune
femme.

Théo pâlit à croire qu'il allait s'évanouir.

— Viens, père, ajouta Luce. Dans une heure
nous serons hors d'ici.

— Soit, répliqua La Phryte en prenant un air
de vaincu, je ne puis pourtant pas appeler les gendarmes. Allez donc, ma chère, soyez plus heureuse
qu'avec moi, et... ajouta-t-il en serrant les dents,
prévenez-moi, je vous prie, par un mot... quand
vous voudrez embrasser votre fille.

— Ma fille ! cria la malheureuse femme frappée
de terreur. Que voulez-vous dire ?

— Oui, oui ! vous pensiez l'emmener ! fit Théo
en souriant. Vous avez envoyé au pavillon afin

qu'on la préparât à vous suivre ! Je vous retourne le mot, chère amie : — « Trop tard !... » Vous reverrez... *ma* fille... quand vous serez sage !...

« Partez si vous voulez, à présent. »

Luce fléchit sur ses genoux et perdit connaissance dans les bras de son père.

X

LA BASCULE

Ce fut une. étrange émotion dans Paris, le jour où le ministère La Phryte fut renversé. Son élévation aux affaires, qui avait eu tant d'éclat, jurait avec la misère de la chute. Il n'était pas tombé du pouvoir; il en avait glissé! L'événement s'était produit par surprise, sans provocation, par hasard. Sur une question de mince importance, Théo était maladroitement intervenu au débat. Ç'avait paru inutile. On s'était légèrement susceptibilisé. Et deux grandes heures il avait parlé. Personne n'avait répondu; puis, au dépouillement du vote, pas trente voix pour lui.

Ah! la drôle de chose! On s'était regardé ahuri, ne comprenant pas. Et lui, en bas, au banc des ministres, il s'était trouvé tout bête. Qu'est-ce qu'il y avait; quoi donc, enfin? Rien. Un vote d'agacement; un phénomène nerveux qu'on regrettait déjà.

Pour comble, des maladroits répétaient :

— Mais je ne savais pas, moi. Je croyais que nous ne serions pas dix contre lui. Sans cela, parbleu qu'est-ce que ça me faisait de lui donner ma voix sur un sujet si mince. Dites donc : si l'on proposait de revenir sur le vote, si l'on disait qu'il y a eu méprise, malentendu !...

— Je veux bien. Et vous ?

— Pourquoi pas ?

Ah ! mais non ! C'eût été « le coup du lapin ». Non ! ça y est, tant pis !

Théo sortit de la Chambre abruti. Le surlendemain, il quittait le quai d'Orsay, reprenait possession de son hôtel particulier, et personne ne pensait plus à l'accident ; personne, excepté lui, à qui l'humiliation rafraîchissait la mémoire.

Bon pour les premiers jours. Il se les accordait, comptant sur le retour de cette belle insouciance qu'on lui avait tant reprochée et à laquelle il aspirait à présent.

Cependant elle tardait à revenir. C'est qu'aussi tout un monde ravivait la blessure d'orgueil. Les amis d'abord, tous ceux qui s'étaient inféodés à sa fortune et avaient spéculé sur elle. Oh ! les condoléances ! Oh ! la queue des visiteurs, qui pensaient lui devoir une marque de sympathie ! Qui est-ce qui disait donc qu'il avait fait des ingrats ? Où ça ? Plus de trente venaient chaque jour lui serrer la main, décrier ses adversaires, lui répéter :

— C'est une indignité ! Il y avait complot. C'est visible. Ah ! on connaît le dessous des cartes ! J'en

sais de belles! Vous avez été indignement trahi.
C'est qu'aussi toute supériorité les gêne, ces ânes!
Il leur faut des ministres à leur taille, des serviteurs à leur dévotion, des plats-pieds tels qu'eux-
mêmes.

— Mais patience, la revanche est proche. Est-ce
qu'on peut se passer de vous? Voyez ce qu'ils font,
les autres! Çà lève le cœur. Et notez qu'ils se dis-
putent déjà dans le Cabinet. Je ne leur donne pas
six semaines.

— Qui après? Voilà le *hic* ?...

— A moins de reprendre Jules Simon! disait un
plaisant.

Et de rire!

— Ou Rochefort.

— Un comble!

Nouveaux éclats de gaieté. Puis en chœur :

— Il faudra venir vous supplier de reprendre la
queue de la poêle. Je les défie bien d'en sortir autrement.

Toutefois, en sortant :

— Il m'a fait peine, avec son sourire contraint.

— Mon cher, il ne s'en relèvera pas.

— Vous le croyez fini?

— Vidé, rincé comme un verre de bière!

— Après tout, il n'a pas déjà tant fait florès.

— Je vous crois!

— Voilà le côté faible de la République, mon
cher; pas d'hommes.

— Hélas!... Pauvre France!

Comment oublier sa mésaventure, quand du

matin au soir on vous tourne ainsi le couteau dans la plaie?

De leur côté, les ennemis le harcelaient ferme. On le *blaguait* tant qu'on pouvait. Un coup de griffe en douceur de la *République française*, un compliment perfide des *Débats*, un pavé de pâte ferme du *Temps* et une pluie de pointes du *XIXe Siècle* tous les matins, sans compter le *mot de la fin* d'Emmanuel Arène, chaque soir, à quatre heures, dans le *Paris*, du « jeune Laurent », comme on dit au *Pays*.

Malgré tout La Phryte était tenu en haleine, rageant à blanc, ruminant ses rancunes, en voulant à l'univers entier, lisant tous les journaux, pour voir ce qu'on disait de lui, et se fâchant contre ceux qui n'en parlaient plus.

Oui ! cours après ton insouciance, pauvre homme ! La robe de Nessus est collée à tes flancs, comme des taons opiniâtres. Tu as mis le pied sur le tremplin, jamais tu ne prendras ton parti de la culbute ; tu voudras toujours y remonter, il *faut* que tu y remontes, au risque de te casser le nez tout à fait.

C'est le mal qui les ronge, tous ceux qui ont occupé l'opinion. Ce serait fini ? Non ! Encore, encore !

Il en venait à chercher des combinaisons pour se raccrocher aux branches. Il rêvait des alliances incongrues. Il voulait fonder un journal. Il briguait des présidences de commissions, et dans les couloirs, le dépit l'entraînait à en dire tant contre ses successeurs et leur politique, qu'il se faisait accuser de manquer de goût.

Du goût ? Ah ! il s'agissait bien de cela, je vous

assure. Il s'agissait de regrimper au pouvoir, d'être de nouveau le maître, afin de se venger de celui-ci, de celui-là, de tout le monde.

Il tenait qu'on avait été ignoble envers lui. Croiriez-vous ça ? Un des nouveaux ministres étant mort, l'un des collaborateurs de *son* Cabinet, un homme qu'il avait *fait*, vous savez bien, un obscur qui lui devait tout, cet homme-là avait accepté le portefeuille vacant, avait passé au camp adverse, avec armes et bagages !

C'est laid, l'humanité !

Mais il savait bien d'où venait le coup. Ah ! Seigneur ! rien à lui apprendre ! Et d'où donc ? — De l'Élysée, monsieur ! Parfaitement, de l'Élysée, du « père » Grévy qui, sous sa *bonifacerie* apparente, est un autoritaire enragé, sachez cela. Un masque, sa *bonifacerie*, un *truc*, l'affectation de s'amuser à jouer au billard, soi-disant pour laisser la bride sur le cou à ses ministres. Oui, allez-y-voir ! Très *truqueur* « le père Grévy ! »

Mais patience ! Que Théo revînt au ministère ! Il ne se montrerait fichtre pas si bon enfant qu'à son premier passage. Soyez tranquilles ! Vous verrez ! vous verrez, comment on lui serre la boucle à l'Élysée. Il faudra jouer au billard pour de bon, cette fois-ci !

Le malheureux ne décolérait pas. Cependant des crises d'abattement commençaient à se succéder de temps en temps. Il avait envie de donner sa démission de député. Ma foi ! qu'ils s'arrangent. Canailles, imbéciles et compagnie. Qu'est-ce que ça lui faisait tout cela, après tout ?

— Mais le pays?

— Ah! oui, voilà, tenez! Le pays. Que deviendrait-il le pays?

Il partait de chez lui, à pied, projetant de se distraire; quelque part où il ne serait pas question de la politique, de la Chambre, de l'Élysée et des nouveaux ministres. Pas du tout! On le rencontrait par les rues, le chapeau sur les yeux, déconfit, taciturne, *vanné*, parlant tout haut, faisant des gestes. Et en rentrant, il était enflammé!

— Le pays? Attends voir! Lui aussi, il le ferait marcher le pays. Pas malin!

Le pouvoir est une griserie, une sorte d'alcoolisme que la délectation exaspère à mesure. A celui-ci, des femmes et des femmes encore jusqu'à ce que, perclus, ataxique, baveux, *gaga*, on l'enferme soit chez Blanche, avec les agités, soit chez Dubois, avec les impotents. A cet autre, une absinthe, un bitter, toujours, toujours, jusqu'au *delirium tremens*. A Théo, le pouvoir, un portefeuille à perpétuité. Il le lui fallait et l'attendre le rendait fou furieux.

Il n'y avait qu'un endroit où il se calmât, c'était chez Raphaële; cette Satinette qui, grâce à lui, était riche maintenant et baronne de Chléha incontestable; car le procès, gagné en Russie, assurait le gain du procès en France, procès qui allait *arriver*, comme on dit au Palais.

Satinette! Une fidèle entre toutes, celle-ci. Combien eussent gardé rancune à leur amant de l'algarade du Château des Pins! Elle, pas. Ç'avait pourtant été bien dur! Il s'en était fait du *potin*. La

baronne s'était vue fermer deux ou trois portes,
battre froid, par plusieurs de « ces dames ».

Mais patience à cet égard, aussi! La Phryte
préparait une revanche sterling. Vous nous en di-
rez des nouvelles. Seulement il n'en voulait souffler mot à personne. Raphaële elle-même ne savait
de quoi il s'agissait, bien qu'elle reconnût utile
qu'on fît quelque chose, pour pallier le mauvais
effet de son départ précipité, le jour où Luce l'avait
jetée littéralement dehors. Oh! oui, bien utile, ne
fût-ce que pour le gain de son procès. Gain assuré,
on le répète; mais, sait-on ce qu'un avocat peut
dire! Il fallait qu'on pût lui clouer le bec en ri-
postant:

— « Ça n'est pas vrai! La preuve est que... » ce
que préparait Théo.

— Mais quoi donc à la fin?

— Non, la moindre indiscrétion ferait tout rater.
Attends encore un peu. Chut!

Oui, attends! Elle serait éclatante cette vengeance.
Pour le monde, une réparation complète, qui rendrait à Mme de Chléha toute la considération dési-
rable. Réparation légitime en somme, aux yeux
de Théo du moins. Il y attachait du reste une espèce de superstition.

Satinette avait été pour lui, comme une *mascotte*.
Du jour où elle avait apparu dans sa vie, sa bonne
étoile s'était levée. La bienfaisante influence de
Raphaële avait commencé de se faire sentir au
moment précis, où elle l'avait abordé chez Mme Ève,
à ce bal villageois où il était venu par simple politesse envers la maîtresse de la maison, et où, cer-

tes, il ne s'attendait guère à rencontrer quelqu'un
qui, le prenant par la main, lui ferait parcourir une
étape si brillante! Comme tout avait marché aisément, tant que la belle slave s'était tenue à ses
côtés! Avait-il assez roulé ses adversaires, avait-il
emporté la place de haute lutte!

Et depuis? Quel long triomphe sur toute la ligne. L'affaire du Maroc avait-elle été assez savam-
ment et heureusement conduite; en avait-on palpé
de belles pièces d'or!

Puis tout à coup, dégringolade. Un incident
bête, imbécile, un quiproquo, l'avait jeté par terre.
Pourquoi? Parce que Satinette avait été détachée
de lui; détachée non de son cœur, mais de sa fortune; parce que cette sotte de Luce, se donnant le
ridicule d'un jeune premier rôle de l'Ambigu, avait
fait une scène inconvenante, en fille de sales parvenus qu'elle était. On n'a pas idée d'une pareille
dinde! Aussi, qui est-ce qui s'en mordait les doigts,
aujourd'hui? Qui est-ce qui ne voyait plus son
père? Qui encore, qui s'éraillait les yeux à pleurer
l'absence de son enfant?

— Cette sotte, cettte dinde de Luce! C'est bien
fait, çà lui apprendra!

Son ressentiment contre sa femme n'allait pas
au delà. Il la trouvait inepte d'avoir pris les choses
au tragique — comme à l'Ambigu, je vous dis! —
Avec un peu d'intelligence, de savoir-vivre, *un peu
de monde*, enfin, on pouvait si bien s'arranger!

Eh bien, oui, il était l'amant de Raphaële; après?
Est-ce que ça ne se voit pas tous les jours, dans les
hautes classes, chez les gens comme il faut? Voulez-

vous que je vous cite vingt, cinquante, cent intérieurs des plus considérables, où le mari a une
maîtresse, au su de sa femme, qui passe là-dessus
en personne bien élevée, et reste la meilleure amie
des deux ? Bon pour une bourgeoise, de se mani-
rer, de récriminer, de crier, de faire un coup de
théâtre. Pouah! quelle mauvaise éducation. Pis
que cela, pour Luce : absence totale d'éducation.
Qu'elle allât voir si les belles jeunes filles de grande
maison, titrées, instruites au couvent des Oiseaux,
se diminuaient à agir ainsi! Pas de danger!

Mais voilà : Luce n'avait pas été aux Oiseaux.
Luce avait avait suivi la direction de son rustre de
père. Un ouvrier dégrossi celui-ci, bonhomme qui
pleurait à relire les chansons de Béranger, qui se
repaissait du dictionnaire philosophique de Voltaire. Un vieux rabâcheur de démocratie ; un gogo,
qui avait cru héroïque de faire le coup de fusil en
Février 1848, qui avait gémi sur les insurgés de
Juin, qui avait tâché de rejoindre Baudin, Hugo,
Schœlcher et les autres, pour résister au coup
d'État ; une vieille baderne qui gobait tout ça, argent comptant, et frémissait dans ses moelles à entendre Gambetta.

— Vieille bourrique, va !

Un peu libre-penseur aussi ; peut-être bien franc-
maçon par-dessus le marché ; un idiot d'appétit à
manger son prêtre tous les matins, avec l'ami Sar-
cey ; jetant les hauts cris pour un méchant igno-
rantin qui se fait *piger* à donner aux enfants des
notions démonstratives qui ne figurent pas au
programme de l'Université.

— Vieux crétin !

Il ne pardonnnait pas à Burnet le coup de poigne par lequel celui-ci l'avait envoyé rouler à terre ; lui, que les Cabinets d'Europe appelaient Excellence ; lui, le premier ministre ! C'était raide, convenons-en !

Insulter mentalement le trop robuste vieillard soulageait la rancune de Théo.

Mais, dites-moi, quelle belle éducation ce crétin, cette bourrique, ce vieux rabâcheur, avait-il inculquée à sa fille ? Pas de religion, je parie. Il ne se souvenait pas que Luce fût allée à la messe. Quant à se confesser... Ah ! bien, ouiche !

Qu'on n'y croie pas ; je veux bien, mais le décorum, voyons ? Les obligations de position ? De l'algèbre pour ces Iroquois. En voilà des gens distingués !...

Le fils du « père de Rény », cet expéditionnaire de roulage, marié à la fille d'un herboriste, finissait par se croire des ancêtres. D'instinct, par bonne opinion de soi, par haine de ses anciens amis, qui l'avaient lâché, il adoptait toutes les prétentions des classes déchues de leurs privilèges.

— Ah ! la Révolution ! s'écriait-il. Quelle bonne *blague*, encore ! Est-ce que, sans 89, les gens de mérite et de talent ne fussent pas arrivés tout de même ? Me voyez-vous, moi, battre la mare aux grenouilles pour les empêcher d'éveiller Monseigneur ? Quelles rengaines que tout cela ! Les mangeurs de curés sont des ânes ! Il faut une religion pour mater la populace ! C'est bien connu, que diable !

Il se le disait sincèrement, en philosophe qui sait
le fin mot de l'affaire. Mais, prudemment, il ne le
disait qu'à lui et à Satinette, crainte de s'aliéner ce
qui lui restait de partisans, et afin de conserver les
électeurs de Mornessan-lès-Condé, prêt, du reste,
à faire le jeu des cléricaux, si les cléricaux étaient
disposés à le remonter au pouvoir.

« Homme à vendre, au comptant, sans escompte.
S'adresser !... sous le boisseau. (Affranchir.) »

— Moi, vois-tu, Raphaële, je suis pour ceux qui
mettent des gants et sentent bon.

Il avait dit en triomphant que Luce « s'éraillait
les yeux à pleurer ». Il exagérait. La pauvre femme
ne pleurait pas, elle ne pouvait plus. Son martyre
arrivait à l'état chronique. Une seule idée : ravoir
sa fille.

Elle la savait en santé, soignée. Son mari lui
faisait passer un rapport journalier de ceux aux
soins de qui il avait confié la petite ; rapport con-
tresigné d'un médecin. Mais où était l'enfant ? Elle
l'ignorait.

En serait-elle donc séparée à jamais ? Non. Un
temps viendrait où elle lui reviendrait. Quand ? Son
mari le lui avait répété : « Quand elle serait sage »,
c'est-à-dire à certaines conditions. Eh bien ! toutes ;
elles les acceptait toutes. Qu'on les lui formulât !...

Comme à Satinette, l'ex-ministre avait répondu :

— Attendez. Cela ne tardera pas.

Mais que faisait Burnet pendant ce temps ?

Théo avait dicté à Luce une lettre qu'elle-même
adressa à son père. Il était dit que si le vieillard
entreprenait quoi que ce fût, qui allât contre la vo-

lonté de son gendre, procès, recherches, intervention d'un tiers, Andrée serait envoyée si loin, que
jamais sa mère ne la reverrait.

Il est à croire que l'usinier se l'était tenu pour
dit ; car il n'avait même pas fait demander des nouvelles de sa fille, il n'avait pas tenté de la rencontrer en ses rares sorties. Peut-être restait-il acca-
blé sous le coup d'une menace qui rendait son
impuissance absolue. C'est ce que pensait Théo.

Luce y inclinait, à la fin. Cependant, un matin,
la jeune femme de chambre qui la servait, entra
sans avoir été appelée. Voyant sa maîtresse seule,
dons le boudoir, elle approcha vivement, mit un
doigt sur ses lèvres et lui présenta discrètement
une lettre, puis elle gagna la porte du salon, fermée seulement par des tentures. Une autre domestique s'y trouvait, occupée à ranger les menus
objets d'une étagère. La femme de chambre traversa sans qu'un mot fut échangé.

Le papier roulé contenait ces mots :

« Espère. Ne préjuge de rien. Attends en confiance.   « Ton père,
                                « LÉONARD. »

En dépit de l'apparence, Luce se persuada que
Burnet ne prenait pas son parti de la situation,
qu'il ne se tenait pas pour vaincu, ou fût intimidé.
Non ; il n'avait pas renoncé à délivrer sa fille. Il
devait agir. Ces quelques mots lui en étaient un
témoignage. Toutefois, réussirait-il ? Et aussi, ne
s'exposait-il pas ? Nouveau sujet d'anxiété pour
l'infortunée.

Cette anxiété se doubla le soir, quand une nouvelle femme de chambre vînt prendre ses ordres.
Et l'autre; celle de ce matin; celle qui lui avait remis le billet du verrier? Chassée une heure après,
sur le rapport de la camarade qu'elle avait ren-
contrée au salon rangeant l'étagère.

Ainsi, rien que des ennemis autour de Luce; des
espions jusque dans sa chambre! Elle avait bien
senti qu'on la suivait, quand elle sortait. Elle le
comprenait. Théo voulait s'assurer de son obéissance à ne pas aller à Puteaux dans sa famille, à
ne pas se rendre au rendez-vous que Burnet lui
donnerait peut-être. Mais la faire garder à vue?
L'odieux du procédé n'arrêtait donc pas Théodose? Que devaient supposer d'elle ces laquais
qu'on chargeait de l'épier?

Au fait, tant pis! Que voyaient-ils; que pouvaient-
ils rapporter qui fût contre elle? Rien. Eh bien!
puisque le père lui recommandait d'attendre en
confiance, de ne préjuger de rien et d'espérer quand
même, soit. Endurons cette nouvelle insulte,
soyons-y insensible et patientons en fermant les
yeux.

Si Théo ne s'ouvrait à personne des dispositions
qu'il prenait pour assurer sa vengeance, Léonard
Burnet en agissait de même.

Durant des semaines, il disparaissait de l'usine.
Où allait-il? Son secrétaire pensait le savoir; car
chaque jour il expédiait un courrier, à l'adresse
laissée par le patron.

A l'une de ses absences, on reçut une nouvelle
grave, aux bureaux. Un correspondant annonçait

un embarras pressant, causé par la faillite d'un banquier. Burnet entendait-il venir au secours de ce correspondant, lui éviter un désastre immédiat, qu'on pouvait conjurer à condition expresse d'intervenir dans les quarante-huit heures? Ce correspondant, plus qu'un ami du patron, un cousin; que faire? Télégraphier, équivalait à la divulgation de la gêne du négociant; impossible! Ecrire, entraînait uue perte de temps.

— Partez, dit le sous-directeur au secrétaire.

Burnet était à Laon. Le soir même il serait informé et pourrait répondre en temps utile, s'il lui convenait de tendre la perche à son parent.

A Laon, personne. On n'avait pas vu le verrier. Le secrétaire revint sur l'heure. En entrant à l'usine, il aperçut le père de Luce.

— Des affaires m'ont fait modifier mon itinéraire, dit-il, mais tous vos envois me sont parvenus.

Pour un fait de même nature, nouveau départ du secrétaire. A Angoulême cette fois. Ici encore, pas trace du passage de Burnet. D'autres affaires sans doute, avaient changé ses dispositions.

On en causa tout bas dans les bureaux et dans les ateliers et par une intuition commune, on soupçonna que les déplacements du vieillard n'avaient pas trait aux opérations de la fabrique.

« Le père Brunet » devait s'occuper de Luce. Ah! Dieu merci! A la bonne heure! Pour si peu que l'on sût du drame intime qui s'était passé au château des Pins, on ne comprenait rien à l'inaction apparente du patron. Tout s'expliquait maintenant,

Il y avait anguille sous roche ; ce n'était pas possible
autrement. Eh bien ! qu'il eût besoin d'eux, le brave
homme ! Il verrait si aucun se ferait tirer l'oreille.

Déjà, les ouvriers flairant la lutte sourde décla-
rée entre le gendre et le beau-père, et remarquant
des rôdeurs autour de l'habitation, s'étaient ar-
rangés de manière à décourager les mouchards.
Quand ils en eurent rossés trois, il n'en revint
plus.

Ils étaient bien tranquilles désormais. Puisque
Burnet s'était mis en tête d'arracher Mlle Luce au
joug de son mari, le succès ne faisait pas doute.
Dès lors, eux aussi, ils attendaient en confiance.

Sur quoi, l'agence Havas publia une dépêche
annonçant qu'une catastrophe effroyable venait de
désoler toute une vallée de l'Italie. Rien n'y manquait. Secousses de tremblement de terre, cyclone,
débordements de rivières, inondations, incendies
par la foudre ; total : cinq villages rasés, douze
cents morts, bestiaux noyés, brûlés, et une population sans abri ; le comble du deuil et de la ruine,
avec le seul palliatif : — « Les autorités se sont
transportées sur les lieux. »

En lisant la dépêche, le gérant d'un journal du
high life qui, à chroniquer sur le « meilleur monde »,
à vilipender les républicains, à cracher sur la « R.
F. » au profit d'un des prétendants dégommés, ne
faisait pas du tout ses affaires, se frappa sur le
front, saisi d'une idée qui, pensait-il, allait lui
éviter de changer son fusil d'épaule, en cédant la
direction politique à un pseudo-républicain pleu-
rard qui, tout comme La Phryte, se faisait onc-

tueux pour le camp clérical, par dépit des dédains
de ses anciens camarades.

Il se frappa le front et sonna.

— Où en est-on? demanda-t-il brièvement au
garçon de bureau, couvert d'une livrée qui le faisait ressembler à un suisse de bonne paroisse.

— On commence la mise en train du tirage.

— Arrêtez tout. Levez les formes. Dites à ces
messieurs de venir. Vivement!...

Branle-bas général : tout le monde sur le pont,
le secrétaire de la rédaction en tête, flanqué du
metteur en pages, cravaté d'un paquet de bouts
de ficelles noirâtres, et tous inquiets, se méfiant
d'un *poil* énorme. Ah! bien oui! Pas ça du tout!

— Écoutez la dépêche...

Puis, avec une volubilité fiévreuse :

— Maintenant, voilà l'ordre et la marche, vous
comprendrez mon idée à mesure. Je la crois *épa-
tante.*

« Vous, mon cher Chose, une tartine de para-
phrases en *dix interligné*, signé : *la Rédaction.*

« Le thème: « Volons au secours de nos frères!...
Plus de frontières devant l'adversité!... L'avidité
du gain creuse des voies sous les Alpes, la charité
les supprime!

— Je crois à l'effet de : « les supprime; » prenez
en note : « les supprime! » « Trève aux rivalités,
aux piques d'amour-propre... Souvenons-nous de
Magenta, Solférino, où la main dans la main, Italiens et Français, etc., etc., pantoufle! Conclusion :

— « Le journal ouvre une souscription en faveur de
nos frères d'Italie. Le journal organise des repré-

sentations, des fêtes, des foires, des tremblements
de charité! Il nous faut des millions et déjà nous
nous sommes assuré le concours de ... de ... et
de » Qui vous voudrez. C'est compris? Vite, il faut
arriver bon premier! Ah! mes enfants, ce qu'ils
vont rager au *Figaro!*...

Puis au metteur en pages :

— Enlevez la chronique.

— C'est qu'elle ne sera plus bonne demain.

— Elle n'est pas meilleure aujourd'hui. Pas une
perte! Ah! qu'il devient *raplapla*, cet animal-là!
Il avait pourtant de l'entrain et de la gaieté au
Voltaire. Il dîne trop! — Enfin, enlevez, et la *tartine* en tête.

— Pour la chronique, demanda le metteur en
pages, on mettra : « *L'abondance des matières nous
prive...?*

— Pas la peine! Il dîne trop! Seulement, si la
tartine de Chose dépasse une colonne, reculez le
feuilleton à la seconde, afin de donner une première liste de souscripteurs. La direction cinq
mille, la rédaction cinq mille, chaque rédacteur
cent francs...

— Cent francs? fit craintivement l'un d'eux, qui
se fichait des Italiens comme de ses premiers
souliers.

— Est-il bête! c'est l'administration qui *éclaire!*
De même pour les employés... Non! 50 francs de
chaque employé, dix francs par ouvrier composi-
teur, les plieuses cent sous; trois francs des por-
teurs. Ça y est. Ah! non : le portier... Don en na-

ture du portier; ça fait bien. Filez! Et que ça ait de l'œil !

Le metteur en pages dégringola.

— Vous, mon cher Machin, passez chez vous, un sac de nuit en deux temps. De là, au chemin de fer de Lyon; je demande votre passe; le garçon vous la remettra sur le quai d'embarquement. Prenez mille francs à la caisse. Et de la *copie*, des télégrammes tout le long de la route; appuyez sur la consternation générale, appuyez sur la désolation de la vallée, un plan de la vallée, quelques dessins à la plume, des faits, des faits et de l'anecdote; votre côté faible, l'anecdote; jamais négliger l'anecdote! adieu.

Il parlait nègre pour aller plus vite, s'attardant seulement à répéter comme un refrain :

— Vont-ils rager au *Figaro !*

De sa place il cria au cher Chose de tambouriner le départ immédiat du « cher Machin » qu'on attend là-bas; qui verra tout le monde, les ministres, le roi au besoin, la reine surtout. Tout une lettre sur « Chez la reine ».

— Ah! diable! Et la princesse Clotilde que j'oubliais !

Sur un papier, il écrivit :

« Voir la princesse Clotilde ; deux colonnes sur « Chez la princesse Clotilde » .Que pense-t-elle sur la candidature du prince Victor? Est-elle avec Rouher ou avec Cassagnac? Tâchez savoir. Très curieux! Trois colonnes au besoin ou deux lettres. »

L'enveloppe fermée :

— Ce billet à Machin, chez lui! courez.

Le garçon de bureau se coiffa d'une casquette à trois ponts qui faisait un drôle de contraste avec sa livrée trop dorée et s'envola.

— Maintenant, mes enfants, dit le gérant aux autres rédacteurs, partageons-nous la besogne ; ce n'est pas fini comme ça, vous comprenez. Il nous faut un nom connu pour président d'honneur. Qu'est-ce que vous diriez du Maréchal ? Il y a longtemps qu'on n'en a joué du Maréchal.

— Fatigué, le maréchal !

— Et puis, une couleur politique !

— Qui alors ?

On discuta longuement.

— Réservons la question, dit le gérant. Qui est-ce qui va à Londres, demander Sarah Bernhardt ?

— Vous voulez Sarah Bernhardt ?

— Il nous faut Sarah Bernhardt. Ça serait bon ça ! Nous lui en faisons assez de la réclame ! Je voudrais voir que nous ne l'eussions pas, Sarah Bernhardt ! Je l'aurai, elle et son mari... et puis sa sœur. Elle n'a pas un autre parent à montrer ?

Le lendemain matin le journal parut en retard, mais un numéro obus On y avait passé la nuit, en comité de permanence, pour recevoir les communications des reporters lancés de tous les côtés :

— J'ai Coquelin.

— Je vous apporte Faure et Adelina Patti.

— Mlle Krauss recule son départ de trois jours pour être à nous.

— A moi le pompon ! J'ai Croizette.

— Elle se retire du théâtre ; impossible !

— Voilà le triomphe ! Pour nous, elle dira une scène de l'*Aventurière*.

— Bravo ! quel coup, mes enfants !

— Une idée !... Si Sarah jouait la même scène après ?

— Pourquoi pas leur faire exécuter une lutte à main plate ?

« Non ! Vous en voulez trop ! Il faut être discret : même avec les artistes ! »

Tous y venaient à la file du reste. Certains devançaient la demande, s'offrant spontanément, sur le bruit qui courait dans les coulisses.

Trouvez-en qui refusent de ces pauvres bêtas d'acteurs !

On les vilipende, on s'amuse à les déshabiller ; leurs faiblesses, leurs manies, leurs amours, on étale tout aux yeux du public dont on les fait mépriser. N'importe ! Il y a des malheureux, les voilà. On fait l'aumône avec leur talent, avec leur fatigue, on bat monnaie avec leur être moral et physique, on se fait mousser pour la peine qu'ils ont prise ; et la somme empochée, le rideau baissé, c'est des cabotins. Ça ne fait rien ! Qu'il brûle quelque chose quelque part, les voilà de nouveau.

Tout à coup, grand émoi au journal, on apporte une dépêche particulière disant : « On a exagéré dans le premier moment l'importance du sinistre et surtout le nombre des victimes... »

— Ah ! mais non ! ah ! pas de blagues ! « On a exagéré ?... » Jamais de la vie ! au contraire ! Ça serait du propre ! une mystification alors ? Moins de victimes? Pas du tout; ils nous embêtent! Au panier la dépêche. Suivons mes enfants!...

Les reporters chargés de recueillir des souscriptions arrivaient triomphants, et le metteur en pages enlevait, enlevait toujours les articles de la *première*, puis de la *seconde* pour faire place aux listes. Les Rothschild, le président de la République, les ministres, l'archevêque, tous les établissements de banque et de crédit, sénateurs, députés; des noms capables d'entraîner un tas de gens qui, pour se voir imprimés dans le journal, se mettre en évidence, grossiraient le total. Et puis, les naïfs aussi; de bonnes bêtes de Français qui compatissent à tous les malheurs quelconques. Mais les Italiens, pour nous remercier de les avoir tirés de l'esclavage, nous couvrent d'injures et de menaces; ils s'allient avec nos ennemis, rêvant de nous humilier autant qu'ils le seraient encore, si nous ne nous étions obérés et fait tuer pour eux? Tant pis! On pleure, on a de la misère la-bas; voilà mon offrande!

Quand l'envoyé du journal quitta La Phryte, emportant un billet de mille francs, l'ex-chef du Cabinet, resta un moment pensif.

Puis se levant de son siège avec une expression de joie triomphante:

— J'ai mon moyen! se dit-il.

Il était deux heures du matin. Atteler son coupé eût pris trop de temps, il ordonna d'aller lui chercher un fiacre.

Un quart d'heure après il arrivait chez Satinette. Elle songeait à se mettre au lit. Toutefois, elle ne

fut pas étonnée de le voir à pareille heure! C'était
l'habitude.

— Ma chère, lui dit-il gaiement, j'ai enfin l'occasion cherchée de réparer la sottise de Luce, et je
puis te mettre au courant de ce que je vais faire.
Tu me donneras tes idées; non que j'aie besoin de
ton concours; tu n'as qu'une chose à faire toi : te
composer une toilette éblouissante. Il faut que tu
sois belle à s'agenouiller devant toi.

Parti de là, il lui exposa tout un plan, qu'il imaginait, prenant des notes, afin de ne pas oublier.
Il s'agissait d'organiser, chez lui, une de ces ventes
de charité si à la mode près des femmes dites du
monde. Mais pas une vente triste. Point. Quelque
chose d'amusant, de joyeux, une sorte de kermesse,
de foire, comportant guignols, ombres chinoises,
prestidigitation, théâtre de société, concerts co-
miques, parades de saltimbanques. Quelque chose
de comme il faut, d'original, en cela du moins, que
dames de comptoir, vendeuses, actrices, comédiens,
pitres, chanteurs, faiseurs de tours, montreurs de
marionnettes, servantes et serviteurs du buffet,
tous enfin, seraient des personnes de la haute
société. Pas de gens de théâtre. Usés les gens de
théâtre. Promiscuité fâcheuse qui éloigne les femmes distinguées.

Cette fois, rien que des gentlemen, et des *dames;*
tous *corrects!* Quel effet!

Mais y en aura-t-il assez? demanda candide-
ment Raphaële.

— Rappelle-toi ce qu'était l'enceinte du pesage,
aux courses d'autrefois, quand la cocotterie et les

bookmakers en étaient exclus. Nous aurons un monde fou, ma chère, n'aie pas peur, et le monde dont tu es, le monde devant qui je veux que tu paraisses fière, séduisante, accablée d'hommages, par celles-là même qui te font mine grise aujourd'hui.

— Que faudra-t-il faire pour cela?

— Je te le dirai au moment. Et ne pense pas que ce soit compliqué, qu'aucune concession, aucune humiliation soit nécessaire. Non, ma Satinette adorée, tu n'auras qu'à paraître au moment précis, et dans les conditions faciles que je t'indiquerai.

Il ne voulut pas en dire plus long. On n'y était pas encore du reste, et l'on avait assez de s'occuper de l'organisation de la fête. Que de détails! Il lui fallait l'aide de ses anciens secrétaires du ministère, de toutes ses créatures. Tous les *La Phrytains* seraient là, s'emploieraient à la réussite de la solennité, à laquelle il ne serait pas mauvais de donner un petit caractère de parti : le parti La Phryte. Il faudrait éplucher avec soin la composition du personnel disposé à prêter son concours. Pas de faux frères, surtout! Que tout l'honneur restât aux amis du Cabinet renversé. Eux et la haute aristocratie seulement! Et pas seulement des Parisiens. On écrirait dans les départements. Si les grandes villes pouvaient envoyer des délégués, l'impression serait profonde.

— Attends un peu! On va voir que « petit bonhomme vit encore » !

Dès demain, il irait voir trois auteurs dramatiques

qui, quoique lettrés, siégeaient à l'Académie. Il obtiendrait d'eux une petite comédie inédite à faire représenter par des ducs, comtes, barons, en compagnie de « charmantes femmes » de hauts personnages, une ambassadrice dans le nombre.

Gounod, Massenet, Guiraud — pas Ambroise Thomas ; Ambroise Thomas ne lui avait pas envoyé sa carte avec l'expression de ses regrets, au moment de la débâcle. Aussi que revanche fût prise ! Il verrait Ambroise Thomas !... Et Perrin et Vaucorbeil qui avaient craint sans doute de se compromettre en lui adressant un compliment de condoléance ! Ils verraient eux aussi Vaucorbeil et Perrin ! Ah ! il y en avait qu'il se promettait de «repincer au demi-cercle» le jour où il escaladerait de nouveau le pouvoir ! Il les connaissait bien. Patience ! Mais en attendant, à défaut de ceux-ci, Guiraud, Massenet, Gounod et Saint-Saëns... Eh bien ! et Verdi qu'il oubliait. Verdi, un Italien ! Chacun d'eux lui donnerait un morceau composé spécialement pour la kermesse. Nombre de ces grandes dames qui chantent le mois de Marie, dans les églises *chic*, interpréteraient cette musique des maîtres. Quel attrait !

Quand il eut tout dit, il prit la plume, pria Raphaële de mettre le valet de chambre à sa disposition. Sur quoi, il rédigea une note pour le journal auquel il venait de donner cinquante louis.

« On annonce l'organisation d'une fête de bien-« faisance étonnante ; un groupement des sommités « du *high life* qui, répondant à l'appel de M. Théo-

18.

« dose La Phryte, donneront dans l'hôtel de l'an-
« cien premier ministre, une kermesse colossale au
« profit des victimes italiennes. Jamais on n'aura
« vu rien de comparable, etc. »

La note envoyée, Théo souffla un peu. D'un
regard ému, il englobait sa maîtresse, attendri,
amoureux.

— Oh! ma Raphaële, disait-il, tu verras si je
t'aime!

Dès le milieu de la semaine suivante, Luce
remarqua un grand remue-ménage dans l'hôtel.
De sa fenêtre, elle voyait pénétrer des ouvriers,
des voitures bondées de matériaux. Dans le jardin
on creusait des trous; on dressait, on assemblait
des charpentes et les coups de marteau résonnaient
à ravers les murs.

Que se préparait-il? Ne lisant pas les journaux
elle l'ignorait, et sachant les domestiques à la
dévotion de son mari, elle ne leur demandait rien.
En tout cas, elle n'en prenait pas d'inquiétude,
supposant que cela lui était étranger.

Bientôt on installa deux foyers électriques; les
travaux étaient poussés jour et nuit. Pourquoi
donc?

Elle apercevait Théo en perpétuel mouvement,
sortant pour rentrer aussitôt et repartir, après
avoir conféré avec les architectes et entrepreneurs,
Il dépensait une activité dévorante, se montrait
après minuit sur le chantier, encourageant les
efforts, s'enfermant avec ses secrétaires, qui se
relayaient dans son cabinet, et les domestiques
emportaient d'un pas pressé des monceaux de

lettres à jeter à la poste. Les facteurs du télégraphe venaient en procession à l'hôtel. On était sur les dents. Théo en maigrissait, ses yeux, bistrés aux paupières, brillaient fiévreusement.

Quant à Satinette, tenue au courant des résultats obtenus, des adhésions illustres qui pleuvaient de toutes parts, elle se conformait à la recommandation de son amant, elle ne bronchait pas.

Un jour, dans une visite de cinq minutes :

— Nous y sommes, lui dit-il. Ce sera un événement phénoménal. Tu ne te doutes pas de la *qualité* des personnages qui prendront une part active à notre affaire. Tout le Gotha, ma chère amie. Je fais installer un cirque. L'impératrice de... fera de la haute école sur la jument que lui a envoyée le Sultan. Il y aura quadrille équestre par trois princes et un archiduc. Ma parole d'honneur, je crois qu'en insistant un peu, on aurait décidé le nonce à dire la bonne aventure. Au résumé, ce sera inouï, et je le répète : nous y sommes. As-tu commandé ta toilette?

— Je vais l'essayer tantôt.

— Comme tu dis cela, ma belle! On dirait que tu n'as pas confiance en ce que je t'ai promis.

— Que veux-tu! répliqua la jeune femme avec un sourire presque mélancolique. L'ignorance où je reste du rôle que tu me distribues me tourmente malgré moi. J'ai des peurs confuses, comme si j'allais au-devant d'une déception. Ça ne se commande pas, mon ami.

« Après tout, vois-tu, je prenais peu à peu mon parti de la posture que m'a infligée ta femme. Le temps atténue tant de choses! Et je me demande s'il ne serait pas plus sage de m'abstenir d'appeler l'attention sur moi?

— Tu es folle, Raphaële. Tu oublies que ton procès va venir et qu'un avocat hostile tentera d'influencer les juges, en faisant allusion, plus ou moins directe, à ce ce qui s'est passé aux Pins! Eh bien! encore une fois, je ne le veux pas. Je veux que ton défenseur puisse riposter : « C'est là un « mensonge, une calomnie, un odieux moyen d'au- « dience. Où va-t-on ramasser des concours de « laquais pour gagner une cause insoutenable? Ce « qu'on articule est si peu conforme à la vérité « que Mme La Phryte n'a pas cessé un seul instant d'être la meilleure amie de ma cliente. La preuve...

— C'est cela, fit Satinette; la preuve; quelle preuve?

— La preuve : ce qui se passera à cette fête.

— Mais qui donc? Je t'en prie!

— Non! Tu douterais. Peut-être... Qui sait! Tu deviens d'une mansuétude, d'une résignation si bizarre! Je ne te retrouve plus; peut-être, dis-je, blâmerais-tu les moyens que j'emploierai pour arriver à mon but. Je préfère que tu ne saches rien qu'à la dernière heure. Embrasse-moi; aie toute confiance et va essayer ta robe.

Il se sauva sur ce dernier mot.

Satinette descendit bientôt, monta dans son gentil coupé, si connu au Bois, et passa une grande heure chez son couturier. Elle n'avait pas l'habitude d'attendre. Mais il fallut excuser, on avait tant de dames à habiller pour la kermesse de l'ancien ministre.

— Tenez, madame, dit la *première* en introduisant Raphaële dans le salon des lumières, voici la parure de Mme La Phryte.

— On dirait la mienne, fit Satinette frappée.

— Exactement, madame! Pas un fil; pas une perle de plus ou de moins.

En sortant de là, la jeune femme, très intriguée, absorbée dans ses réflexions, ne remarqua pas le visage d'un homme en chapeau mou, en veston râpé, qui ouvrit la portière de sa voiture.

Machinalement, elle lui tendit une pièce de monnaie.

— Comme acompte, alors? dit celui-ci.

Raphaële leva les yeux sur lui et pâlit subitement. C'était William Eckmann, envoyé, comme on sait, au Maroc.

Lui! pensa Satinette. Ah! mon Dieu!... je l'avais oublié!...

XI

LA REVANCHE

— Huissier, appelez les causes.

La salle de la ... ième Chambre du tribunal civil
était bondée d'un public choisi. Nombre de dames
en toilette, des avocats en robe aux places réser-
vées, se promettant le régal d'une plaidoirie modèle, car les orateurs, tous deux anciens bâton-
niers, tenaient le haut du pavé, au Palais. L'un
avait été par deux fois ministre de la justice, dont
une, à titre de chef de cabinet. L'autre, réactionnaire déterminé, président de Commissions mixtes,
démissionnaire au 4 Septembre, élu sénateur ina-
movible par la Chambre royaliste de 1871, ne perdait jamais une occasion de soulager ses rancunes,
en discréditant le plus possible tout ce qui, de près
ou de loin, touchait à ce qu'il appelait, lui aussi,
« la R. F. » On allait en entendre de raides des
deux parts.

En surplus des belles dames et des membres du

barreau, beaucoup de députés, des fonctionnaires.
deux auteurs dramatiques et le chroniqueur judi-
ciaire de chaque journal.

On l'a deviné, il s'agissait du procès de Satinette.

Et pendant que défilaient des affaires de moindre
importance, on causait à voix basse.

— Si l'on dit tout, ce sera curieux.

— Tout sera dit, mon cher, l'avocat d'Eckmann lèvera tous les masques. Il est sûr de perdre ;
mais, du moins, il se paiera le plaisir d'étaler tout
ce qu'il sait. Et son client lui a fourni matière à
révélations, je vous assure.

— Est-ce qu'il osera parler du Maroc ?

— Il n'a accepté le dossier que pour ça.

— Un ennemi de La Phryte, en ce cas ?

— Pas plus de lui que d'un autre. Tous les républicains lui sont également gibier à pourchasser.
Il leur a voué une haine indéconcertable. C'est le
bon Théo qu'il a sous la dent, aujourd'hui ; va
pour Théo, et gare à lui !

— Bah ! ça vient trop tard. Compromettre un
ministre, c'est bien. Mais depuis la chute du ministère...

— Ça ne fait rien. Voyez les députés qui sont là.
Ils viennent prendre des notes, et quel que soit le
jugement du tribunal, si l'on en dit un peu trop
long, les camarades ne manqueront pas de mettre
leur « cher collègue » sur le gril, à la Chambre.

— Ah ! écoutez, on va appeler.

En effet, les derniers plaideurs, accommodés

par les pince-sans-rire, qui semblaient n'avoir seulement pas écouté, l'huissier cria :

— William Eckmann contre Raphaële Routza, dite baronne de Chléha.

Un avoué se leva.

— Monsieur le président, dit-il, j'ai l'honneur de solliciter la remise à quinzaine. Maître X..., chargé des intérêts de ma cliente, est assez gravement indisposé pour qu'il lui soit matériellement impossible de prendre la parole aujourd'hui. Voici la lettre qu'il me charge à l'instant de soumettre au tribunal, avec l'attestation de son médecin.

La consternation se peignit sur tous les visages, avec un peu de dépit encoléré. On n'en croyait pas un mot. Tactique de procédure ; prétexte transparent.

— Il redoute le confrère, disait-on.

— Il veut provoquer l'impatience.

— Vous n'y êtes pas. Il y a quelque chose là-dessous.

— Et que voulez-vous qu'il y ait?

— D'ici à quinze jours, il se passera quelque affaire qui modifiera les bases du procès. Cette affaire, ils doivent la préparer, et il leur faut quinze jours pour qu'elle éclate utilement. Voilà ce que je crois. Ce sont des malins, mon cher!

Durant ce temps, le président faisait semblant de lire la lettre que lui avait passée l'avoué de Satinette. Il eût pu s'en dispenser, car l'incident d'audience était parfaitement convenu.

— A quinzaine, dit-il tranquillement. Appelez la cause suivante.

L'avocat-sénateur ramassa son dossier et s'inclinant vers son secrétaire :

— Voilà à Eckmann tout le temps de faire son petit voyage. Dites-lui que dès qu'il aura la pièce indispensable, il télégraphie la phrase convenue. C'est dans une autre enceinte que se dénouera la comédie.

Pourquoi l'avocat de Satinette se faisait-il passer pour malade ? Celui des assistants qui avait parlé le dernier ne s'était pas trompé dans sa conjecture. Il fallait gagner assez de temps pour que la kermesse eût eu lieu. Cinq jours encore et La Phryte triomphait, pensait-il. Étrange chose ! Raphaële ne savait encore rien de ce que son amant se proposait. Elle ignorait même qu'on demanderait remise des débats.

Inutile ! qu'elle se tînt en paix, qu'elle se préparât à être belle, voilà tout ce qu'on lui demandait.

Dès le lendemain, trois journaux inséraient de nouveaux renseignements sur les splendeurs de la fête de charité organisée à l'hôtel du ministre tombé. Il y en avait trente lignes environ. A la dernière, on lisait :

« *La charmante Mme La Phryte fera les honneurs de la solennité, aidée par* SON AMIE *Mme la baronne Raphaële de Chléha.* »

— Ah ça ! tu es fou, n'est-ce pas ? s'écria Satinette en abaissant le journal que Théo lui avait apporté.

— Pourquoi, fou ?

— Parce que personne n'ajoutera foi à cette annonce.

19

— Elle nous amènera, pourtant, beaucoup de
public.

— Tous gens poussés par la curiosité et qui, ne
me voyant pas paraître...

— Tu paraîtras ; n'aie pas peur.

— Chez toi ? Et Luce ?

— Luce ira au-devant de toi, à ton arrivée. Luce,
portant une toilette exactement semblable à celle
que tu as choisie, te prendra le bras et fera le tour
des salons et du jardin, à tes côtés, en causant familièrement avec toi. Votre commun martyre durera une heure, pendant laquelle tout Paris vous
verra ensemble, et tout Paris répétera : — « Vous
savez, le *potin* par lequel, soi-disant, la femme du
ministre a renvoyé Satinette des Pins ? Ça n'est
pas vrai ; jamais Mme La Phryte n'a soupçonné la
baronne de trahison. Je les ai vues, toutes deux,
bras dessus bras dessous, causant comme de bonnes
et sûres amies. »

Raphaële se taisait, ne croyant pas, ne comprenant point.

— Après cela, dis-moi, ajouta Théo, si l'avocat
d'Eckmann l'aura belle de prétendre que tu aies
porté le trouble dans mon ménage. Notre avocat,
à nous, sera-t-il autorisé à répliquer :

— « C'est faux. Tel jour, à telle heure, en telle
circonstance, il s'est passé ceci : devant la haute
société parisienne, à qui les deux jeunes femmes
ont fait l'accueil le plus empressé, rivalisant d'en-
jouement et surveillant la conduite de la fête. Cela
est si bien public que les journaux de toutes nuances, ceux mêmes qui s'acharnent le plus contre le

précédent chef du cabinet, le consignent au long, confondant ces deux dames dans les compliments qu'ils leur adressent. »

Raphaële ne répondait pas. Elle restait abasourdie. Par quels moyens Théo avait-il obtenu ce résultat? A quelle extrémité s'était-il porté pour contraindre Luce à une concession qui devait lui déchirer les entrailles?

— Comment? répliqua La Phryte. En lui promettant de lui rendre son enfant, l'heure écoulée.

Il le disait sous une forme qui n'était pas exacte. Luce ne savait encore rien de ce qu'il attendait d'elle; rien de la promesse par laquelle il comptait la décider. Mais il ne doutait pas d'y parvenir. Pour revoir, ravoir sa fille, sa femme se prêterait à tout, subirait toutes les conditions.

D'ailleurs, en cas improbable de résistance, il n'exposerait pas sa maîtresse à une fausse démarche. Elle pouvait bannir toute inquiétude. Les mesures étaient prises en conséquence. Il avait pensé à tout. Aucun détail, si mince qu'il fût, ne serait négligé.

La voiture, si connue de Mme de Chléha, arriverait vide, avant l'ouverture des portes de l'hôtel aux souscripteurs, qui la remarqueraient. Mais elle viendrait en fiacre et, pénétrant par une autre issue, elle monterait dans l'appartement de Théo, où elle resterait jusqu'à ce qu'il la rejoignît.

Si Luce cédait, ça allait tout seul. Elle se rendait dans un petit salon réservé. Lui, Théo, allait chercher Satinette et l'amenait, par les appartements privés, dans ce même petit salon. Aussitôt, toutes

deux paraissaient ensemble, à la kermesse. L'effet
était produit.

En cas contraire, si, contre la raison et la prudence, la fille du «père Burnet» s'obstinait, c'est-à-
dire restait insensible à la restitution de son enfant,
acceptant la perspective d'en être à jamais séparée,
— voyons, telle que Satinette le connaissait, était-
ce possible? — eh bien! que voulez-vous! On se
serait donné du mal en pure perte. Il faudrait aviser à autre chose.

Mais du moins, aucun trouble. Théo viendrait confesser l'insuccès final à sa maîtresse, et celle-ci retournant, par la même voie détournée, à son fiacre,
rentrerait chez elle sans que personne l'eût entrevue.

Resterait à parer aux appréciations auxquelles la
double absence devait donner lieu. Rien de plus
facile. Une note remise aux journaux complaisants
donnerait une direction à l'opinion. Cette note
prétendrait que la femme du ministre, appelée en
hâte près de sa fille indisposée, avait été accompagnée par *son amie*, qui n'avait pu se résoudre à la
remplacer à la kermesse, tant elle partageait l'inquiétude de la jeune mère. Elles seraient parties
toutes deux, à preuve que le cocher de Mme de
Chléha, n'ayant pas été averti, — songe-t-on à de
tels détails, en de pareilles crises? — était resté à
l'attendre jusqu'après la fête, et était rentré seul,
au petit hôtel de celle-ci.

Qui donc démentirait le renseignement? Théo
y veillerait au surplus, et s'arrangerait de façon
à ce que sa femme ne parût pas au dehors du-

rant trois jours. A Raphaële de confirmer la *nouvelle*, en s'absentant incognito pendant le même
temps.

— Mais, quelque personne en visite ne deman-
derait-elle pas des nouvelles d'Andrée, ensuite?

— Luce ne reçoit plus. Les ordres sont formels
et strictement observés.

— Son père?...

— Consigné rigoureusement.

Tout était prévu, encore une fois, préparé de
longue main. Du reste, il convenait de repousser
la seconde supposition. Luce se plierait à tout,
pour rentrer en possession de la petite. On devait
tabler là-dessus hardiment.

C'est qu'en outre Théo lui déclarerait que, cette
heure passée, il lui rendrait sa liberté complète.
Pourvu qu'elle s'absentât de Paris un temps moral,
elle pourrait ensuite rentrer chez son père, se tenir
à distance de Théo. Elle serait délivrée d'un mari
à qui elle était incapable de pardonner ce qui s'était
passé, et qui, lui-même, renonçait avec soulagement à la vie commune, la laissant disposer d'Andrée à sa pleine convenance, ne demandant seulement pas à la voir, à moins qu'on ne le souhaitât
dans l'intérêt de l'enfant.

Voilà, je pense, de quoi tenter Luce, de quoi
l'amener à composition? Donc, la réussite était
certaine. Elle avait trop d'amour maternel pour
hésiter entre cette délivrance et le déplaisir d'une
heure.

Satinette finit par en convenir, et la confiance
lui vint.

Pourtant, restée seule, de vagues doutes la reprirent; c'est que, malgré tout, malgré ce qu'elle
récolterait de l'expédient, il lui paraissait bien
cruel !

Pauvre Luce, qu'elle sacrifiait depuis le premier
jour à la poursuite du but qu'elle avait atteint finalement ! Que lui avait fait la fille de Burnet, pour
qu'elle se fût fait un marchepied de ses légitimes
aspirations de bonheur en ce monde? Rien, c'est
vrai ! Et une bouffée de honte, de repentir, lui
montait de la conscience. Elle se reprochait de
torturer ainsi cette innocente.

Mais la réaction se produisit presque aussitôt; et
son beau visage se crispa.

Ah ça! est-ce qu'elle ne subissait pas de bien
autres tortures, elle-même? Oui, bien d'autres !
Qu'était-ce auprès d'une heure de contrainte? Où
l'esclave slave puisait-elle de la sensibilité pour
cette fille de bourgeois riches, heureux, honorés,
dont l'enfance avait été une suite d'épanouissements
délicieux? Est-ce que Luce avait été mariée de
force à un être fangeux, grossier, ivrogne? Avait-
elle perdu celui qu'elle aimait? Son enfant était-il
bâtard, menacé dans ses biens et jusque dans sa
vie?

On l'en séparait, ce lui était un déchirement, soit.
Et Raphaële Routza? Où était-il, son fils? Caché,
au loin, sous un faux nom, éloigné de sa mère ;
exposé à toutes les entreprises.

Passons sur tout cela, pourtant. Mais, dites-moi,
Mlle Burnet avait-elle dû surmonter ses répu-
gnances les plus violentes, faire litière de ses pu-

deurs et de ses dégoûts, s'avilir enfin, en se prosti-
tuant à plusieurs, pour que son enfant recouvrât
le nom et la fortune qui lui appartenaient?

Oh! non! non; la comparaison n'était pas soute-
nable. Ç'est à elle seule que la femme Eckmann
devait réserver sa pitié.

Les douleurs de Luce? Une période de quelques
mois à peine. Celles de Satinette? Une suite d'années épouvantables, atroces.

Dans quelques jours l'épreuve finirait pour toutes
deux. Mais ici encore, quelle différence!

Pour la femme du ministre, des joies possibles,
intimes, consolantes, faites pour amener l'oubli
d'un entr'acte chagrinant. Elle se retrouverait honorée, aimée, forte de son innocence.

Pour Raphaële?... Que sait-on!... N'était-il pas
imprudent de souhaiter autre chose que le silence,
dans une retraite perdue, où les souvenirs l'assié-
geraient?...

Comme elle en était là, celle qu'on appelait
l'Éminence Noire parut. Elle venait du dehors et
n'avait pas pris le temps d'ôter sa coiffure.

— Que me disais-tu donc, que William est à
Paris?

— Tu ne l'as pas trouvé

— Tu vois, répondit Pélagie, en tirant de son
corsage une liasse de billets de banque. On ne sait
pas de qui je veux parler, à l'adresse indiquée.

— Il n'a pourtant pas changé de nom, et l'adresse
est bien celle que Théo m'a eue de la police.

— Il faut s'en assurer, séance tenante.

— Est-ce si pressé?

— Oui, très pressé.

— Pourquoi?

— J'ai peur!

Satinette l'engloba d'un regard interrogatif, empreint d'anxiété.

— Oui, j'ai peur, répéta Pélagie. J'ai des pressentiments. Et tu sais s'ils me trompent? Te souviens-tu du jour où je t'ai dit, la première fois, que j'avais peur? Si tu ne m'avais pas écoutée, les cousins d'Alexis faisaient enlever ton fils. Où serait-il à présent? Mort, sans doute. Ils l'auraient tué, j'en réponds.

« Aujourd'hui, ils ne sont plus à redouter, puisque la mort du petit ne les remettrait pas en possession d'un héritage dont l'arrêt de la Cour de Moscou les rend indignes éternellement, eux et leurs descendants.

« Mais il reste le Prussien!

« Le Prussien, tu as eu le tort de le mépriser. Vous l'avez envoyé au Maroc, en lui faisant des promesses. Puis, le croyant écarté, vous n'avez plus songé à lui, et dans vos arrangements hâtifs des derniers moments, alors que l'affaire marocaine transpirant, M. La Phryte a passé la main afin de se dérober en cas d'enquête, vous l'avez oublié.

« Or, rien de ce que vous avez promis ne s'est réalisé. On l'a éconduit comme un intrigant; il a dû supplier le consul d'Allemagne de lui faire traverser la mer, et quand, sa rencontre te rappelant le danger, tu veux lui donner de l'argent... parti, disparu!

« Je n'aime pas cela! continua-t-elle gravement, je le connais!... Il se vengera! »

— Que peut-il?

— Tout ce dont nous ne nous méfions pas.

— Une intervention personnelle au procès?

— Non. Il n'y a jamais rien compris. Il a donné pouvoir à tes ennemis pour de l'argent. Quand ceux-ci ont abandonné l'entreprise, tu t'es substituée à eux pour obtenir un jugement qui consacrât indirectement la légitimité du petit. Il n'en sait rien. Il ignore probablement que l'affaire continue et qu'il va être débouté. Ça lui est égal, du reste.

— Alors, quoi? Lui soupçonnerais-tu des intentions criminelles?

— Jamais. Le sang l'épouvante. Mais il se vengera tout de même, et je tremble que ce ne soit sur ton fils.

— Pars, dit vivement Satinette.

— Bien! répondit l'autre.

Dix minutes après, elle sortait de l'hôtel comme si elle se proposait de faire une course en ville. On la vit monter en omnibus.

A l'embarcadère de l'Est, elle réclama une mallette à la consigne des bagages et prit le rapide pour une destination inconnue.

Le lendemain, dans la matinée, elle descendait à Bâle, sa mallette à la main; elle sortait seule de la gare, suivant les rues, sans parler à aucun des employés.

Elle arriva bientôt à une maison dont le rez-de-chaussée était occupé par un estaminet populaire.

Trois marches de granit pour y pénétrer. La rue
est en pente drue à partir de ces marches et descend à une large voie qui, à gauche, aboutit au
Rhin, à dix pas. Pour arriver là, il faut longer la
vaste entrée de l'hôtel des Trois Rois, dont les
fondations baignent dans le fleuve rapide à donner
le vertige.

La maison où Pélagie entra était juste en face
de cette première hôtellerie de la ville, connue du
monde entier des voyageurs riches. Elle n'y jeta
pas un regard. Rien, là, ne l'intéressait.

Sa venue n'étonna personne dans l'estaminet.
Une servante qui causait dans un coin, au milieu
d'un nuage de fumée, se leva, prit une clef à un
clou et, la devançant, l'entraîna à l'intérieur. Elle
jeta une phrase allemande par la porte ouverte
d'une cuisine et, suivie de l'Éminence noire, gravit
deux étages d'un escalier de bois dont les marches,
chaque jour, lavées à l'eau de lessive, étaient d'une
blancheur proprette.

Au second, on entra dans une chambre dont la
fenêtre à guillotine se levait sur la rue. Ameublement local de sapin ciré. Un lit trop haut, à rideaux
blancs.

La servante fit la couverture et se retira sans
mot dire. Quelques instants après, Pélagie s'en-
dormait, accablée de fatigue. Son repos ne dura
pas plus de trois heures. Soit que la volonté veil-
lât, ce temps passé, elle ouvrit les yeux et, sautant
à terre, procéda à sa toilette, s'arrangeant les
cheveux autrement qu'elle ne les portait d'habitude. Elle ne se ressemblait plus. A Paris, c'était

une personne quelconque, excessivement brune
de peau, voilà tout. Aucun caractère distinctif.
Maintenant, le type israélite apparaissait très
accusé.

L'opération terminée à sa satisfaction, elle ouvrit,
avec une petite clef qu'elle tira d'un sac de voyage,
la grande armoire appuyée au mur. Elle en sortit
des vêtements étranges. Rien de voyant, mais d'une
coupe de paysan. Jupe de laine sombre, tombant à
peine à la cheville ; caraco de futaine marron, à
bouton d'os noirci. Pas de linge apparent. Une
pointe de lainage posée sur les épaules et croisée
sur la poitrine, formant collerette, par de petits
plis habilement étagés. Aux pieds, des bas foncés,
en laine encore, dans de gros souliers à clous. Enfin,
sur la tête, une coiffe de soie noire enfermant toute
la chevelure, et par-dessus une capeline tombante,
agrafée sous le menton.

Elle se contempla à la glace, rectifia un détail et
noua autour de sa taille les cordons d'un tablier de
mérinos.

Les familiers de Satinette, pas plus que les four-
nisseurs, ne l'auraient reconnue dans cet accou-
trement.

Elle sonna. Sans doute, cet appel avait une signification convenue à l'avance, car la servante
entra bientôt, apportant sur un plateau un potage
et deux plats, tenus au chaud à l'aide d'une assiette
retournée. Un pot de bière accompagnait le couvert.

De la place où elle était assise, elle plongeait du
regard sur le bas de la ruelle. Distraitement, elle

suivait le mouvement des allants et venants de l'hôtel des Trois-Rois. Il est presque constant. Ce sont des omnibus qui amènent des voyageurs, des fiacres qu'on charge de malles, de valises, de paquets à briser les ressorts. Les maîtres d'hôtel, les coureurs, qui exécutent les ordres que donnent une suite de voyageurs qui partent ou qui arrivent.

Bientôt, elle remarqua un vieillard dont l'extérieur annonçait un Français. Ils sont relativement rares dans cette partie de la Suisse. L'Allemand et l'Anglais y dominent, et sont aisément reconnaissables à leur costume négligé. Pas d'autre raison de s'attacher à celui-ci. Un vieillard comme les autres, grand, solide, et de physionomie respectable.

Rien d'extraordinaire en sa tenue, du reste. Descendant les larges marches du péristyle, il s'était appuyé contre une des fausses colonnes de l'entrée, et ne manifestait ni ennui ni impatience. Cependant, il consulta sa montre par deux fois.

Pélagie s'en désintéressa. Son repas achevé, elle aussi se rendit compte de l'heure, et, rangeant tranquillement les vêtements quittés le matin, sa toilette de *dame* elle referma l'armoire.

Le bruit d'une voiture attira de nouveau son regard au dehors. Le vieillard avait cessé de s'appuyer. Descendu sur le pavé pointu, il regardait cette voiture monter péniblement la rampe. Quand elle fut arrivée devant lui, il s'approcha de la portière et parla à ceux que l'Éminence Noire ne pou-

vait voir. Lui-même disparaissait à ses yeux. Elle
crut entendre comme des baisers. Puis l'homme,
se retournant vers l'entrée de l'hôtel, fit un signe,
sur lequel les garçons chargèrent une malle à côté
du cocher. Il leur distribua de la monnaie, répondit au souhait de bon voyage qu'on lui adres-
sait et, prenant place à côté des personnes qui le
venaient chercher, il dit, à haute voix :

— A la gare.

La voiture une fois au loin, Pélagie s'étonna de
l'attention qu'elle avait accordée au voyageur et à
cette scène de départ. Pourquoi ? Elle ne savait.
Pourtant, les traits du vieillard lui restaient devant
les yeux, son souvenir persistait sans qu'elle s'en
expliquât la raison. Elle voulait que ce fût sa qualité de Français qui en fût cause. Presque un com-
patriote pour elle, qui, depuis longtemps, avait
quitté les rives du Danube et s'était mêlée à tant
d'affaires et d'intrigues parisiennes.

Cependant l'objet de son voyage effaça bientôt
cette impression. La peur instinctive qui en étai
la raison, la rappelait à elle-même. Il fallait laisser
venir la nuit ; quelques heures encore à passer dans
cette chambre de cabaret, où l'on eût dit qu'elle
fût chez elle.

En attendant qu'elles s'écoulassent, elle songeait, et son passé se déroulait à sa mémoire ;
passé triste et sans éclaircie, sans un moment où
sa pensée pût se reposer. Elle n'en gémissait pas,
n'accusait point le sort. Ç'avait été comme ça,
voilà tout. Une destinée banale, qu'elle avait en-
durée passivement en Orientale qu'elle était.

On avait eu bien tort, à Paris, d'entasser supposition sur supposition à son sujet, de lui prêter
sentiments, vues, ambitions de toutes sortes, et
surtout d'incriminer l'étroite intimité dans laquelle
elle vivait avec Raphaële. Qu'on était loin de la
vérité !

Une sorte d'esclave comme celle-ci, elle avait
plu à un seigneur, tout comme Satinette. Mais si
le point de départ était semblable à celui de la
maîtresse de Théo, la suite s'en écartait du tout
au tout. Deux mois à peine avaient duré ses
amours, après quoi le séducteur était parti, sans
plus s'occuper d'elle. La maternité s'annonçait
pourtant. Elle le lui avait dit. Bah ! Eh bien, l'enfant la consolerait. Espoir déçu. Le petit mourut
au bout d'une semaine.

Alors, à quoi se rattacher ? Recommencer avec
un autre ? C'est l'ordinaire. Non, pour elle. Aimer
un homme de sa classe, un rustre, après les déli-
catesses relatives de l'ingrat ? Elle ne l'aurait pu.

Après tout, la nature des êtres de ces contrées
n'a rien de bien tourmentant. Trop voisins de ceux
qui croient que « c'était écrit » pour n'en pas subir
l'influence, ils inclinent à la vie végétative, s'inclinant devant la fatalité, attendant un quelque
chose d'indéfini, sans hâte, sans aspiration précise.
Et Pélagie fit comme eux, à peu près indifférente
aux autres et à elle-même.

Quand Raphaële Routza, une voisine, plut, à
son tour, à un seigneur, la similitude des situations
éveilla l'attention, puis l'intérêt de l'abandonnée
résignée.

Et voilà que ce n'était pas son histoire, à elle,
qui recommençait. il y avait lutte ici; il y avait
complot. Elle s'enflamma, prenant parti. Instruite
du danger menaçant, elle voulut intervenir. C'est
elle qui prévint Alexis du guet-apens projeté. Elle
qui, sur les indications de celui-ci, prépara la fuite,
elle qui réunit les deux amants.

Qu'en adviendrait-il, si on découvrait sa complicité! Alexis y songea pour elle, qui acceptait les
suites terribles de l'aventure. Le jeune homme ne
le souffrit pas.

— Rien ne t'attache au village, dit-il, viens avec
nous.

Et elle était venue, moins par appréhension des
vengeances du grand-père et des moines, que par
obéissance à son jeune maître.

De ce moment, s'annihilant plus encore, elle
s'identifia avec Raphaële, se greffant sur elle, vivant de sa vie, n'appréciant rien, ne jugeant pas,
par impossibilité de se formuler une appréciation,
et ressentant le contre-coup des joies et des
chagrins de la fausse baronne de Chléha. Fausse,
légalement; fausse aux yeux de l'univers civilisé,
mais vraie, authentique pour elle. Si vraie, qu'oubliant l'absence de consécration, comme les origines de Raphaële, loin de la tenir pour son égale,
elle vit en elle une *maîtresse*, quelqu'un de supérieur à qui elle appartenait, comme un objet qui
n'a pas à examiner si l'on est en droit de disposer
de lui, de le rejeter, de le casser par caprice. Un
chien fidèle prêt à mordre les malintentionnés, ne
voulant point savoir si la besogne à entreprendre

est juste ou non, bien ou mal, légitime ou criminelle, et s'il y a risques à y prêter les mains.

Si la veuve d'Alexis lui avait dit :

— « Quelqu'un me gêne, est de trop. »

Pélagie n'eût délibéré que sur le meilleur et
plus prompt moyen de l'en délivrer. Le poison, un
coup de poignard, qu'importe ! le « quelqu'un »
aurait disparu ; soit qu'elle le poursuivît en ram-
pant, soit qu'elle l'attaquât de front.

On voit par là, si les suppositions des *boulevardiers* s'éloignaient du fait, et s'il y avait lieu de
suspecter les relations des deux femmes.

Quand le jour commença de faiblir, l'esclave vo-
lontaire quitta la chambre, descendit, traversa de
nouveau l'estaminet, encore plus enfumé et encombré par les consommateurs, et sur un salut
muet de la servante, qui servait des pintes de bois-
son, elle gagna le dehors.

Comme elle passait devant le vestibule de l'hôtel
des Trois-Rois, un employé du télégraphe venant
en sens contraire, cria :

— Une dépêche à M. Burnet.

— Parti, dit le portier, qui se délectait d'une
pipe allemande, sur le seuil de la luxueuse au-
berge.

« Burnet ! » le nom du père de Mme La Phryte.
C'est ce qui frappa Pélagie, en suivant son chemin
vers le bac, qu'elle préférait prendre au lieu du
pont, pour traverser le Rhin. Celui-ci était-il donc
venu à Bâle ? Dans quel but ?

Pélagie était au courant des faits que nous avons
rapportés, et elle détestait le père de Luce par la

simple raison qu'il était des adversaires de la veuve
d'Alexis.

« Parti, » venait de répondre le portier. Au fait!
n'était-ce pas ce vieillard, remarqué tantôt, et qui,
sur l'arrivée en voiture fermée de personnes visiblement attendues, y avait pris place jusqu'à la
gare? Elle regrettait de ne pas connaître de vue le
beau-père de Théo. A tout hasard, elle aurait dû
descendre afin de voir qui étaient ceux à qui il
s'était joint pour partir. Elle en aurait télégraphié
à Satinette. Il était peut-être important que celle-ci
en fût avertie.

Ce n'était qu'un « peut-être », il est vrai. Et
puis, il était trop tard, maintenant. Et puis encore,
ce nom de « Burnet » n'est pas tellement original
qu'il ne puisse appartenir à plusieurs familles, à
plusieurs vieillards.

N'importe! Pélagie en restait soucieuse. Parvenue au bas de la rive, à deux pas de la barque
couverte qui, par une poulie roulant sur un câble
tendu en hauteur d'un bord à l'autre du fleuve,
allait traverser, par la force du courant, elle tardait à monter. Et mentalement, elle rédigeait
un télégramme portant : « *Rencontré un vieillard
nommé Burnet, qui a pris le train sur la France avec
d'autres personnes. Baisers échangés en se rejoignant.* »

— Passez-vous, oui ou non? demanda le bate-
lier ; c'est le dernier voyage.

Elle monta dans le bac, se résolvant à s'abstenir. Dans l'impossibilité de préciser davantage,
elle craignit d'inquiéter Raphaële, au cas où sa

supposition ne fût pas fondée. Qui prouvait, en
effet, que le vieillard par elle entrevu, fût justement
la personne à qui l'employé du télégraphe avait
une dépêche à remettre ?

Tant d'autres voyageurs étaient *partis*, sous ses
yeux, dans cette journée. Elle n'y pensa plus en
abordant à la berge opposée. D'autres soins récla-
maient sa présence d'esprit; le premier consistait
à dissimuler la trace de son passage.

Elle y avait pourvu en se transformant en paysanne. Elle y satisfaisait encore en préférant le bac
au pont très fréquenté qui relie les deux quartiers
de Bâle-Ville. Il fallait, à présent, passer la frontière badoise sans qu'on prît garde à elle, et de là
se diriger, par la voie la plus rapide, vers sa destination mystérieuse.

Elle jugeait ces précautions utiles, pour dépister
ceux qui fournissaient à William les moyens de
se venger de celle qui l'avait joué et déçu, plusieurs fois, depuis leur mariage au couvent de
Chléha ; car, certainement, il y avait quelqu'un
derrière lui, quelqu'un qui avait intérêt à atteindre
Satinette dans le point le plus sensible. Comment,
sans cela, le Prussien eût-il espéré arriver à ses
fins? Restait l'intérêt de ceux ou de celui qui le
patronnait en ceci. Les données manquaient là-
dessus. Pourtant, le père de Luce était-il celui-là?
Faute de le connaître, elle supposait qu'il ne s'ar-
rêterait pas au caractère des procédés, et que,
pourvu qu'il frappât, toutes les complicités lui pa-
raîtraient acceptables.

Mais elle comptait déjouer la manœuvre. Le tout

était de ne pas perdre de temps. Quand bien même
elle surprendrait Eckmann près de l'enfant, qu'une
fois déjà on avait failli enlever, en Angleterre, elle
se faisait fort de dissuader le Prussien, en lui offrant
des avantages supérieurs à ce qu'on lui avait donné
pour agir.

Elle ne croyait pas à une entreprise sanguinaire,
non plus à un enlèvement. C'est que le jeune
Étienne-Pierre-Alexandre était d'âge à ne pas se
laisser mettre dans la poche. Pour l'entraîner loin
du séjour où on le croyait à l'abri, la force devenait sans action maintenant. Il faudrait le convaincre par des moyens habiles. Et quant à l'attaquer, il était de taille à se défendre.

Un grand garçon, solide et souple, intelligent et
instruit. Presque un homme : dix-huit ans ; mais en
apparence quatre ou cinq ans de plus. Bon enfant,
très vif à la riposte, et ne dédaignant pas de faire
un peu de tapage avec ses camarades, les étudiants
de l'Université où il conquérait ses grades.

— Tu feras un bel officier, lui disait-on.

— En Angleterre, répondait-il, l'armée de terre
a un rôle effacé, et la marine ne me tente pas.

Il se croyait toujours Anglais, toujours fils d'un
pasteur protestant, bien que des souvenirs de sa
première enfance ne lui permissent pas de voir
bien clair dans ses origines et dans sa situation.

On l'avait voulu, par prudence. Lui-même ainsi
ne se trahirait pas, ne mettrait point sur la voie
ceux qui, de façon ou d'autre, et pour des objets
différents, essayeraient de découvrir sa retraite.

Par bonheur, il approchait, le jour où l'on pour-

rait sans inconvénient lui révéler sa véritable qualité, son état social, le jour ou Raphaële aurait liberté d'accourir à lui, et de lui dire :

— Embrasse-moi, je suis ta mère!

Quelle joie pour elle! Joie d'autant plus profonde qu'elle l'aurait plus longtemps attendue, qui
lui aurait coûté les plus désolants sacrifices !

Le lendemain, un peu après deux heures, Pélagie débarquait dans la ville allemande où le jeune
homme achevait ses études. D'un pas agile, elle se
rendit à la maison où il était en pension. C'était
dans une famille d'Autrichiens qui exerçaient un
commerce quelconque, et qui, pour augmenter
leurs ressources, logeaient des étudiants.

De loin, la voyageuse aperçut la servante sur le
pas de la porte. Celle-ci la reconnut et fit un geste
de surprise.

— Eh! vous voilà, dit-elle. A quelle occasion?

— A l'occasion de voir comment se porte et se
comporte votre pensionnaire.

— John ?

— John Bentley, oui.

— Madame, cria la domestique avec une sorte
d'effarement.

Celle-ci venue, le dialogue recommença presque
dans les mêmes termes.

— Ah ça! Je ne comprends pas, fit l'Autri-
chienne. Il y a trois jours que son oncle l'a fait
rappeler en Angleterre.

— Mais non ! s'écria Pélagie consternée.

— Non? Voici la lettre que nous a remise l'envoyé du pasteur.

— Un envoyé? Son nom...

— Il ne l'a pas dit. C'est un homme...

Et la marchande le décrivit.

Aucun doute possible; le portrait de William Eckmann.

— Ainsi, John?...

— Parti avant-hier matin!

.   .   .   .

Le même jour, à la même heure, de nombreux équipages suivaient la file, et pénétraient au pas, dans la cour de l'hôtel La Phryte. Une affluence extraordinaire de hautes personnalités, et des toilettes d'un goût charmant. La fameuse kermesse commençait.

Dans la rue, gardes municipaux à cheval, escouade de sergents de ville veillaient au service d'ordre, tenant à distance une foule de curieux, bouche béante et le regard tendu, vers le perron pavoisé et encombré de laquais.

Déjà, on entendait les accords d'un orchestre de quatre-vingts musiciens, conduits par Colonne. Et les premiers souscripteurs, après avoir admiré l'arrangement en se promettant du plaisir, causaient de la note publiée dans les journaux; note qui, on s'en souvient, annonçait que la femme de l'ancien ministre serait aidée, dans la tâche de faire les honneurs de la fête, par son *amie* la baronne de Cniéha.

Nombre de personnes s'étaient décidées à venir par curiosité.

— Ah! il faut assister à cela.

— Ma foi ! je ne le croirai que si je les vois ensemble, de mes yeux ; ce qui s'appelle voir.

— Allons ! c'est impossible ! Et l'esclandre du château des Pins ?

— Ce serait donc un *racontar* ?

— La pure des pures vérités !

— Vous y étiez, à ce moment ?

— Pas moi ; mon beau-frère qui n'avait pu s'en dispenser, à cause de la hiérarchie, mais qui, en malin, avait engagé ma sœur à se prétendre indisposée.

— J'y étais, moi. Et je vous assure que le doute n'est pas possible. Toute la nuit, en rentrant de la chasse, on ne parlait que de cela, et au déjeuner du lendemain, on n'osait se regarder. Un froid terrible, quand le ministre nous pria d'excuser sa femme, retenue chez elle par une migraine affreuse. Du reste, les domestiques avaient entendu partie de la scène. Tout conter aux nôtres est dans l'ordre, et comme les dames sont aussi curieuses que méchantes, plus d'une se commit à faire jaser sa femme de chambre.

— Je parie cent louis que nous ne voyons ni Mme La Phryte, ni Satinette.

— Vous perdrez au moins pour moitié. Le coupé de la baronne attend dans la cour, par privilège spécial.

— Oui, oui, je l'ai remarqué.

— Tout le monde, comme vous.

— Cependant, je ne vois pas la belle Raphaële.

— Peut-être aide-t-elle *son amie* à se parer.

— Nous verrons bien ; n'est-ce pas ?

— Vous verrez, vous verrez !... que vous ne verrez rien.

— En ce cas, je suis volé !

— A quel titre ? Comme souscripteur de la kermesse, ou comme actionnaire des chemins du Maroc ?

— A propos : où en est-on de cette affaire-là ?

— Il y a quelque part deux ou trois « hommes de paille » qui feront bien d'apprendre à tresser les chaussons de lisières, s'ils veulent s'éviter l'ennui de l'apprentissage à Poissy.

— Mais, les vrais coupables ?...

— Ils donnent à chasser au sanglier aux vacances et... vous y allez, mon cher !

— Au fait, mon bon ami, comment vous portez-vous depuis que je vous y ai rencontré ?

La fête suivait son cours, et le monde arrivait encore.

De son boudoir, Luce suivait des yeux ce qu'elle en apercevait. Elle n'avait pas eu les journaux, mais elle savait le but de ce branle-bas à l'hôte ; œuvre de bienfaisance, masquant peut-être quelque manœuvre de son mari, en vue de remonter les échelons descendus. Elle ne s'en souciait pas autrement.

Ayant besoin de quelque chose, elle sonna. Personne ne vint. Elle s'y reprit sans plus de succès. Elle ne s'en étonna qu'à demi. Les domestiques avaient sans doute de l'occupation ailleurs.

Tout à coup, une porte de côté s'ouvrit, et Théo entra. C'était la première fois depuis le retour à Paris.

La jeune femme se leva vivement.

— Que voulez-vous? demanda-t-elle, sur un premier et instinctif mouvement d'effroi. Venez-vous me rendre ma fille?

— Cela dépend de vous, ma chère.

— Quand?

— Sur l'heure.

— Où cela?

— Ici même.

Une dépêche expédiée de la gare de Troyes, en en confirmant deux précédentes, venues de Schaffhouse, lui était parvenue le matin et portait :

« *Repartons, après bonne nuit de repos, en santé. Arriverons, selon instructions, trois heures, Paris. Serons, moment voulu, où désirez.* »

Ces lignes étaient signées de la personne de confiance, qu'il avait envoyé chercher l'enfant à l'endroit où il l'avait cachée, laquelle personne de confiance était accompagnée d'une femme de chambre, assez payée pour qu'on comptât sur son silence et son dévouement.

Théo avait donc toute certitude de tenir sa promesse. Sur un signe de lui, l'enfant devait paraître.

— Je vous le répète, dit-il, cela dépend de vous seule.

— Ah! dites, dites, fit la malheureuse mère.

Pourtant elle s'arrêta glacée, plus inquiète qu'au début de l'entretien. Si La Phryte, pensait-elle, en arrivait là, ce ne pouvait être par un bon mouvement, par repentir. Il y devait y avoir une condition plus que pénible.

Ah! n'importe! Tout! tout pour revoir son enfant, et achevant la phrase restée en suspens :

— Oui, dites, continua-t-elle, quoique vous exi-
giez, j'y souscris.

— Asseyez-vous, Luce, reprit aisément La
Phryte, et ne le prenez pas au tragique. En somme
c'est vrai, je mets une condition à ma proposition.
Mais, si vous êtes de sang-froid, vous reconnaîtrez
que l'effort que j'attends de vous ne passe pas la
mesure d'un déplaisir.

« Encore sera-t-il de très courte durée ; une
heure à peine, après laquelle non seulement vous
serrerez Andrée dans vos bras ; mais encore vous
reprendrez toute votre liberté... Me comprenez-vous
bien, Luce? Liberté de revoir votre père, de retourner chez lui, si bon vous semble en emmenant la
petite ; me bornant à vous prier de passer d'abord
quelques mois hors de Paris, pour me laisser le
temps moral d'accréditer une fable, qui expliquera
suffisamment notre séparation de fait.

« De même, vous rentrerez dans la complète
disposition de votre fortune ; je ne vous demande
même pas de me vendre Les Pins, et je verrai notre
enfant quand il vous plaira, soit de me l'envoyer,
soit de me permettre l'accès de votre maison.

« Et quand, plus tard, Andrée grandie, il s'agira
pour elle d'un des actes importants de la vie, auxquels il convient que les parents assistent, je pren-
drai vos convenances, afin que nous restions corrects, l'un et l'autre, devant les tiers et l'opinion.

— Achevez, dit Luce, à mesure plus anxieuse.
A quel prix, cela ?

20

— Au prix d'un petit froissement d'amour-propre
que votre amour maternel vous fera aisément surmonter et dont vous puiserez l'énergie dans votre
éducation.

« Il y a plus, ajouta-t-il du même ton paisible
et conciliant. A y réfléchir, quand l'irritation sera
passée et que vous aurez repris le cours de l'existence calme que vous préférez, vous reconnaîtrez
qu'en accédant à ma prière, vous aurez fait preuve
d'équité en réparant le tort que vous avez causé
trop légèrement à... autrui. »

La jeune femme n'avait pas besoin de la réticence
pour comprendre l'allusion. On devait en venir à la
scène du château ; il fallait qu'il fût question de
Raphaële ; c'est au profit de cette femme qu'il
plaidait. Luce n'en fut point surprise. Elle le pré-
voyait dès les premières phrases de son mari.

— S'il en est ainsi, dit-elle, tant mieux pour
celle qui vous préoccupe, pourvu que vous n'or-
donniez pas que ce soit dans mes intentions. J'ai
compris, maintenant. Reste à savoir ce que vous
attendez de moi. Parlez. Vous devez penser que
j'ai hâte d'en finir, et que l'ignorance où je reste
me fait mal. Que devrai-je faire ? pour Dieu !

Il le lui dit, et elle fut comme foudroyée sur le
coup. Que parlait-il donc de déplaisir ? C'est une
torture abominable, qu'il voulait lui imposer.
Quoi ! toucher la main de cette créature, souffrir
qu'elle la salit en passant son bras sous le sien ;
paraître à ses côtés, devant deux, trois mille personnes, en singeant des sentiments, une intimité
confiante et souriante, avec celle qui lui inspirait

plus encore de dégoût que de haine ; un dégoût physique, violent, plus fort que la volonté ; capable de provoquer des spasmes et des hoquets ? C'est cela qu'il osait qualifier de déplaisir, de petit froissement d'amour-propre ?

Ah ! mon Dieu ! Qui était donc cet homme ? Quels sentiments étranges l'animaient ? Que pouvait-il respecter en ce monde ?

C'est vrai ?... Il trouvait simple, il appelait « un arrangement » que sa femme, l'épouse ! la représentation vivante de ce qu'il y a de plus pur, de plus touchant, de plus sacré dans l'humanité, c'est-à-dire du si poétique symbole de la « mère toujours vierge » acceptât, par intimidation, la remise en présence d'une fille d'amour, d'une aventurière flétrie par le libertinage rétribué, d'une vendeuse de caresses impudiques ! Il le proposait froidement. Il en faisait la condition d'un marché, lui, le mari adultère ; lui, le coureur de dots, qui s'était fait marier par sa maîtresse, afin de payer ses dettes, de se faire servir, de jouir d'un luxe inaccessible à sa paresse de bohême politique ! Il disait, lui, cet entretenu légal, abusant de l'impunité dont les événements le gratifiaient, il disait :

— Tu te montreras une heure l'*amie* de ma maîtresse, ou bien, la chair de ta chair, cette innocente que tu as couvée dans tes flancs, je la ferai disparaître ; des étrangers la soigneront plus ou moins, et elle ne t'aimera pas, faute de te connaître. Elle pourra souffrir et mourir, sans que tu l'assistes, sans que tu tentes de lui infuser ton sang et ta chaleur. Alors que la mort la glacera, après qu'elle

t'aura appelée à elle, qu'elle aura réclamé tes
soins et tes baisers en se tordant dans les dernières convulsions de la maladie, tu ne seras pas
là !...

Luce se demandait si c'était bien possible, si un
être humain avait le cœur de spéculer jusqu'à ce
point, sur le martyre d'une pauvre fille qui ne lui
avait rien fait. Mais commenl en douter? Ce bour-
reau était là, devant elle, aisé, quasi affable, affectant la courtoisie, s'appliquant à lui énumérer les
articles du programme à observer, lui assurant
avoir groupé toutes les facilités d'exécution, s'être
occupé de la toilette spéciale et nécessaire à la
bonne issue de ce drame monstrueux.

A défaut d'un couteau à lui plonger dans la
gorge, Luce se retenait de lui cracher au visage.

Eh bien, non ! Le sentiment de son impuissance
l'abattit brusquement, les larmes la suffoquèrent,
et tombant à genoux devant ce misérable, elle ima-
gina de l'émouvoir, en implorant sa pitié, en lui
criant grâce.

Théo fronça le sourcil. Il la déclara ridicule. Du
mélodrame, encore, des façons de l'Ambigu ; très
sot tout cela et inutile. D'ailleurs, elle se rougissait
les yeux, et si l'on devinait qu'elle eût pleuré, l'effet poursuivi serait parfaitement raté !

Il se produisit un revirement total chez la jeune
femme. D'un mouvement rapide, elle se releva,
resta un moment immobile, absorbée, puis, d'une
voix profonde, et avec un regard superbe de dédain :

— Vous avez raison, dit-elle. C'est vrai, j'étais ridicule. Il ne s'agit que d'un marché, allons !

Et elle se dirigea vers la chambre où, lui avait-
il dit, la robe, dont elle avait à se parer, l'attendait.

— Sonnez ma femme de chambre, dit-elle.

Il parut embarrassé.

— Tâchez de vous en passer, répondit-il. Je sup-
pose qu'on n'entendra pas.

Il avait ses raisons pour en être sûr. Craignant
qu'elle ne se révoltât, qu'elle ne s'abandonnât à des
éclats semblables à celui des Pins, il avait jugé prudent de s'assurer le huis-clos et le tête-à-tête, en
évitant que, sur un appel retentissant, quelqu'un
ne se présentât, malgré ses ordres contraires. Aussi
avait-il coupé les fils de conduite.

Au moment de quitter le boudoir, une défiance
traversa l'esprit de la jeune femme.

— Au fait, dit-elle, puisque c'est un marché,
quelle garantie ai-je, moi, de l'exécution de votre
promesse ?

Singulière inconséquence ! Théo faillit se forma-
liser qu'elle doutât de sa parole. Mais réagissant
aussitôt et rendant la piqûre :

— Ah ! fit-il, si vous saviez quel soulagement
ce sera pour moi, de mettre de la distance entre
nous !... Si vous saviez quel embarras je présage,
si vous me condamnez à élever votre fille !...

— Il suffit, répliqua-t-elle. Attendez.

Il ne l'attendit pas longtemps, du moins.

— Comment me trouvez-vous ? demanda-t-elle
en rentrant.

— Bien, dit La Phryte. Mais... ne vous étonnez
pas, en abordant Mme de Chléha, si...

20.

— Elle porte la même robe?

— Précisément.

— N'ayez pas peur ; je m'en doutais. Vous les aurez commandées vous-même. Lui va-t-elle mieux qu'à moi?

— Vous êtes charmante.

— Merci, fit Luce, avec un sourire de souverain mépris. Mais faisons vite. Répétez-moi mon rôle.

Théo lui rappela qu'elle n'avait qu'à se tenir dans le salon d'entrée, jusqu'à ce qu'il eût prévenu Raphaële.

— J'y suis à présent, répondit la jeune femme, et ouvrant la porte qui conduisait aux appartements de réception, elle passa, d'un pas ferme.

— Ma foi ! se dit Théo, elle est plus facile que je ne pensais. Et puis, sans vanité, je me dois un compliment. Elle est très belle avec cette toilette que j'ai inventée.

Ce disant, il fermait à double tour la porte par laquelle Luce venait de disparaître et jetait la clef au fond du tiroir d'une table à ouvrage, qu'il ferma de même, mais sans en retirer la clef.

— Allons chercher l'autre, se dit-il. Elle doit passer par toutes les transes de l'incertitude. .

Il se retourna pour sortir ; mais un flot de sang lui comprima le cœur, et pâle, inquiet, il resta cloué sur place.

Devant lui, à l'entrée de l'autre porte, Léonard Burnet se tenait debout.

Le premier mouvement de La Phryte fut de s'élancer à la sonnette ; mais, on l'a dit, appréhendant

le bruit d'une scène entre Luce et lui, il avait coupé
les fils conducteurs. La précaution se retournait
contre lui, comme il arrive toujours.

Restait la fenêtre. Quitte à se blesser légèrement
il pouvait briser une vitre et appeler. Seulement,
il fallait l'atteindre cette fenêtre : Burnet était sur
le chemin et à moins d'y lancer quelque chose...
quoi ? Pas un bronze sur les meubles. Rien que
des objets trop lourds, tels que candélabres, ou des
choses d'un poids insuffisant que d'ailleurs le
vieillard aurait belle d'arrêter en l'air.

Mais après tout, que ne s'élançait-il sur lui, afin
de le renverser et de gagner la porte ? Inutile d'y
songer. Il se souvenait d'avoir éprouvé la force
musculaire de son beau-père, le jour où celui-ci,
intervenant, sur un cri douloureux de Luce, l'avait
envoyé rouler sur le tapis du cabinet des Pins. Au
surplus pendant que lui, Théo, fermait la porte qui
avait livré passage à sa femme, le père de Luce
en faisait autant de celle par laquelle il entrait,
mettant la clef dans sa poche, par mesure de précaution.

Aucun moyen d'échapper.

Burnet qui l'observait en silence le lui confirma.

— Rien ne sert de chercher à vous évader, dit-il.
Je vous tiens et il faut subir ma loi. Vous-même
avez détruit les moyens d'appeler à votre aide.
Vous-même avez assez éloigné vos gens, pour que
vos cris ne leur parviennent pas et ils viendraient
d'autant moins, que vous leur avez ordonné de ne
point tenir compte des éclats de voix qui traverse-
raient les murailles.

« Nous voilà bien seuls ici, en face l'un de l'autre, sans possibilité d'une intervention de l'extérieur. Vous n'êtes plus le puissant qui dispose à son gré d'hommes de police, de force armée, de complaisants intéressés à vous secourir ou à vous seconder. Cette chambre, c'est l'univers pour nous, et il n'y a que deux hommes qui ont un compte à régler seul à seul. »

Théo s'était remis.

— Soit, dit-il, négligemment, en se laissant tomber dans un fauteuil. Voyons un peu ce que vous voulez. Ça doit commencer par des injures, n'est-ce pas? Allez, j'écoute.

Burnet ne parut pas s'impressionner de l'attitude de son gendre.

— Je n'injurie pas ceux qui vont mourir, répondit-il posément.

Malgré tout, le mot fit tressaillir La Phryte. Mais, se raidissant aussitôt.

— Ah! ah!... fit-il en affectant de goguenarder. Le *mélo*, l'Ambigu, toujours! C'est une tradition de famille. Ils l'ont dans le sang : acte cinq, scène dix-huit!

« Mais, je vous en préviens; je connais les ficelles; papa y a gagné beaucoup d'argent. Et je pressens un correctif ingénieux sous la menace. Hein? « Je vais mourir..... » A moins; quoi? Que je ne vous rende votre fille, à qui préalablement, j'aurai restitué la sienne? Voilà l'affaire? J'ai deviné, parions?

« Eh bien, cher monsieur, vous arrivez trop tard. En mauvais comédien, vous vous êtes attardé

à bavarder dans la coulisse, et vous manquez votre
entrée.

« C'est fait ! Votre Luce, plus sage et raisonnable
que vous, moins prêcheuse aussi, a conquis le
touchant résultat, ou plutôt, est en train de le conquérir depuis dix minutes, rien qu'en faisant un
petit sacrifice de fierté. Elle est bien plus pratique
que vous, je vous en avertis.

« Aussi, le moment venu, son enfant lui sera
rendu, et vous aurez toute licence de les emmener
toutes deux où vous voudrez, en vous abandonnant
à des épanchements auxquels j'aurai la discrétion
de ne point prendre part.

« Est-ce compris ? Rengainez donc votre terrible
coutelas, qui me cause, vous voyez, une terreur
extrême, et pour aller plus vite, rengainez de même
le joli boniment dont vous vous flattiez, — méchant ! — de me régaler gratis. — Écrivez-le moi,
je le dégusterai à loisir.

« Au plaisir, termina-t-il en se levant, comme
un ministre qui clôt l'audience accordée à un solli-
citeur. »

Burnet n'avait pas bronché, montré d'impatience.

— Vous ne savez pas la situation, dit-il, avec un
calme singulier. Et rien de ce que vous annoncez
n'est exact.

— Vous en savez plus long que moi là-dessus,
peut-être ?

— Vous l'allez voir ; vous allez voir si vous avez
tort de triompher ! Vous êtes vaincu, au contraire,
vaincu sur tous les points ! Tous...

« Ma fille, surmontant les plus cruelles répu-

gnances, attend, n'est-ce pas, que votre maîtresse
la rejoigne, afin de se montrer à son bras publiquement? Vous en êtes sûr?

« Est-il possible que vous y comptiez! Ah! ça...
vous me croyiez donc mort? Vous supposiez que,
moi vivant, je laisserais Luce se plier par force, à
une telle ignominie?... Pauvre sot!

« Détrompez-vous. Luce est et restera seule dans
la posture qui lui convient, au milieu des personnes qui encombrent son hôtel, et si je vous permet-
tais de gagner votre appartement, vous verriez
qu'il est vide. Celle que vous y avez laissée, a mieux
à faire en ce moment, que d'humilier une honnête
femme, en lui infligeant son immonde contact.

« Mais qu'importe, pensez vous. C'est partie remise. Luce n'aura pas sa fille, voilà tout. Vous la
tenez toujours par là; il faudra qu'elle subisse l'af-
front à une autre occasion; sinon, Andrée dispa-
raîtra.

« Insensé que vous êtes!

« Parce que vous avez acheté des gens, vous
vous croyez en sécurité, maître du sort de votre
femme et de son enfant. Comment en serait-il autrement?

« La mère est là, à cette fête, à portée de votre
main. L'enfant — une dépêche reçue ce matin vous
le confirme — l'enfant, après une nuit de repos à
Troyes, a débarqué tout à l'heure. Les personnes
qui l'accompagnent, et que vous avez des raisons
de croire entièrememt à votre dévotion, sont montées avec elle, dans une voiture. On est à l'endroit
désigné, ici près, attendant l'ordre, soit d'amener la

petite, s'il y a lieu, soit de se sauver de nouveau, toujours avec elle, en cas de contretemps. Ah! vous avez tout prévu; vous vous sentez bien fort, n'est-il pas vrai?

« Détrompez-vous encore.

« En forçant votre femme à franchir le seuil de cette porte, vous l'avez délivrée de vous.

« Quant à Andrée, je l'ai ramenée à Paris hier soir. Elle est chez moi, où elle joue jusqu'à l'arrivée de celle à qui vous l'avez volée.

« Voilà où nous en sommes, et vous ne raillez plus. Qui donc triomphe? Dites-moi. »

Il n'y avait pas à douter des assertions du vieillard. Théo le sentait. Donc, tout cela était la vérité. Toute la peine qu'il avait prise n'amenait que sa défaite. Burnet avait raison. La Phryte était vaincu.

Mais, vaincu aujourd'hui. Demain restait, et, pâle de rage, il le cria comme un défi à son beau-père, lui rappelant, une fois de plus, qu'il y avait des lois.

— Allons! répliqua Burnet d'un ton grave, je vois que, faute de me connaître, vous ne comprenez pas tout à fait. Voyons, pourtant! L'idée ne vous vient pas que l'homme qui a déjoué vos machinations odieuses, afin de libérer son enfant du lien avilissant qui l'attache à vous, voudrait, comme les gens de sa trempe veulent, que la délivrance fût définitive et absolue?...

« Quoi! je n'aurais vu qu'un fait présent : vous arracher ma fille? Et j'aurais oublié que les lois peuvent, dès ce soir, la replacer dans votre dépendance, la remettre à votre merci? J'aurais oublié mon âge; je l'aurais exposée à ce que, moi parti, vous lui fissiez sentir encore l'atrocité de vos droits?...

« Ah! monsieur, décidément, vous ne me connaissez pas; vous ne vous doutez point de ce que c'est que la paternité.

« Demain! dites-vous, d'un air menaçant... »

Il contempla un instant son gendre, gardant un silence effroyable, puis, se levant brusquement :

— Demain est loin de nous.., Si loin, qu'il ne saurait venir.

— Mais que prétendez-vous donc, à la fin? s'écria Théo intimidé, et saisi d'une terreur latente.

Le vieillard tira deux pistolets de sa poche, et, les déposant sur une petite table :

— Je prétends, *je veux!*... dit-il, que vous vous placiez en face de moi, après avoir choisi l'une de ces armes, et que...

La Phryte lui coupa la parole.

— Eh! vous êtes imbécile, s'écria-t-il, en haussant les épaules. Véritablement, la manie tragique et théâtrale vous possède par trop! Le duel, sans témoins, à un seul pistolet chargé, n'est-ce pas? Usé, mon cher monsieur; relégué aux accessoires démodés, avec le « sauvé, merci, mon Dieu » et « la croix de ma mère ». Papa lui-même n'oserait plus s'en servir. Je n'ai pas envie de me faire siffler par la galerie.

C'est bien inutilement qu'il faisait de l'esprit boulevardier, Burnet n'en goûtait pas le sel.

— Vous avez peur? demanda-t-il.

— Du ridicule? Énormément! j'en conviens.

Est-ce qu'on se bat avec un vieillard ; est-ce qu'on
se pose, armé, en face d'un homme à cheveux
blancs?

— On est bien assez lâche pour martyriser une
femme et un enfant, quand on se croit certain de
l'impunité, risposta le père de Luce.

— Ah! vous pouvez m'insulter sans risque ; mais
vous n'y gagnerez rien.

Le vieillard prit lentement l'un des pistolets et
l'arma.

— Réfléchissez bien à votre refus, dit-il.

— C'est tout réfléchi. Je me moque de vos menaces et de vos airs de justicier. Vous me faites pitié, tout au plus.

Burnet leva le bras.

— Assez de paroles ! fit-il avec autorité. Si vous
vous obstinez, je vous tue comme un chien enragé,
comme une bête dangereuse. Plus qu'un mot,
ajouta-t-il, en ajustant son gendre. Oui ou non!
Choisissez-vous?...

Malgré sa volonté, Théo se rencogna contre le
mur, impérieusement poussé par l'instinct de con-
servation. Les deux hommes s'enveloppaient d'un
regard terrible de haine concentrée.

— Eh bien, oui! s'écria La Phryte. Oui! je choisis... Celui-là, fit-il, en désignant le pistolet avec
lequel Burnet le visait.

Le vieillard le lui présenta, en s'emparant de
l'autre arme.

— Tenez-vous contre cette table, dit-il. La demie
de trois heures va sonner. Le coup de timbre sera
le signal.

Théo bondit à la place indiquée. Haletant, le cerveau troublé d'une colère frénétique, il n'appréciait plus que vaguement la réalité. Le calme apparent de Burnet l'exaspérait jusqu'à la folie. Il ne voyait plus en lui qu'un adversaire, lui infligeant l'humiliation de l'obéissance, un ennemi, un agresseur dont il fallait se défaire à tout prix, quelles qu'en fussent les conséquences. Il se voulait dans le cas de la légitime défense, forcé, contraint de commettre une action bête, inusitée, sauvage; mais qui seule, lui fournissait la possibilité de secouer le joug de cet être étrange, buté sur sa sottise sanguinaire. Tant pis! On verrait ensuite.

Dans le grave silence qui régnait, on entendait des bouffées d'harmonie vague. Rien de triste; un mouvement enlevé, frivole, avec des accompagnements vifs et légers. Parfois l'éclat de rire d'un public égayé par la parade des acteurs improvisés ou les coups de bâton des marionnettes.

Ils attendaient que quelques secondes s'écoulassent, l'un impassible et froid, l'autre fébrile et nerveux; chacun les yeux dans les yeux.

Enfin la demie tinta.

Deux détonations retentirent ensemble.

Théo s'affaissa sur le coup, en poussant un râle étranglé et, chancelant d'un pas, il tomba d'une masse.

Le vieillard, debout, livide, appuyé d'une main à la table, le suivit d'un regard anxieux, cherchant à s'assurer de la mort du misérable.

Après un court moment, une rumeur lointaine s'éleva grandissante. Un bruit confus de voix, de pas précipités, se rapprochait comme un roulement de tonnerre.

On frappait aux portes, on appelait. Puis on pratiqua des poussées énergiques, qui arrachèrent les serrures, et une foule en toilette déborda par les deux issues, s'arrêtant épouvantée devant le spectacle qui frappait de terreur.

— Mon père, mon père! cria Luce, apercevant celui-ci, toujours debout, toujours appuyé à la table.

On voulait la retenir, on ne put, et elle s'élança à lui qui la regardait d'un visage attendri et souriant.

On approcha un fauteuil. Le vieillard s'y laissa tomber, tandis que la jeune femme s'agenouillait devant lui.

— Tu es libre, lui dit-il tout bas, dans un baiser. Pour ta rançon il fallait ma vie... Je l'ai donnée avec joie!...

Il pâlit plus encore, renversa la tête, souriant quand même, et les yeux se fermèrent lentement...

Il était mort, la balle de Théo lui avait traversé la poitrine; car les deux armes étaient chargées, contre la supposition de La Phryte, qui avait succombé, frappé en plein cœur...

———

ÉPILOGUE

Des mois ont passé. Paris n'y songe plus. Que c'est déjà vieux cette affaire-là!...

On est à Constantine, dans le cabinet du général J...Y. Celle que les Parisiens appelaient « Fleur de charbon de terre » attend dans un coin, le visage contracté, pendant que le général examine des rapports.

Bientôt un officier d'ordonnance pénètre après avoir frappé.

— Eh bien? demande le général.

L'officier s'approche et à mi-voix :

— Il a fallu lui signifier l'ordre de me suivre. Il ne voulait pas.

— Où est-il?

— Là, mon général.

— Faites-le entrer.

Puis à Pélagie :

— Le voilà, approchez.

Presque aussitôt parut un jeune homme, en costume de spahi de la légion étrangère. En guise de moustache, un fin duvet noir estompait à peine

la lèvre supérieure. Le regard droit et haut, la physionomie énergique.

Il avança sur un signe du général, en saluant mi-
litairement, évitant de regarder celle en face de qui
on le plaçait d'autorité.

—Si tu ne me suis pas, dit Pélagie en pleurant,
ta mère que le chagrin torture, ta mère qui se sou-
tient à peine, se laissera mourir. Viens, pour
Dieu!... ajouta-t-elle en joignant les mains.

Le jeune homme fronça le soucil.

— Ma mère? répéta-t-il. Qui donc?...

— Mme la baronne de Chléha, dit le général.

— Moi, son fils? fit le spahi, avec une sourde
indignation; moi, l'enfant de... « *Son Excellence
Satinette?...* » Non, mon général! Je m'appelle
John Bentley et je suis un soldat!...

FIN

Asnières, 1882.

TABLE DES MATIÈRES

PARIS. — IMPRIMERIE C. MARPON ET E. FLAMMARION, RUE RACINE, 26.

OUVRAGES NOUVEAUX

PARIS. — IMPRIMERIE C. MARPON ET E. FLAMMARION, RUE RACINE, 26.

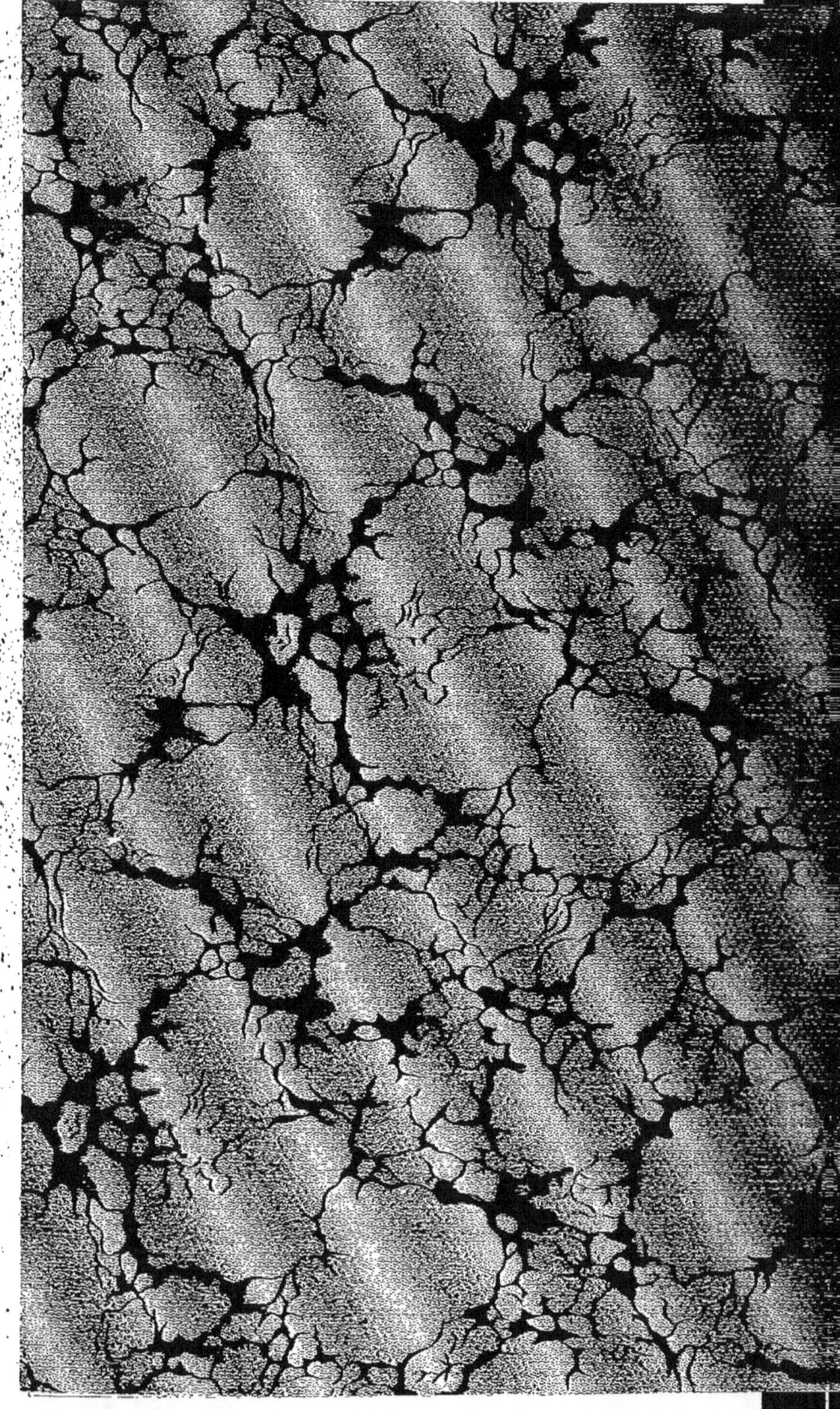

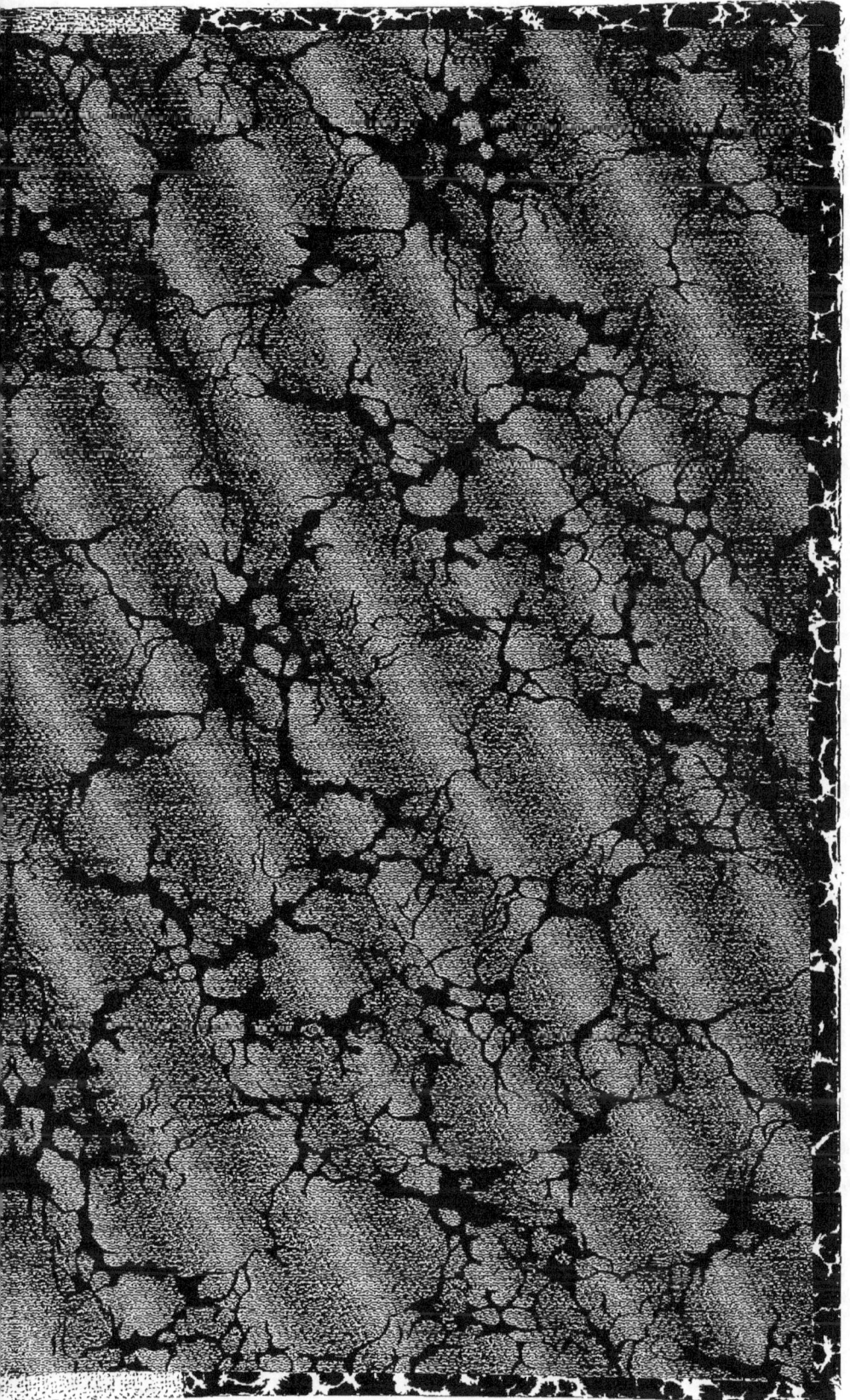

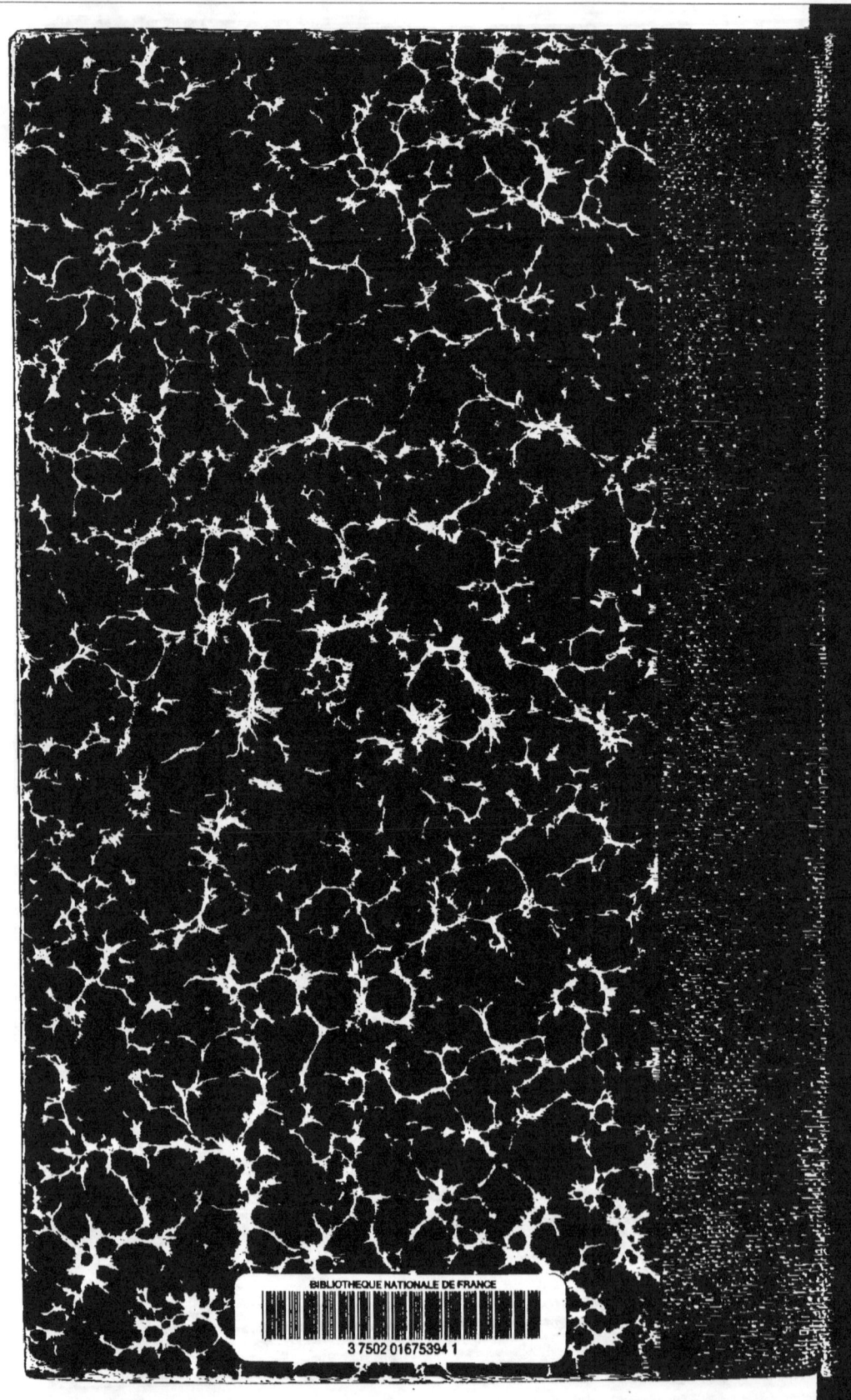